Seitz

Franziska Stalmann

Lieber die Taube in der Hand

SERIE PIPER

Zu diesem Buch

»Ich will einen Mann«, sagt Agnes, »einen richtigen, einen für alles.« Sie hat ihre schaumgebremsten Männerbeziehungen gründlich satt, besonders ihr Arrangement mit Rainer, der mit ihr ins Bett und auch mal ausgeht, sonst aber viel Zeit und Raum für sich braucht. Agnes ist vierzig und Psychologin, seit langem geschieden, und hat noch Jessica, eine wohlgeratene Tochter, die schon studiert. Jetzt, nach all den mageren Jahren, könnte sie sich eigentlich mal was Richtiges gönnen, eine schöne, fette Liebe mit allem Drum und Dran. Doch wie und wo findet man in diesem Alter den passenden Mann? Sie weiß, daß sie eigenwillig und anspruchsvoll ist und nicht bereit, jeden zu nehmen. Sie weiß, daß ihre inneren Werte ansehnlich, die äußeren dagegen reichlich vernachlässigt sind. Unterstützt von Freundin Lea macht Agnes sich systematisch ans Werk. Da wird sie zum Abendessen eingeladen und begegnet Felix.

Franziska Stalmann, geboren 1951 in Hamburg, war im ersten Beruf Psychologin, ist heute freie Autorin und lebt in München. Mit ihrem Roman »Champagner und Kamillentee«, der 1992 erst ein Bestseller, dann ein Longseller wurde, hat sie sich einen Namen gemacht.

Franziska Stalmann

Lieber die Taube in der Hand

Roman

Piper München Zürich

Von Franziska Stalmann liegen in der Serie Piper außerdem vor:
Die Schule macht die Mädchen dumm (1323)
Champagner und Kamillentee (1541)

Originalausgabe
1. Auflage Mai 1998
5. Auflage September 1998

Umschlag: Büro Hamburg
Simone Leitenberger, Susanne Schmitt, Annette Hartwig
Umschlagabbildung: Braldt Bralds
Foto Umschlagrückseite: Barbara Mauersberger, München
Gesamtherstellung: Clausen & Bosse, Leck
Printed in Germany ISBN 3-492-21788-5

1. *Kapitel*

»Einander alles geben, einander alles sein, für alle Zeit«, sagte der Standesbeamte.

Ich sah auf den Brautstrauß. Die Gräser, die hineingebunden waren, zitterten. Kein Wunder, es war wirklich bewegend.

Der Standesbeamte holte tief Luft und wechselte vom Prediger zum Beamten: »Ich erkläre Sie für rechtmäßig verheiratet. Bitte unterschreiben Sie hier.«

Ellen reichte mir den Brautstrauß. Gelbe Rosen, grünes Blattwerk, die bewegten Gräser. Die Rosen dufteten stark.

»Und nun die Trauzeugen«, sagte der Standesbeamte, und ich gab Ellen den Strauß zurück und unterschrieb, wo sein Finger hinzeigte.

Draußen vor dem Rathaus wartete der Fotograf: »Das Brautpaar.« Er deutete auf Ellen und Dieter. »Gut. Die Brauteltern? Die Eltern des Bräutigams? Die Trauzeugen?« fragte er, und wir meldeten uns und wurden auf unsere Plätze gewiesen, und dann machte er sich daran, den Rest der Hochzeitsgesellschaft, der ohne Rang und Würden war, um uns herumzugruppieren.

»Wo ist eigentlich Rainer?« fragte Ellen und sah sich um.

»Ach, Ellen«, sagte ich, »er hat mich gestern abend angerufen, er hat die Grippe, sagt er, und es tut ihm sehr leid, und er läßt euch beide herzlich grüßen.«

»Ausgerechnet heute«, sagte Ellen, »das ist aber schade.«

»Die Braut!« rief der Fotograf. »Die Trauzeugin! Bitte sehen Sie zu mir. Und nun ganz locker. Und lächeln, bitte.«

Ich zog die Mundwinkel eisern auseinander und hielt die Augen starr geöffnet. Wenn ich ganz locker bin, während man mich fotografiert, sehe ich nachher auf dem Foto schrecklich aus.

»Was ist mit Ihrem Freund, Agnes?« fragte Ellens Mutter hinter mir. »Kommt er nicht?«

»Leider nicht, Frau Köhler«, sagte ich. »Er ist krank.«

»Das ist ja schrecklich«, sagte sie, »was machen wir nur? Das Gedeck –«

»Aber, Mutti –«, sagte Ellen.

»Die Braut!« rief der Fotograf. »Die Trauzeugin! Die Brautmutter! Sehen Sie zu mir her, bitte. Und lächeln.«

Wir lächelten noch mehrfach, in verschiedenen Zusammenstellungen, das Brautpaar mit Eltern und Trauzeugen, nur mit Eltern, nur mit Trauzeugen, und schließlich das Brautpaar ohne alles, einsam und verlassen stand es auf den Stufen des Rathauses, während wir hinübergingen zum Gasthof, in dem die Hochzeitsfeier stattfand.

»Agnes«, sagte Frau Köhler und schob ihren Arm in meinen, »was hat er denn, Ihr Freund? So plötzlich? Das muß ja schlimm sein.«

Angst vor Hochzeiten hat er, dachte ich. Eine schwere allergische Reaktion auf bürgerliche Beziehungsformen hat er. Sonst hat er nichts. Sonst ist er ganz gesund. »Es ist die Grippe«, sagte ich. Bitte frag mich nicht weiter, dachte ich, ich mag euch nicht mehr anlügen, schon gar nicht heute, schon gar nicht wegen so was. »Er würde ja auch alle anstecken«, fügte ich hinzu, in der Hoffnung, ein überzeugendes Argument gefunden zu haben.

»Da haben Sie recht«, sagte Frau Köhler, »und Ellen ist so anfällig, und ausgerechnet an ihrem Hochzeitstag. Aber das Gedeck! Und ich habe keinen Tischherrn für Sie.«

»Kein Problem, Frau Köhler«, sagte ich, »das Gedeck lassen wir abräumen, da haben wir mehr Platz, und einen Tischherrn brauche ich sowieso nicht.«

Der Festsaal des Gasthofes war groß und prachtvoll mit seiner gewölbten Decke, die von Säulen getragen wurde, und der hufeisenförmige Tisch war üppig gedeckt und überreich mit gelben Rosen geschmückt.

»Schön«, sagte ich.

»Nicht wahr?« sagte Frau Köhler. »Die Tischdekoration ist von mir, das habe ich mir nicht nehmen lassen. Ich war Floristin vor meiner Ehe, wissen Sie.«

Bißchen viel Flora, dachte ich, vor lauter gelben Rosen wird man das Essen kaum erkennen können.

»Da sind wir also Tischnachbarn«, sagte Frau Köhler, nachdem Rainers Gedeck abgeräumt worden war und alles wieder seine Ordnung hatte, »das ist auch nett, nicht wahr, Agnes?« Ihr Blick schweifte über die Tafel. »Haben alle ihren Aperitif? Herr Ober! Haben alle ihren Aperitif bekommen? Gut. Und mit der Vorspeise warten Sie ein bißchen, und keine Störungen bitte, mein Mann hält jetzt seine Rede.«

Herr Köhler wollte keine Rede halten, sagte er, nur eine kleine Begrüßungsansprache, und das gleich, dann hatte er es hinter sich und wir auch, dann konnte man sich ganz dem Essen und Feiern widmen, er wünschte seiner Tochter und ihrem Mann alles Gute für den gemeinsamen Lebensweg und uns allen ein fröhliches Fest. Wir klatschten heftig, und dann kam die Vorspeise, und wir widmeten uns ganz dem Essen, was es verdiente, es war sehr gut, und ich war besonders privilegiert, ich erfuhr bei jedem Gang, welche anderen Gerichte noch zur Auswahl gestanden hatten und warum Frau Köhler sich nicht für sie, sondern für eben dieses entschieden hatte, das nun vor uns stand.

Zum Eis gab es Champagner. »Laß uns anstoßen, Agnes«, sagte Ellen, »nur wir zwei. Weißt du noch, deine Hochzeit, vor zwanzig Jahren? Damals war ich deine Trauzeugin, und damals habe ich mir gedacht, wenn ich heirate, bist du meine. Es hat ein bißchen gedauert, nicht?« Sie lachte. Wir stießen an. »Auf dich, Ellen«, sagte ich, »auf dich und Dieter.« Wir tranken.

»Ich hätte Achim auch gerne dabeigehabt«, sagte sie, »aber ich konnte seine Frau doch nicht einladen, wir kennen uns ja gar nicht. Und er ganz allein, und du und Rainer? Wenn ich natürlich gewußt hätte, daß Rainer nicht kommt –« Die Kapelle fing an zu spielen, einen Walzer, und die Gäste riefen nach dem Brautpaar. »Na los, geh tanzen«, sagte ich.

»Walzer, nichts als Walzer an meinem Hochzeitstag«, hatte Ellen gesagt, »ich liebe Walzer«, und ich hatte begeistert zugestimmt, ich liebe Walzer auch. Und wirklich, die Kapelle spielte nur Walzer, einen nach dem anderen, und was mich betraf, so hätte sie mich ebensogut foltern können, denn wenn es zum Schönsten auf der Welt gehört, Walzer zu tanzen, dann gehört es zum Schrecklichsten, dazusitzen und nicht tanzen zu können und zuzusehen, wie andere Walzer tanzen.

Beim dritten Walzer kam Herr Köhler zu mir. Ich hatte gesehen, wie seine Frau mit ihm geredet und mit dem Kopf in meine Richtung gedeutet hatte. »Darf ich bitten, Agnes?« Er tanzte sehr behäbig und machte die ganze Zeit höfliche Bemerkungen, und da er etwas schwerhörig war, mußte ich meine höflichen Antworten mehrmals wiederholen, bis er sie verstand.

Beim fünften Walzer kam Dieter, mit ihm war gut tanzen, aber kaum hatten wir uns ein paarmal gedreht, da stand schon eine Frau neben uns und rief: »Ein Tanz mit dem Bräutigam«, und ich mußte zurücktreten und sah mich hoffnungsvoll nach ihrem Partner um, aber es war keiner da, er war wahrscheinlich auf die Toilette gegangen oder an die frische Luft. Du blöde Kuh, dachte ich und kehrte an meinen Platz zurück.

Beim achten Walzer kam Thomas, Dieters Trauzeuge, zu mir herüber. »Wie ist es, Agnes«, fragte er, »hast du Lust?« Eine dumme Frage. Natürlich, hätte ich am liebsten geschrien, »gerne«, sagte ich, her mit dir, dachte ich und stand schon auf den Füßen und war so schnell auf der Tanzfläche, daß er kaum hinterherkam. Er tanzte sehr gut, sicher und schwungvoll, er konnte auch linksherum tanzen, getröstet wiegte ich mich in seinem Arm und hoffte, daß die Kapelle noch lange weiterspielen und daß seine Frau, mit der er in ständigem Streit lag, auch heute offenbar, aufhören würde, ihn von ihrem Platz aus so finster anzustarren. Aber der Walzer war noch nicht zu Ende, da sagte er entschuldigend: »Ich glaube, ich muß mal nach Caroline sehen«, und brachte mich zurück zu meinem Stuhl. Nun gab es zwei Frauen, die ihn finster anstarrten. Du Feigling, dachte ich, du knochenlose Qualle, es geschieht dir ganz recht, daß sie dir die Hölle heiß macht.

Die Kapelle spielte immer weiter, unbedacht und unbefangen vertiefte sie meine Qual, keiner kam mehr, alle Paare tanzten oder saßen zusammen am Tisch. Alle Frauen hatten einen Mann, mit dem sie tanzen konnten, alle hatten einen, der bei ihnen war in den Tanzpausen und sich lachend und atemlos mit ihnen unterhielt. Oder nur neben ihnen saß, in die Betrachtung der Tanzenden versunken, wie der dicke Mann da drüben, oder stumm und unsicher, wie Thomas neben seiner Frau. Aber jedenfalls hatten sie einen, der neben ihnen saß. Ich hatte keinen. Keinen, der mit mir tanzte, keinen, der mit mir sprach, keinen, der neben mir saß.

Ich saß da und versuchte ein fröhliches und entspanntes Gesicht zu machen, so, als wäre mir nichts lieber, als ein bißchen dazusitzen und mich auszuruhen, so, als wäre ich froh, allein zu sein und mich nicht unterhalten zu müssen und meinen Gedanken nachhängen zu können. Ich dachte darüber nach, warum ich keinen Mann hatte.

Du hast doch einen, überlegte ich, was regst du dich auf, es ist nur zufällig heute so, daß du keinen hast, er wollte nicht mit, er mag Hochzeiten nicht, er mag feste und formale Beziehungen nicht, und Hochzeiten dienen dazu, eine Beziehung fest und formal zu machen, sie sind Gift für ihn, du kannst nicht erwarten, daß er einem solchen Schrecknis beiwohnt. Es ist alles in Ordnung, morgen rufst du ihn an und erzählst ihm, wie es war, und Freitag sehen wir uns, das ist ausgemacht. Und alles ist wieder wie immer.

Ist alles in Ordnung, wenn alles wieder wie immer ist? Hast du dann einen Mann? Was hast du eigentlich? Ich sah zu Ellen, die neben Dieter stand, in ihrem cremefarbenen Kostüm, passend für die etwas reifere Braut, mit neununddreißig kann man ja nicht in wallendem Weiß mit Spitze und Schleier heiraten. Sie stand neben Dieter in einer ruhigen und sicheren Weise, angekommen und aufgehoben, klar und geordnet, und Dieter wirkte auch klar und geordnet, in seinem grauen Hochzeitsanzug mit der gelben Rose am Revers. Sie hat ihre Taube in der Hand, dachte ich, keinen Spatz mehr, eine schöne, dicke, große Taube.

»Agnes!« sagte Frau Köhler und legte mir den Arm um die Schulter. »Was sitzen Sie denn hier so allein? Sie haben sich wohl müde getanzt, wie? Aber jetzt kommt die Münchner Française, da gibt es keine Entschuldigung! Sie tanzen mit meinem Mann, er freut sich schon darauf.«

Und ich erst, dachte ich, ich kann es kaum erwarten, das Seniorentanzvergnügen.

Aber ich tat Herrn Köhler unrecht. Er konnte die Münchner Française im Schlaf, erzählte er mir, er liebte sie, dabei hatte er seine Frau kennengelernt, fünfzig Jahre war das her, im zweiten Nachkriegswinter war es gewesen, was hatten sie doch gefroren und gehungert, aber den Fasching hatten sie sich nicht nehmen lassen und auch nicht die Münchner Française, und dann – die Musik setzte ein, und Herr Köhler führte mich sicher und gewandt und gab leise Kommandos, so daß ich keinen falschen Schritt tat, und bald hatte ich mich warm und fröhlich getanzt und fing nachgerade an, Herrn Köhler zu lieben, wie er da tanzte, mit seinem stolzen Lächeln und seiner altmodischen Grandezza.

Ein einsames Klatschen ertönte, als wir zu Ende waren. Frau Köhler eilte auf uns zu und umarmte erst ihren Mann und dann mich. »Tanzt er nicht wunderbar?« rief sie aus.

»Zum Verlieben, nicht? Ich habe mich sofort in ihn verliebt, damals, als wir zum ersten Mal die Française getanzt haben.« Sie strich über seine schweißnasse Stirn. »Paß nur auf, daß du dich nicht verkühlst, Hans. Zieh dir den Mantel über, bevor du rausgehst. Kommen Sie, Agnes, wir verabschieden das Brautpaar. Wenn sie jetzt fahren, kommen sie heute abend noch bis Bozen.«

Ich ging hinter ihnen her und wurde wieder nachdenklich. So lange verheiratet, dachte ich, du lieber Himmel, und sie kann sich immer noch in ihn verlieben, bloß weil er die Münchner Française tanzt. Das ist doch was. Und was habe ich?

Ellen und Dieter winkten und riefen »Auf Wiedersehen«, während sie zum Auto gingen, und ein junger Mann griff in seine Taschen und bewarf sie heftig mit Reis. Ich finde diese Reiswerferei blöd. Wenn sie sich heute abend in ihrem Hotelzimmer ausziehen, rieselt ihnen der Reis aus den Kleidern, und sie haben das Zeug überall, auf dem Boden und im Bett, und Reis piekt bestimmt, genau wie Krümel.

»Nun hat sie ihren Brautstrauß vergessen«, sagte Frau Köhler, als wir wieder an der Hochzeitstafel standen.

»Ich möchte mich verabschieden«, sagte ich, »und vielen Dank. Es war sehr schön.«

»Ach, Sie wollen schon gehen?« Sie sah auf den Strauß. »Wissen Sie was, Agnes? Nehmen Sie den Strauß doch mit. Das hätte Ellen sicher auch gewollt, daß Sie ihn bekommen.«

Sie sprach fast so, als wäre Ellen nicht im Auto in die Flitterwochen, sondern im Sarg zum Friedhof unterwegs. Sie schien das auch so zu empfinden, denn sie zwinkerte mit den Augen, und ich wußte nicht recht, ob sie die Tränen zurückhalten oder hervorlocken wollte. »Es ist, als hätte ich eine Tochter verloren«, sagte sie.

»Dafür haben Sie einen Sohn gewonnen«, sagte ich mechanisch und erschrak sofort über das, was ich gesagt hatte.

Es stammte aus drittklassigen Hollywoodfilmen, und sie würde glauben, daß ich mich über sie lustig machte.

Aber sie lächelte mich an. »Ja, nicht wahr? Da haben Sie recht.«

Du hast schon eine Taube in der Hand, dachte ich, eine etwas ältliche, aber immerhin, und nun kriegst du noch eine dazu, eine Schwiegersohn-Taube, groß, dick, schön.

Sie griff nach dem Strauß und drückte ihn mir in den Arm. Das Wasser an den Stielen näßte durch meinen Rock und hinterließ ein kaltes Gefühl auf meinem Bauch.

»Bitte nehmen Sie ihn«, sagte sie, »tun Sie mir die Liebe. Sie kriegen ihn ganz leicht wieder frisch, anschneiden und in die Badewanne legen, in viel kaltes Wasser.« Sie küßte mich auf die Wange. »Kommen Sie gut nach Hause, Agnes, fahren Sie vorsichtig.«

Ein Brautstrauß, aber kein Bräutigam, dachte ich, während ich die Autotür aufschloß. Ich verstaute den Strauß vorsichtig auf dem Rücksitz. Nicht, daß ich unbedingt heiraten will. Keineswegs. Aber – ja, was aber, Agnes?

Ich fuhr langsam über die Landstraße nach Hause. Das Bild von den Frauen, wie sie dasaßen mit ihren Männern, tanzten mit ihren Männern, redeten mit ihren Männern, schwiegen mit ihren Männern, ging mir nicht aus dem Kopf. Das habe ich nicht, dachte ich. Nicht nur heute abend habe ich das nicht gehabt. Das habe ich nie.

Ich habe es mal gehabt, damals mit Achim. Der war ein Mann für alles, einer, der zu mir gehörte. Eine Vollzeitkraft. Der war eine Taube in der Hand. Und danach? Halbtagskräfte, Männer für dies und das, nicht für alles, nicht für immer. Spatzen. Und Rainer? Rainer ist noch nicht mal halbtags bei mir, der läßt sich nur stundenweise beschäftigen, der kommt einmal die Woche, höchstens zweimal, kaum je am Wochenende, keine Ferien zusammen, keine Feiertage zusammen, keine – Hochzeiten zusammen. Nichts Ganzes, noch nicht mal was Halbes, nichts, wovon man satt wird, nichts, wovon man warm wird. Zuwenig zum Leben, zuviel zum Sterben.

Das will ich wieder haben, verdammt noch mal, dachte ich. So eine große, fette, schöne Liebe, wie damals mit Achim. Einmal habe ich es gehabt, aber wer sagt, daß man nur eine große Liebe haben darf pro Leben? Das will ich wieder haben. Einen Mann für alles, für immer, für alle Zeit, wie der Standesbeamte gesagt hat. Keine halben Sachen mehr, keine Halbtagsmänner, Teilzeitmänner, Stundenmänner. Keine Spatzen mehr. Ich will noch mal die Taube in der Hand.

»Ich brauche einen Mann«, sagte ich.

»Kein Problem«, sagte Lea, »ich habe einen für dich, der macht dir einfach alles. Bloß Teppichbodenverlegen und Parkettabziehen, das macht er nicht so gerne. Er haßt es, auf dem Boden herumzukriechen, sagt er. Also wenn es wegen deinem Parkett ist –«

»Es ist nicht wegen meinem Parkett, es ist wegen mir. Ich brauche einen für mich.«

»Für dich?« fragte sie erstaunt und hielt im Apfelschälen inne. »Aber du hast doch schon einen. Was ist mit Rainer?«

»Ach, Rainer«, sagte ich, »das ist es ja. Ich brauche einen richtigen, einen –«

»Oh«, machte sie, »das tut mir aber leid, das wußte ich nicht. Er macht so einen vitalen Eindruck. Aber, Agnes, findest du es richtig, ihn unter diesen Umständen zu verlassen?«

»Unter welchen Umständen?«

Sie richtete den Blick fest auf den Apfel und schälte heftig: »Ich meine, wenn er... Er kann doch nichts dafür, wenn er kein richtiger – das ist doch wie eine Krankheit, eine Behinderung... Aus seelischen Gründen vielleicht?« fragte sie hoffnungsvoll.

»Oh, Gott, Lea, wovon redest du eigentlich? Er ist doch

nicht impotent. Er ist sogar ziemlich gut im Bett.« Ich ging im Geiste die Männer durch, die es in meinem Leben gegeben hatte: »Wirklich ziemlich gut. Obwohl das ein blöder Ausdruck ist, gut im Bett, findest du nicht auch?«

»Als ob es um Hochsprung ginge oder so was. Kommt er rüber oder reißt er? Und du liegst da und betest, daß die Latte hält.« Sie wurde rot und kicherte. »Na, wie auch immer, das ist nicht der springende Punkt. Obwohl, springender Punkt ist vielleicht nicht der richtige Ausdruck, es handelt sich ja wohl eher um einen stehenden Punkt, und es ist eigentlich auch kein Punkt –« Sie geriet schon wieder auf Abwege.

»Lea!« sagte ich.

»Ist ja gut«, sagte sie, »also das ist nicht das Problem. Ich bin sehr froh für Rainer, daß es das nicht ist. Aber was ist es dann? Was für einen Mann willst du dann, Agnes?«

»Einen richtigen«, beharrte ich, »einen, der immer da ist, der mich liebt, nicht nur im Bett, der mit mir Weihnachten feiert und Ferien macht und mit mir zusammenwohnt und einkaufen geht und Walzer tanzt und so. Schau, Rainer kommt einmal die Woche oder höchstens zweimal oder gar nicht. Wenn ich großes Glück habe, bleibt er mal übers Wochenende, aber das ist ihm eigentlich schon zu eng, er braucht ja seinen Raum für sich, er braucht ja seine Zeit für sich. Und er würde sich eher aufhängen lassen, als mit mir in Ferien zu fahren.«

Ich hackte mit dem Messer in die Apfelstückchen, die auf dem Schneidebrett lagen. »Soll ich dir mal was sagen? Eigentlich bin ich eine bessere Nutte. Eine bessere? Eine schlechtere bin ich, keine Nutte wäre so dumm, sich für diesen Superservice nicht bezahlen zu lassen. Der Mann braucht nur anzurufen und einen Termin auszumachen, und schon kriegt er ein gutes Essen und gute Gespräche und gute Beratung, falls er berufliche Probleme hat, und dann geht's ins Bett, und wenn du mich fragst, Lea, ich bin auch ziemlich gut im Bett.«

Sie sah nicht so aus, als ob sie auch nur im Traum daran gedacht hätte, mich das zu fragen, sie wirkte etwas erschüttert, holte tief Luft und sagte: »Ah, jetzt verstehe ich, was du meinst. Du willst einen richtigen Mann.«

»Das sage ich doch die ganze Zeit.«

»Einen für alles.«

»Genau.«

Wir verfielen in Schweigen und schälten weiter Äpfel. Nach einer Weile sagte Lea: »Das wird nicht so einfach sein. Ich habe kürzlich gelesen, daß bei einer Frau über dreißig die Wahrscheinlichkeit, daß sie einen passablen Mann kennenlernt, geringer ist als die, von einem Terroristen erschossen zu werden.« Sie überlegte. »Obwohl, Terroristen sind ja auch Männer. Man müßte ihn in ein Gespräch verwickeln, damit er einen nicht erschießt, und dann... Das sind oft sehr gutaussehende und gescheite Jungs... Er müßte natürlich sofort damit aufhören, Terrorist zu sein.«

Ich schwieg vernehmlich.

»Ist ja gut. Aber warte mal, das gilt doch nur für Frauen ab dreißig. Ab vierzig wird's ja vielleicht wieder besser?«

»Da erschießt er einen sofort«, sagte ich, »da kriegst du nicht mal mehr die Chance, ihn in ein Gespräch zu verwickeln.«

»Jetzt sei aber mal ernst, Agnes«, sagte sie, als sei ich diejenige, die ständig auf alberne assoziative Abwege geriet. »Du willst einen Mann in den Vierzigern, frei, bindungswillig und bindungsfähig.«

Das hatte sie schön gesagt.

»In diesem Alter sind sie entweder verheiratet und wollen nur eine Geliebte, und das willst du nicht, oder sie sind wie Rainer und wollen sich nicht binden und nur eine bessere Du-weißt-schon-was, und das willst du auch nicht. Was bleibt da übrig?« Sie dachte nach. »Ich weiß. Frisch Geschiedene, am besten schuldlos, und frisch Verwitwete. Die sind bestimmt sehr bindungswillig, nach diesem schweren

Schicksalsschlag, vielleicht nicht sofort, man müßte wahrscheinlich ein bißchen Geduld haben. Aber wo findet man die? Man könnte –«

»Was?«

»Wenn ich das sage, wirst du bestimmt ärgerlich.«

»Ach was, wieso denn? Sag schon.«

»Man könnte mal in den Todesanzeigen nachsehen oder in den Aushängen im Gerichtsgebäude, da, wo sie die Scheidungen machen …«

Ich hatte gesagt, ich würde nicht ärgerlich werden.

»Es ist wirklich keine gute Idee«, gab sie zu, »irgendwie gefühllos, nicht wahr? Aber was anderes: Wie wäre es denn mit einem jüngeren Mann? Von denen gibt es jede Menge, und es ist ja auch sehr *in* zur Zeit.« Sie redete, als hätte sie gerade einen größeren Posten modischer junger Männer hereingekriegt. »Und es muß sich sehr angenehm mit ihnen leben lassen, nach allem, was ich gelesen habe.« Was immer du ansprichst, die Schwarzen Löcher im Universum, Bergbau in Südamerika, die neueste Krebstherapie oder den Bedarf nach einem richtigen Mann, Lea hat gerade etwas darüber gelesen. »Sie sind viel offener und flexibler und netter und anstelliger. Und viel besser erzogen, was Gleichberechtigung angeht, du weißt schon, Mülleimer runterbringen und so. Und was den Hochsprung betrifft – kein Vergleich. Das läßt ja sehr nach ab vierzig, im allgemeinen jedenfalls.«

»Ich weiß nicht«, sagte ich, »ich glaube, ich hätte lieber einen in meinem Alter.«

»Wie du meinst«, sagte Lea, in dem Tonfall, den Verkäuferinnen an sich haben, wenn man unbedingt eine olivgrüne Hose mit Bundfalten will, obwohl sie einem gerade erklärt haben, daß Olivgrün nicht aktuell ist und Bundfalten überhaupt völlig *out* sind.

Nun wurde ich ärgerlich. »Jetzt hör aber auf, Lea! Ich habe nur anklingen lassen, daß ich mir einen richtigen Mann wünsche, und du deckst mich gleich mit Ratschlägen ein, wo ich den finden soll, auf dem Friedhof oder im Scheidungsgericht, und wenn ich sage, ich will keinen jüngeren, bist du gekränkt.«

»Ach, Agnes«, sagte sie, »es tut mir leid. Ich habe doch alles, was du dir wünschst, das war mir gar nicht klar. Georg ist immer da, er liebt mich, nicht nur im Bett, er feiert Weihnachten mit mir und fährt mit mir in Ferien und harkt Laub mit mir und schält manchmal sogar Obst mit mir – nur das mit dem Einkaufen, das kannst du vergessen, da steht er rum wie das Leiden Christi oder schäkert mit einer Verkäuferin. Aber das ist ein generelles Problem, ich glaube nicht, daß du auf dieser Welt einen Mann findest, mit dem man wirklich einkaufen gehen kann. Aber sonst habe ich alles und du nicht, und da wollte ich dir helfen.«

»O Gott, Lea«, sagte ich, »entschuldige bitte. Ich bin einfach widerlich. Weißt du was? Laß uns diese Scheißäpfel vergessen und die Scheißmänner auch und auf die Terrasse gehen und einen trinken.«

»Sehr gut. Nimm schon mal die Gläser mit, ich hole den Wein.«

Es dauerte eine Weile, bis sie nachkam. »Sieh dir das an«, rief sie, als sie auf die Terrasse trat. Sie schwenkte die Zeitung in der Hand. »Die Wochenendausgabe mit den Bekanntschaftsanzeigen. Soll ich reinschauen?«

»Okay.« Ich nahm ihr den Wein und den Korkenzieher ab. »Ich mache schon mal die Flasche auf.« Sie beugte sich über das Blatt, und ich hantierte mit dem Korkenzieher und füllte die Gläser und wartete.

»Nicht schlecht«, sagte sie schließlich, »gar nicht schlecht. Lauter Männer über vierzig, die eine Frau in deinem Alter wollen. Erstaunlich. Du brauchst dir nur einen rauszusuchen.«

»Laß uns anstoßen.«

Wir stießen an, und sie trank hastig einen Schluck Wein. »Manche sind allerdings sehr auf das Äußere fixiert, die wirst du gar nicht wollen. Dieser zum Beispiel. Die Frau, die er sucht, soll Ende Dreißig sein, sehr groß, sehr schlank, in Klammern Größe achtunddreißig, und außerdem vollbusig. Das muß aber merkwürdig aussehen, so eine riesige, dürre Person mit großem Busen. Das gibt es doch gar nicht.«

»Doch«, sagte ich, »Claudia Schiffer.«

»Ach ja, natürlich. Hier steht ja auch: blonde Haare. Daran hat er also gedacht. Und dann schreibt er noch: keine Cellulitis, Ausrufungszeichen. Was mag das wohl sein, Agnes?« fragte sie in gedämpftem Ton, als befürchte sie, es sei etwas Unanständiges.

»Orangenhaut.«

»Was?«

»Diese Dellen in der Haut, am Po und an den Oberschenkeln. Fast jede Frau kriegt das, spätestens ab dreißig. Es hat was mit den Hormonen zu tun.«

»Ach so«, sagte sie, »hast du so was auch?«

»Ja, natürlich«, sagte ich ärgerlich, »ich bin vierzig und sitze den ganzen Tag auf meinem Hintern.«

»Da muß ich doch bei mir mal nachschauen. Vielleicht habe ich es am Po, den sehe ich ja nie.«

Sie ist fünfundfünfzig und weiß nicht, was Cellulitis ist, und sie hat auch keine, ich habe schon nachgeschaut. Es wäre vielleicht besser, sie würde sich auf die Suche nach einem Mann machen und nicht ich.

»Aber hier, Agnes, der könnte was sein. Facharzt – wahrscheinlich Urologe oder so was, sonst würde er doch dazuschreiben, was für ein Fach –, Ende Vierzig, der meint, das Äußere ist nicht so wichtig, es sind die inneren Werte, die zählen, sehr richtig, und er will eine kluge, wirklich erwachsene Frau, auch sehr richtig. Und er hat ein Haus mit Garten, das er mit ihr bewohnen möchte. Ein Haus mit Garten, das wolltest du doch schon immer, Agnes!«

»Und was weiter?« fragte ich.

»Laß sehen. Er ist Nichtraucher. Gut. Das ist gesund. Er

ist naturverbunden. Das bist du doch auch, oder? Und FKK-Anhänger. Ach je, ich weiß nicht, ich finde das immer so schrecklich, alle diese nackten, leidenschaftslosen Menschen auf einem Haufen. Aber es ist natürlich auch gesund und sehr naturverbunden. Und er liebt das Bergwandern. Hm. Würdest du bergwandern?«

»Auf keinen Fall.«

»Ich auch nicht. Wandern ist schon schlimm genug, und dann noch in den Bergen. Berge sind irgendwie faschistisch, findest du nicht auch?«

Darüber hatte ich noch nie nachgedacht. Der Obersalzberg fiel mir ein und das Teehaus des Führers, aber schließlich konnten die Berge nichts dafür, daß sich die Nazigrößen in ihnen eingerichtet hatten. Oder doch?

»Der ist wohl auch nicht so ganz der Richtige«, räumte Lea ein. »Aber es sind noch massenhaft andere drin. Ich mache uns jetzt was zu essen, und du schaust dir die anderen an.«

»Den Teufel werde ich tun«, sagte ich zu den Gladiolen und Dahlien, die Leas Terrasse umstanden. Die können mich mal, die anderen. Was sind denn das für Aussichten? Entweder Keine-Cellulitis-Ausrufungszeichen oder Bergwandern. Und Männer, die in keine der beiden Kategorien fallen, sind wahrscheinlich gar nicht drin, denn Frauen, die Cellulitis haben und nicht bergwandern, findet man sicher auch so, dafür braucht man keine Anzeige aufzugeben.

Davon läßt du mal schön die Finger, sagte ich zu mir. Du hast schließlich einen Mann, einen von der Auf-keinen-Fall-bergwandern-aber-Sie-dürfen-ruhig-Cellulitis-haben-Sorte. Sieht er das überhaupt? Bei Männern weiß man ja nie, manchmal sind sie blind wie die Maulwürfe bei den wichtigsten Dingen und dann wieder scharfäugige Adler bei irgendwelchen Nebensächlichkeiten. Ich müßte ihn mal fragen. Aber wie fragt man das? Übrigens, wie findest du meine Cellulitis?

Gut, er hat auch seine Fehler, diese Scheu vor Feiertagen und Ferien und Hochzeiten, dieses übermäßige Bedürfnis nach Zeit und Raum, was macht er eigentlich mit der ganzen Zeit und dem ganzen Raum? Das weiß ich gar nicht, das müßte ich ihn auch mal fragen. Aber das läßt sich doch ändern! Einmal im Jahr Ferien, öfters mal ein Wochenende, und Weihnachten, Weihnachten auf jeden Fall, jetzt, wo Jessica nicht mehr da ist. Und vielleicht auch Silvester. Weihnachten und Silvester feiert er immer mit irgendwelchen Freunden oder bei seiner Mutter, da kann er doch auch mit mir feiern, oder? Ja, Silvester auch, Silvester mit Rainer, das wäre schön, zwischen Weihnachten und Silvester liegt eine ganze Woche, Zeit genug und Raum genug, damit er sich erholen kann, und dann feiern wir Silvester auch zusammen!

Das ist es, dachte ich, ich rede mit ihm, warum ist mir das nicht schon früher eingefallen? Ich habe es immer hingenommen, wenn er sagte, nein, am Wochenende habe er keine Zeit, nein, Feiertage und Ferien zusammen, das wolle er nicht, das sei so bürgerlich. Ich habe nie wirklich darüber nachgedacht, es war eben so. Und natürlich, Jessica war da, mit der habe ich Ferien gemacht, mit der habe ich Weihnachten gefeiert, da ging es, da fiel es nicht so auf, auch wenn er mir fehlte. Aber jetzt sprechen wir darüber, und paß auf, es wird möglich sein, er wird es einrichten, wir sind sieben Jahre zusammen, das ist doch was, und wir lieben uns doch, oder vielleicht nicht?

Und Dienstagabend kochst du mal wieder richtig, beschloß ich. Kürbissuppe für den Anfang, die mag er gerne, und dann Wachteln, das macht was her, diverse Gemüse, ein guter Salat, und zum Schluß was ganz Feines. Und du schlurfst nicht in deinem sogenannten Hausanzug rum, diesem weiten Schlabberding, du ziehst dir was Ordentliches an, das grüne Kleid mit dem tiefen Ausschnitt, und du rasierst dir die Beine und kaufst dir das schöne, süße Parfüm, das sie bei Karstadt im Sonderangebot haben, Eroica oder wie das heißt, mir fällt dabei immer Beethoven ein, aber Rainer wird bestimmt nicht an Beethoven denken, wenn er das an mir riecht.

Ich hatte den ganzen Abend darüber reden wollen, aber es hatte nie gepaßt. Beim Essen soll man sowieso nicht über Probleme reden, schon gar nicht, wenn man sich die Finger wund gekocht hat, schon gar nicht, wenn man ungewohnte Anstrengungen unternommen hat, um als elegante, duftende Gastgeberin im grünen Kleid durch die Küche zu schweben.

Dann war Rainer auf Schwierigkeiten in der Schule zu sprechen gekommen, auf seinen Chef, mit dem er nicht zurechtkam, der ein Federfuchser war und Erbsenzähler und der vor allem überhaupt nicht wußte, was er an ihm hatte. Sollte er sich unter diesen Umständen nicht für die Stellvertreterposition am Hans-Giesing-Gymnasium bewerben, wo seine Fähigkeiten voll zur Blüte kommen würden? Ich bot alle meine Fähigkeiten auf, ihn gut zu beraten, und als er sich zufrieden zurücklehnte, mir sein Glas hinschob, damit ich es nachfüllte, und sagte: »Wenn ich dich nicht hätte«, hätte ich da sagen sollen, laß uns mal über uns reden?

Dann waren wir ins Bett gegangen. Ich hatte in einer Frauenzeitung gelesen, daß es wahre Wunder wirkt, wenn man sich Parfüm nicht nur hinters Ohr, sondern auch in die Kniekehlen tupft, und obwohl ich das reichlich albern fand, hatte ich es doch getan, und ich kann nur sagen, sie haben anscheinend recht, es war ziemlich wunderbar, und als wir danach noch einen Schluck Wein tranken, hätte ich da anfangen sollen, Grundfragen unserer Beziehung zu diskutieren?

Aber beim Frühstück gab ich mir einen Ruck. »Rainer«, sagte ich, »ich wollte mal mit dir über etwas reden.«

»Mhm«, machte er kauend.

»Ich habe mir überlegt, daß –«

»Ja?«

»Ich –« Was war es noch mal genau, was ich mir überlegt hatte?

Rainer sah mich abwartend an.

»Ich dachte –« Nun reiß dich aber zusammen, Agnes. Wenn du mit deinen Klienten darüber sprichst, wie sie ihre Ängste und Hemmungen überwinden können, um ehrlich und offen mit ihrem Partner zu reden, dann bist du wirklich gut, aber wenn es darum geht, dem Mann, der seit sieben Jahren dein Geliebter ist, zu sagen, daß du öfter mit ihm zusammensein willst, dann gerätst du ins Stottern.

»Ich dachte, wir könnten vielleicht ein bißchen öfter zusammen sein.«

»Wieso?«

»Wieso? Was meinst du mit wieso?«

»Na, eben wieso – wieso im Sinne von warum. Warum denkst du das?«

Was für eine Frage. Warum denke ich, daß ich öfter mit dir zusammen sein will? Weil ich öfter mit dir zusammen sein will. Klingt komisch, aber so ist es.

»Ich denke das, weil ich öfter mit dir zusammen sein will.«

Er sah mich irritiert an. »Aber wir sind doch oft genug zusammen.«

Das Gespräch war dabei, sehr schwierig zu werden, aber ich konnte nicht mehr zurück. »Ja, schon«, sagte ich, »aber manchmal habe ich den Eindruck – ich meine, manchmal könnten wir ein bißchen öfter zusammen sein, finde ich.« Toll hast du das gesagt, Agnes, so klar und direkt und unglaublich logisch. Sei bloß froh, daß deine Klienten dich nicht hören können. »Ich meine, öfter mal ein Wochenende oder ein paar Tage Ferien und –« Er runzelte die Stirn und sah mich noch irritierter an, aber ich ließ mich nicht aufhalten: »Und Weihnachten könnten wir auch zusammen feiern. Und Silvester. Eine ganze Nacht lang nur Champagner, wie fändest du das?« fragte ich mit falscher Fröhlichkeit.

Er schüttelte den Kopf. »Ich verstehe dich nicht.«

Wunderbar. Klassisch. Die letzte Rettung vieler Männer, wenn ihnen die Sache vollends unheimlich wird. Und die Frau sitzt da und denkt, sie hat sich mal wieder nicht klar genug ausgedrückt und versucht es noch mal. Wie ich.

»Das ist doch ganz einfach«, sagte ich, langsam und deutlich und mit Nachdruck. »Ich bin gerne mit dir zusammen. Also möchte ich öfter mit dir zusammen sein. So wie: Ich esse gerne Eis. Also möchte ich öfter Eis essen, an den Wochenenden, in den Ferien, an Weihnachten und Silvester (wer ißt Silvester schon Eis? Aber egal). Und nicht nur ein- oder zweimal in der Woche. Verstehst du?«

»Ja«, sagte er, »aber wieso?«

Nein. Nicht schon wieder diese Wieso-im-Sinne-von-warum-Frage.

»Ich meine, wieso willst du das plötzlich?«

Weil ich letztes Wochenende auf Ellens Hochzeit war, vor der du dich gedrückt hast, und weil niemand da war, der alle diese Walzer mit mir getanzt hat. Und weil alle diese Frauen, die da waren, einen Mann hatten. Aber wenn ich dir das mit den Walzern und den Frauen zu erklären versuche, dann fragst du erst recht, wieso.

»Ist das so wichtig?« fragte ich.

»Ich meine«, sagte Rainer, »wir waren uns doch immer einig, daß wir diese bürgerlichen Beziehungsformen nicht wollen und daß jeder Zeit und Raum für sich braucht.«

Brauche ich nicht, dachte ich, ich brauche dich in meiner Zeit und meinem Raum, was soll ich denn alleine mit der ganzen Zeit und dem ganzen Raum? Und einig waren wir uns auch nie. Wir haben bloß nie darüber geredet. Wir haben es bloß immer so gemacht, wie du es wolltest.

»Was machst du eigentlich mit der ganzen Zeit und dem ganzen Raum?«

»Wieso?«

Es war der Tag des Wieso.

»Ich meine, was tust du da? Wir sehen uns ungefähr einmal in der Woche und manchmal am Samstag. Was machst du in all der übrigen Zeit?«

»Warum willst du das plötzlich wissen?«

Ich gab auf. Wenn er weiter wieso und warum fragte, würde ich irgendwann ohnehin aufgeben, also konnte ich es ebensogut gleich tun.

»Okay, okay«, sagte ich, »vergiß es. Es war nur so eine Idee.« Er sah mich an, wie man einen Menschen ansieht, der mit einem Maschinengewehr auf einen schießt und plötzlich aufhört und sagt: Okay, vergiß es, es war nur so eine Idee.

»Wirklich«, drängte ich, »vergiß es. Es ist nicht so wichtig.«

»Ist ja gut«, sagte er und trank seinen Kaffee aus. »Ich muß los, ich habe noch viel zu tun.« Beim Aufstehen warf er fast die Thermoskanne um.

»Wann sehen wir uns nächste Woche?« fragte ich, als wir an der Tür standen. »Weißt du das schon?« Wieso fragst du ihn plötzlich, wann wir uns nächste Woche sehen? Und schiebst dieses armselige *Weißt du das schon* hinterher? Das hast du doch noch nie getan.

»Keine Ahnung«, sagte er. »Ich habe viel am Hals die Tage. Mal sehen.« Er küßte mich auf die Wange. »Tschüs dann. Mach's gut.«

Scheiße, dachte ich, Scheiße, Scheiße. Das hast du nun davon. Warum mußtest du so penetrant sein? Du willst einen Mann für alles, oder jedenfalls für ein bißchen mehr, und nun hast du gar keinen. Jetzt kommt er erst mal nicht mehr, jetzt verkriecht er sich in sein Mauseloch, und du kannst dich abarbeiten, um ihn da wieder rauszulocken. Vielleicht kommt er gar nicht mehr.

Wie bei Lohengrin, dachte ich. Nie sollst du mich befragen. Aber Elsa mußte natürlich nachbohren, die dumme Gans. Auch nach sieben Jahren, glaube ich, wie bei uns. Stell dir vor, es wäre bei uns auch so gewesen wie bei Elsa und Lohengrin. Ich: Wie heißt du, und woher kommst du? Er: Ich heiße Rainer und komme aus Osnabrück, und nun muß ich dich verlassen auf immer und ewig. Und bums ist er raus zur Tür und sagt gerade noch *mach's gut*.

Aber Elsa hatte recht. Das ist ja kein Leben mit einem Mann, den man nicht mal fragen kann, wie er heißt und woher er kommt. Und es ist auch kein Leben mit einem Mann, den man nicht mal fragen kann, ob er Weihnachten mit einem verbringt oder Silvester. Der dann schwer traumatisiert in seine Höhle zurücktaumelt und erst mal nicht mehr rauskommt. Du hast auch recht, Agnes, verdammt noch mal. Vergiß es. Laß ihn in seiner Höhle und such dir einen anderen, einen richtigen, einen für alles.

Ich räumte den Tisch ab und stellte die Spülmaschine an. Ich bezog das Bett neu und stopfte die Bettwäsche, in der noch die Wärme und der Geruch der Nacht hingen, in die Waschmaschine. Ich schmiß das grüne Kleid in den Wäschekorb und wollte gerade Eroica in den Abfalleimer werfen, als mir einfiel, daß Eroica nun wirklich nichts dafür konnte. Im Gegenteil, es hatte anscheinend in meinen Kniekehlen Wunder gewirkt, und wenn ich mich nun auf die Suche nach einem richtigen Mann machte, würde ich solche Wunder ja wohl noch brauchen können.

Ich stellte mich unter die Dusche, um auch von mir den Geruch der letzten Nacht abzuwaschen. Ich hatte mir angewöhnt, nicht so genau hinzuschauen beim Abtrocknen und Eincremen, weil ich nicht so genau wissen wollte, wie man aussieht, wenn man vierzig ist und unsportlich und den ganzen Tag sitzt. Aber Männer sehen genau hin, besonders am Anfang, beim Kennenlernen, nachher gewöhnen sie sich ja an manches, aber für den Anfang mußt du ein bißchen was hermachen, also schau hin, Agnes, und besieh dir den Schaden!

Sport war das einzige, was mir einfiel zu dem, was ich sah. Ich brauchte nicht abzunehmen, Gott sei Dank, meine Beine waren frisch rasiert, sehr ansprechend, ich war noch gebräunt vom Sommer, auch sehr ansprechend, aber ansonsten Sport. Ausgerechnet Sport. Ich hasse Sport. Ich mag nach Schweiß riechende Umkleideräume nicht. Ich mag die Stimmen von Turnlehrerinnen nicht und nicht den Ton ihrer Pfeifen. Ich mag Sportplätze nicht mit ihrem häßlichen roten Sand. Ich mag sportliche Menschen nicht mit ihren federnden Schritten und straffen Gliedern und kurzen Hosen und ihrem Unverständnis für Menschen, die lieber in der Sonne sitzen und Campari trinken.

Mein Blick wanderte nach oben. Friseur, dachte ich, du mußt zum Friseur, aber nicht zu dem netten um die Ecke, der dir alle halbe Jahre diesen Feldwaldwiesenschnitt macht, sondern zu einem schicken, modischen, der dir einen schikken, modischen Schnitt macht, den du alle sechs Wochen nachschneiden lassen mußt, damit er sitzt. O Gott. Ich hasse Friseure, besonders die schicken, modischen.

Ich zog meinen abgeschabten Bademantel an, dessen Grün sich über die Jahre in etwas Undefinierbares verwandelt hatte. Klamotten, war alles, war mir dazu einfiel. Du mußt dir neue Klamotten kaufen, schicke, modische, nicht diese weiten, bequemen Sachen, die du schon seit Ewigkeiten hast, zeitlos, undefinierbar, in denen findest du bestimmt keinen richtigen Mann, wahrscheinlich nicht mal einen falschen. Verdammt. Ich hasse es, Klamotten zu kaufen.

2. *Kapitel*

Die große Uhr an der Stirnseite der Schwimmhalle ging langsamer als andere Uhren. Ihr Zeiger bewegte sich praktisch nicht, besonders wenn ich hinsah. Wenn ich wegsah und verbissen meine Runden schwamm und nach langer, langer Zeit wieder hinaufblickte, war er gerade eben um ein paar Minutenstriche weitergekrochen.

Wir hatten uns fürs Schwimmen entschieden, obwohl ich die Umkleideräume von Schwimmbädern genauso widerlich finde wie alle anderen, aber wenigstens gibt es hier keinen roten Sand und auch keinen Schweißgeruch. Dafür gibt es Fußpilz, sagte meine innere Stimme warnend, paß bloß auf, daß du keinen Fußpilz kriegst. Lea war für Fitneßtraining gewesen, »Callanetics, Bodybuilding, da hast du in kürzester Zeit den besten Effekt, was Gewebestraffung und Muskelaufbau anbelangt«, hatte sie gesagt, mit der Kompetenz und Begeisterung einer Fitneßtrainerin, dabei ist Sport für sie eine noch widernatürlichere Beschäftigung als für mich.

Ich war also in ein Fitneßstudio gegangen, denn Lea weiß schließlich, was sie sagt, auch wenn sie nie so dumm wäre, es selbst zu tun. Ich wartete an einem Tresen, hinter dem, wie in einer Fabrik, in langen Reihen die Trainingsgeräte standen, und betrachtete die Menschen, die aus den Umkleideraumen kamen. Sie waren alle schön, glatt, straff und locker, und sie hatten einen glatten und straffen Gesichtsausdruck und eine lockere Art, einander zu begrüßen und dann glatt und straff weiterzugehen zu den Geräten. Mir wurde schlecht, und ich ergriff die Flucht. Denn egal, wie sehr ich trainieren und wie glatt und straff mein Po vielleicht werden würde, ich würde nie den dazu passenden Gesichtsausdruck bekommen, und sie würden immer merken, daß mit mir etwas nicht stimmt, und wenn ich jeden Tag hierher kam, dann würde ich irgendwann selber glauben, daß mit mir etwas nicht stimmt.

Ich sah wieder auf die Uhr. Der Zeiger hatte es bis Viertel vor acht geschafft, was bedeutete, daß ich noch eine Viertelstunde schwimmen mußte, und wenn es nach Lea ging (»Fünfundvierzig Minuten sind das Minimum, Agnes!«), sogar noch eine halbe.

Lea wußte natürlich auch, zu welchem Friseur ich gehen mußte. Der Salon trug einen englischen Namen, die Einrichtung war schlicht und edel, die Angestellten wirkten auch schlicht und edel, und ich kam mir schon wieder ganz sonderbar vor, anders und ungenügend, aber hier mußte ich ja nicht jeden Tag hingehen, sondern nur alle sechs Wochen, und das würde ich schon schaffen, ohne an meiner Existenzberechtigung zu zweifeln.

Ich wurde einer wortkargen jungen Frau zugewiesen, die mir stumm und konzentriert die Haare schnitt und es tatsächlich dahin brachte, daß ich plötzlich auch schlicht und edel aussah, jedenfalls am Kopf. Ihr schien es auch zu gefallen, denn sie öffnete den Mund und fragte, ob sie mir nicht die Augenbrauen zupfen und die Wimpern färben solle, und ich stimmte zu, ergriffen von meiner Verwandlung und davon, daß sie mit mir sprach, obwohl ich mir sonst nie die Wimpern färben lasse, denn man muß die Augen so lange geschlossen halten, und ich hasse es, temporär blind zu sein, und das in einer völlig fremden Umgebung. Es war auch diesmal schrecklich, aber dann begann die Frau neben mir von der künstlichen Befruchtung zu erzählen, der sich ihre Freundin immer wieder und gänzlich erfolglos unterzog, und das lenkte mich ab und beschämte mich, denn was ist temporäre Blindheit schon gegen die Qualen der künstlichen Befruchtung?

Als ich die Augen wieder öffnen durfte und die Farbreste von den Lidern gewischt waren, war ich so schön, für meine Verhältnisse jedenfalls, daß die stumme Friseuse anerkennend lächelte, und so machte es mir fast nichts aus, den edlen Preis zu zahlen, denn wenn mein Anblick sogar eine wortkarge Haareschneiderin zum Lächeln brachte, was würde er dann erst bei denen ausrichten, um derentwillen dies alles stattfand?

Ich hatte unendlich viele Runden geschwommen, aber ich wußte, es hatte keinen Sinn, zur Uhr zu sehen, weil der Zeiger bestimmt noch nicht da stand, wo er stehen sollte. Schwimm weiter, Agnes, sagte ich zu mir, denke nicht an die Zeit oder daran, ob deine Muskeln wachsen und dein Gewebe sich strafft, denk daran, was die Buddhisten sagen, der Weg ist das Ziel, schwimme des Schwimmens wegen, das Zen des Schwimmens, entleere dein Hirn, denk an gar nichts mehr.

Das Zen des Schwimmens half, ich vergaß die Zeit, und so konnte sie schneller vergehen, und als ich zufällig auf die Uhr sah, war es zwanzig nach acht. Ich drehte mich auf den Rücken und ließ mich treiben und besah mir, was dieser Ort sonst zu bieten hatte. Der Bademeister war ein mürrischer Mann mittleren Alters in schmutzigem Weiß. Ein paar Knaben waren da, die hektisch im Wasser herumpaddelten oder kreischend hineinsprangen, und ein paar ältere Herren, die bedächtig ihre Runden zogen oder auf den Bänken saßen und sich miteinander unterhielten. Nicht gerade beeindrukkend, die Auswahl, dachte ich, aber vielleicht wird's auf Dauer besser, und dann bist du ja zum Schwimmen hier, schwimme des Schwimmens wegen, nicht der Männer.

Auf dem Weg zu den Duschen kam ich an einem der älteren Herren vorbei, er war dünn und braungebrannt und irgendwo zwischen siebzig und unendlich, und er sah mir kühn ins Gesicht und pfiff hinter mir her, leise, zwischen den Zähnen, wie in einem antiquierten Western. Was fällt dem denn ein, mich anzumachen, dachte ich ärgerlich, der könnte mein Großvater sein, na, das nicht gerade, aber mein Vater, glaubt der, ich hätte es nötig, mich an Altersheiminsassen zu vergreifen? Ich sah zurück, um sein greisenhaftes Alter besser einschätzen zu können, und da stand er und sah mir nach, und nun mußte er denken, ich sei auch an ihm interessiert, und das machte mich noch ärgerlicher.

Unter der Dusche fiel mir auf, wie arrogant und eingebildet ich war. Du bist auch nicht mehr die Jüngste, sagte ich zu mir, nächstes Jahr wirst du einundvierzig, und du bist auch hier, um ein bißchen in Form zu kommen, damit du noch was aufreißt und damit du Weihnachten und Silvester und deine alten Tage nicht in Einsamkeit und Verlassenheit zubringst. Vermutlich genau dasselbe, was der alte Knabe will, und hat der vielleicht kein Recht darauf? Und jedenfalls ist er besser in Form als du.

»Agnes!« sagte Lea. »Wie du aussiehst. Wunderschön!«

»Ja, nicht wahr?« sagte ich bescheiden.

»Du bist ja sowieso sehr schön, aber nun siehst du auch noch wunderschön aus.«

Das schien mir nicht sehr logisch, aber soll man einen Menschen, der so etwas Nettes sagt, auf derartige Mängel aufmerksam machen? Außerdem ist gegen Leas innere Logik ohnehin nichts auszurichten. Menschen, die sie mag, sind für sie grundsätzlich schön, begabt und charakterlich hochstehend.

Sie besah eingehend meine Haare, Augenbrauen und Wimpern, nickte zufrieden und sagte: »Nun noch die neuen Kleider, und sie werden vor deiner Türe Schlange stehen.«

Schön wär's, dachte ich.

»Ich habe mir genau überlegt, was du brauchst und wo wir das kriegen«, sagte sie, »erst drei Boutiquen, dann zwei Schuhgeschäfte, und dann schauen wir noch bei Hertie rein.«

Mir wurde schlecht.

»Keine Sorge, Agnes, wir brauchen nicht weit zu laufen, das liegt alles in der Fußgängerzone.«

Ich wäre meilenweit gelaufen, um nicht in die drei Boutiquen zu müssen. Ich habe Angst vor Boutiquenbesitzerinnen. Sie stehen wie Habichte hinter einem, kaum daß man sich in etwas hineingezwängt hat, und sagen, daß man toll darin aussieht und »ganz Ihr Stil«, und wenn man sagt, daß man es nicht so toll findet und sich eigentlich etwas anderes vorgestellt hat, dann sehen sie aus wie gekränkte Habichte, und es bleibt einem nur, sich schnell wieder in die eigenen Kleider zu zwängen und die Flucht zu ergreifen.

»Ich habe Angst vor Boutiquenbesitzerinnen.«

»Keine Sorge, Agnes, das machen wir schon.«

Sie ließ die Besitzerinnen nicht an mich heran, sie gab die Auskünfte und übernahm die Verhandlungen und schickte mich in die Kabine, wo ich nur halbnackt und schwitzend zu warten brauchte, bis sie die Sachen anschleppte, die ich dann schwitzend anprobierte.

»Lea, in dieser Beleuchtung sehe ich fürchterlich aus. Warum soll ich mir neue Kleider kaufen, wenn ich ohne Kleider so fürchterlich aussehe? Dann hat es doch sowieso keinen Sinn. Laß uns lieber gehen.«

»In dieser Beleuchtung sieht Claudia Schiffer auch fürchterlich aus. Schau einfach nicht hin, Agnes. Schau erst wieder hin, wenn du die Sachen anhast. Wie findest du diese Bluse?«

»Ich glaube nicht, daß Rot mir steht.«

»Doch. Du hast braune Augen und braune Haare, und die Farbberatung sagt, daß du der einzige Typ bist, der Rot überhaupt tragen sollte.«

Ich sah die Boutiquenbesitzerinnen erst wieder, wenn sie an der Kasse standen, meine Einkäufe in schöne Tüten packten und wie sanfte Tauben meine Kreditkarte entgegennahmen, und unter diesen Umständen hatte ich gar keine Angst vor ihnen und fand sie sogar nett.

Meine Klagen verstummten, ich wurde munter und absolvierte die Schuhgeschäfte mit Bravour, und nachdem wir noch bei Hertie hereingeschaut hatten, saßen wir im Mövenpick und aßen Crevetten in Sahnesoße an Safranreis.

»Mhm«, sagte Lea und legte das Besteck auf ihren Teller, »sehr gut.«

»Wie ist es mit Kaffee und einem Rieseneisbecher?«

»Auch sehr gut.« Sie wartete, bis der Kellner abgeräumt hatte, und sagte dann mit gedämpfter Stimme: »Übrigens, Agnes, was ist mit Unterwäsche?«

»Wieso? Was ist damit?«

»Willst du dir nicht auch neue Unterwäsche kaufen?«

»Was hast du gegen meine Unterwäsche?« Ich habe schöne Unterwäsche, schön und weiß und schlicht.

»Gar nichts«, sagte sie und sah sich um, ob uns auch keiner hörte, »aber um mich geht es ja auch nicht.«

Ich verstand sie nicht.

»Ich meine, also, für den Anfang ist es natürlich egal, aber später, wenn es ... wenn es dann, also, wenn es dann zum Schwur kommt –«

»Zum Schwur?«

Sie beugte sich vor und flüsterte: »Wenn du mit dem Mann ins Bett gehst.«

»Ach so«, sagte ich, »also bis jetzt waren meine Sachen dafür gut genug. Außerdem zieht man sie dann ja sowieso aus.« Ich war fast gekränkt, weil sie annahm, daß ich allein nicht mehr ausreichte, um einen Mann in Fahrt zu halten, sondern aufregende Unterwäsche dafür benötigte.

»Ja, sicher«, sagte sie, »natürlich. Aber ich habe gelesen, daß Männer ausgesprochen visuelle Typen sind, Augenmenschen, weißt du? Bei starken visuellen Reizen schaltet ihr Verstand ab, und die visuellen Reize überschwemmen das ganze Nervensystem.«

Ich fand die Vorstellung schrecklich, es mit einem Mann zu tun zu haben, dessen Verstand abgeschaltet und dessen Nervensystem überschwemmt ist, und das in einer so intimen Situation.

»Und dann?«

»Dann erleben sie alles auf einer viel sensibleren Ebene, und es hinterläßt tiefere Eindrücke.« Sie nickte triumphierend.

Ich versuchte mich an die Vorlesungen während meines Studiums zu erinnern, aber die Erinnerung war sehr verschwommen, und vielleicht waren dies die neuesten Forschungsergebnisse und der Grund dafür, daß die Industrie so aufregende Unterwäsche herstellte und auf riesigen Plakatwänden dafür warb.

»Na, gut«, sagte ich, »machen wir Nägel mit Köpfen. Aber was ist mit der Beleuchtung?«

»Wieso?«

»Wenn ich Unterwäsche anprobiere, kann ich doch nicht wegsehen, bis ich wieder Klamotten anhabe.«

»Ach, so. In den Unterwäschegeschäften haben sie Schlankmacherspiegel und so ein bräunliches Licht. Darin sieht man ganz toll aus, viel toller als in Wirklichkeit.«

Als ich nach Hause kam, war es schon dunkel. Ich trug die Tüten ins Wohnzimmer, machte überall Licht, breitete alles, was wir gekauft hatten, auf dem Sofa, den Sesseln und dem Tisch aus, holte mir einen Stuhl und setzte mich davor. Es war wie Weihnachten, all die schönen Dinge, die da in einer Reihe lagen, Seidenblusen, feine Wollhosen, Pullover aus Merino und einer sogar aus Kaschmir, der Mantel, die Jacketts, die Schuhe, und ganz am Ende der Reihe leuchtete die Unterwäsche, die wir bei »Madeleine« erstanden hatten, Spitze total, in den Farben Eiscreme und Wüste.

Was hast du dir denn dabei gedacht, fragte plötzlich eine Stimme in meinem Kopf. Bist du verrückt geworden, Agnes? Erst rennst du zu diesem Schickeriafriseur und läßt dir für einen unsinnigen Haufen Geld einen albernen Haarschnitt machen, und dann läßt du dich von Lea durch die Läden zerren und dazu verführen, Unmengen von Kleidern zu kaufen, die viel zu schön sind für dich und viel zu teuer. Hast du schon mal zusammengerechnet, was das alles gekostet hat? Davon kann Jessica bestimmt ein Vierteljahr studieren, vielleicht sogar länger. Aber du schmeißt das Geld zum Fenster hinaus. Und das nur, weil du dir einbildest, daß du einen neuen Mann brauchst. Eine Taube in der Hand. Du brauchst keinen neuen Mann, und du brauchst keine neuen Kleider. Das ist überflüssiger Luxus!

Ich fing an zu weinen, ich saß lange auf meinem Stuhl und weinte, und dann schlich ich zum Sofa und machte mich daran, die Sachen ordentlich zusammenzulegen und vorsichtig in die Tüten zu packen. Morgen gehst du hin und bringst das Zeug zurück, überlege dir schon mal ein paar gute Ausreden, warum du es nicht haben willst. Mir schauderte bei der Vorstellung, vor die Boutiquenbesitzerinnen hintreten zu müssen und sie zu bitten, die Sachen, die sie gestern so fröhlich eingepackt hatten, wieder auszupacken und zurückzunehmen. Sie würden wie zornige Habichte blicken, und das mit Recht. Und wie sollte ich es ihnen erklären? Meine Tochter kann ein Vierteljahr nicht studieren, wenn ich das behalte? Oder: Das ist überflüssiger Luxus, nehmen Sie es bitte zurück?

Überflüssiger Luxus. Moment, Agnes, langsam. Denk noch mal nach. Überflüssiger Luxus. Wann hast du je überflüssigen Luxus gehabt? Als Kind bestimmt nicht, da gab's keinen überflüssigen Luxus, Gott behüte, wenn Vater etwas haßt, dann ist es überflüssiger Luxus. Und danach? Danach hast du studiert und geheiratet und Jessica gekriegt und fertig studiert, und da gab's keinen überflüssigen Luxus, wo hätte der auch herkommen sollen? Und dann hast du dich scheiden lassen und in der Klinik gearbeitet und für Jessica gesorgt, und dann bist du umgezogen in die große Wohnung und hast die Praxis aufgebaut und für Jessica gesorgt und keine Rede von überflüssigem Luxus. Das einzige, was wichtig war, waren das Kind und die Praxis. Männer liefen nebenher, was dir eben in die Finger fiel, und Klamotten liefen auch nebenher, was dir eben in die Finger fiel, wenn du im Kaufhaus warst oder an einer Boutique vorbeikamst.

Und jetzt? Jetzt läuft die Praxis, und Jessica studiert in Hamburg, und du brauchst nur noch den Scheck zu schikken. Und du? Was ist mit dir? Du hast nichts mehr aufzubauen und für niemanden mehr zu sorgen. Du hast jetzt Zeit und Raum (o Gott, Zeit und Raum!) für überflüssigen Luxus. Für schöne Kleider und wüstenfarbene Spitzenunterwäsche und für einen richtigen Mann. Keine Spatzen mehr. Gönn dir die Taube in der Hand.

Ich sah auf den Pullover, den ich in der Hand hielt. Er war aus Kaschmir und Seide, ganz weich, die Farbe ein warmes Rosa. Ich hatte noch nie Rosa getragen und noch nie Kaschmir und Seide. Ich hatte gerade aufgehört mit dem Weinen und fing schon wieder damit an, die Tränen stürzten aus meinen Augen und fielen auf den Pullover, aber Tränen machen keine Flecken, obwohl, auf Kaschmir und Seide vielleicht doch? Ich tupfte sie vorsichtig ab, und dann zog ich mich aus und zog den Pullover an und eine der schönen neuen Hosen.

Ich packte die Tüten wieder aus, schnitt die Preisschilder von den Kleidern, suchte die Kassenzettel zusammen und zerriß alles in kleine Stücke, die ich in der Toilette hinunterspülte, damit ich nicht in die Versuchung geraten konnte, doch noch etwas zurückzubringen. Ich besprühte mich ausgiebig mit Eroica und betrachtete mich lange im Spiegel. Dann holte ich mir ein Glas Wein und setzte mich vor den Fernseher, allein, in einsamer Schönheit, aber da ich nun so schön war, würde ich hoffentlich nicht mehr lange alleine vor dem Fernseher sitzen.

Nach der Reaktion meiner männlichen Klienten zu urteilen, hätte ich das Ganze ebensogut sein lassen können. Es war der Tag, an dem fast nur Männer ihre Therapiestunde bei mir hatten, und keiner hatte auch nur mit der Wimper gezuckt, aber ich tröstete mich damit, daß ich wirklich nicht dazu da war, das Nervensystem meiner Klienten mit visuellen Reizen zu überschwemmen, ganz im Gegenteil.

Frau Koch merkte es sofort. Sie musterte mich interessiert, während wir uns begrüßten, und als wir uns verabschiedeten, sagte sie: »Sie sehen aber wirklich schön aus, Frau Doktor. Ich habe mir schon immer gedacht, daß Rot genau das Richtige ist für Ihren Typ.«

Ach nee, dachte ich, wieso weiß jeder, daß Rot genau das Richtige ist für meinen Typ, nur ich habe keine Ahnung davon?

»Also dann, auf Wiedersehen, Frau Doktor.«

»Auf Wiedersehen, Frau Koch«, sagte ich und fügte zum hundertsten Mal hinzu, »und lassen Sie doch bitte den Doktor weg.«

»Ach ja, natürlich. Also, auf Wiedersehen –« Sie schlüpfte schnell zur Tür hinaus, ehe ihr das nächste »Frau Doktor« auf die Zunge geraten konnte.

Sonderbar, dachte ich, sie weiß genau, worin ich schön aussehe, und sie selbst sieht so furchtbar aus, in ihren mißfarbenen Jerseyröcken und kleingemusterten Blusen und mit der hartgelockten Dauerwelle, praktisch, aber scheußlich.

Sie hat es allerdings auch gar nicht nötig, überlegte ich, sie hat mehr Männer für alles, als sie brauchen kann, und wenn sie sich auch noch schön machen würde, wäre der Ansturm wahrscheinlich überwältigend. Frau Koch war seit drei Jahren verwitwet, und nach Ablauf der Trauerzeit hatte ihr Nachbar begonnen, ihr deutlich sein Interesse zu zeigen, und seit sie regelmäßig ins Seniorenzentrum ging, gab es zwei weitere Interessenten, und alle waren seriöse, liebenswürdige Männer mit gutem Auskommen, die sie ernsthaft umwarben und unbedingt alles mit ihr teilen wollten.

Und das bei dem Aussehen, dachte ich. Sie hat allerdings große innere Werte, sie ist klug und freundlich und hat eine liebevolle Art und viel Aufmerksamkeit für andere. Hm.

Aber ich habe doch auch innere Werte, nicht so große wie Frau Koch, aber auch, ich bin ziemlich nett und ziemlich intelligent und auch sehr aufmerksam. Das müßte eigentlich reichen, nicht gerade für drei Männer für alles, so viele brauche ich ja auch nicht, aber für einen allemal. Vielleicht hätte ich mir das ganze Geld doch sparen können.

Allerdings kann Frau Koch ihre inneren Werte auch sehr gut zeigen, überlegte ich, sozusagen stehenden Fußes. Nach fünf Minuten hat man schon vergessen, wie sie aussieht, dick, blaß, scheußlich angezogen, und ist bezaubert von ihr. Das kann ich nicht, da brauche ich viel länger, und also ist es wohl doch richtig, wenn ich erst mal meine äußeren Werte aufpoliere und herzeige, dann habe ich Zeit, die inneren allmählich nachzuschieben.

Es klingelte. Ich stand noch an der Tür, die Klinke in der Hand, und konnte sofort öffnen. Gertraud schrak zurück, als die Tür so schnell aufging. »Wartest du schon auf mich, Agnes? Ich bin doch nicht zu spät?«

»Nein, nein«, sagte ich, »ich stand nur hier und dachte nach.«

Eigentlich ist es sonderbar, daß ein Mensch hinter seiner Wohnungstür steht, die Klinke umklammert und nachdenkt, aber Gertraud stört sich nicht an Sonderbarkeiten.

»Ach so«, sagte sie, sah aber doch auf die Uhr. »Es ist genau sechs.«

»Natürlich. Du bist nicht zu spät.« Wenn sie etwas haßt, dann ist es Unpünktlichkeit.

»Hast du den Tisch reserviert?«

»Ja, natürlich. Für Viertel nach sechs.« Es war sinnlos, um diese Zeit einen Tisch zu reservieren, aber Gertraud hat die Dinge gerne gut organisiert, denn Unsicherheiten mag sie auch nicht.

Nachdem diese lebenswichtigen Fragen geklärt waren, kam sie endlich dazu, mich genauer zu betrachten. »Agnes«, sagte sie, »du siehst so anders aus. Was ist los?«

»Ach, ich wollte mal was für mich tun.«

»Aha«, sagte sie, »einfach so?« Unklarheiten läßt sie auch nicht lange im Raum stehen.

»Nein«, sagte ich, und da wir immer noch direkt hinter meiner Wohnungstür standen, fügte ich im Verschwörerton hinzu: »Ich suche einen Mann.«

»Warum?« fragte sie. »Du hast doch schon einen.«

»Ja, sicher. Aber ich will einen richtigen, weißt du? Einen für alles.«

»Ach so. Vollzeitkraft, vierundzwanzig Stunden am Tag, dreihundertfünfundsechzig Tage im Jahr?«

»Genau.«

Sie betrachtete mich nachdenklich, und ich wußte, daß sie innerlich damit befaßt war, die Probleme, die sich hier präsentierten, in eine gewisse Ordnung zu bringen, damit man sie angehen konnte.

»Also«, sagte sie, »erstens, du siehst sehr gut aus. Dieses Rot steht dir ausgezeichnet und der Haarschnitt auch. Sehr gut. Zweitens, was willst du mit einem Mann für alles? Das bringt doch nur Schwierigkeiten.« Sie sah auf die Uhr. »Laß uns nachher darüber sprechen. Es ist schon zehn nach sechs. Wir kommen sonst zu spät.«

Wir gingen in das gutbürgerliche Lokal um die Ecke, wo man sich mit viel dunklem Holz, Schmiedeeisen und Trokkenblumensträußen abfinden muß, dafür aber gutes Essen zu vernünftigen Preisen bekommt.

»Ich frage mich, ob in diesem Zucchinigratin Nüsse sind«, sagte Gertraud, »Nüsse sind gar nicht gut für meinen Organismus, jedenfalls nicht im Herbst.« Es gibt immer etwas, das nicht gut ist für Gertrauds Organismus, dabei sieht ihr Organismus von außen so prachtvoll und kräftig aus, daß man sich gar nicht vorstellen kann, daß er innen so zart und empfindlich ist.

»Frag den Kellner«, sagte ich, und das tat sie, aber es dauerte eine Weile, bis sie eine Antwort bekam, denn er hatte

Schwierigkeiten, sich unter ihrem fragenden Blick zu konzentrieren. Die meisten Männer haben Schwierigkeiten, sich zu konzentrieren, wenn Gertraud sie ansieht, das ist auch einer der Gründe, warum wir in dieses Lokal gehen, hier sind die Kellner schon abgehärtet gegen ihren Anblick, aber dieser war neu.

»Also«, sagte sie, als Wein und Wasser vor uns standen, »was ist das mit diesem Mann für alles, Agnes? Was versprichst du dir davon?«

»Na, alles eben. Alles zusammen machen, weißt du, Weihnachten und Silvester und Urlaub und Einkaufengehen –« Es klang albern, wie ich das sagte, aber wenn einen jemand so zweifelnd ansieht, ist es schwierig, die richtigen Worte zu finden. »Und miteinander schlafen natürlich und fernsehen und in Ausstellungen gehen und Laub harken und so, du weißt schon –«

»Nein«, sagte sie. »Was meinst du mit Laub harken?«

»Ach, das ist nur so ein Beispiel. Lea harkt immer mit Georg zusammen Laub.«

Sie sah mich verständnislos an.

»Ein Symbol gewissermaßen«, erklärte ich, »für dieses Alles-miteinander-Tun, Alles-miteinander-Teilen.« Du redest wie eine Pastorin, Agnes, aber immer noch besser pastoral als albern.

»Ich weiß ja, was du meinst«, sagte sie, »immer zusammen sein und alles miteinander teilen, klar. Das ist mir klar. Aber was dann?«

»Wieso, was dann? Was soll dann sein?«

Sie war damit beschäftigt, das Zucchinigratin daraufhin zu untersuchen, ob es nicht doch etwas enthielt, was ihrem Organismus schaden könnte, und ich sah auf meine Tortellini und überlegte, ob ich sie auch auf irgend etwas hin untersuchen könnte, damit ich nicht so dumm rumsäße, aber mir fiel nichts ein, und so machte ich mich daran, sie zu essen.

»Also, Gertraud«, sagte ich nach einer Weile, »was ist dann?«

Sie kaute zu Ende und schluckte gründlich runter. »Dann hast du ein Problem, nicht sofort, aber nach einiger Zeit. Nach einiger Zeit wird dir klar, daß der Mann, mit dem du zusammenlebst, eine Frau für alles hat, und was hast du? Du hast ein Problem.«

Ich schüttelte den Kopf.

»Wirklich«, sagte sie, »es funktioniert nicht. Mit Männern kannst du nicht zusammenleben, jedenfalls nicht, wenn du dich einigermaßen wohlfühlen und einigermaßen du selbst bleiben willst. Ehe du dich versiehst, tust du das, was sie wollen, und bist so, wie sie es haben wollen, einfach so, weißt du, nicht, daß sie dich dazu zwingen oder es von dir verlangen, es passiert einfach. Sie können gar nichts dafür, glaube ich.«

Sie seufzte und sah auf ihre Zucchini. »Laß mich noch ein paar Bissen essen, ja?«

Ich wartete geduldig, während sie aß, und betrachtete inzwischen die Männer im Lokal, die Kellner, die Gäste, den Wirt. Sie kamen mir plötzlich vor wie eine fremde Spezies, nicht geeignet zum menschlichen Zusammenleben, der Gesundheitsminister warnt, es könnte Ihrem Wohlbefinden abträglich sein.

Gertraud legte die Gabel ordentlich auf den Teller. »Mit Frauen funktioniert es, komisch, nicht? Mit Frauen kannst du zusammen wohnen und arbeiten und Ferien machen und Feste feiern und Einkaufen gehen – also, Einkaufen gehen kann man mit Männern ohnehin überhaupt nicht, das solltest du eigentlich wissen.«

»Doch, doch«, sagte ich eilfertig, »das weiß ich. Das sagt Lea auch.«

»Es gibt zwei Dinge, für die Männer wirklich geeignet sind«, fuhr sie fort, in dem Ton, den Dozenten anschlagen, wenn sie zum Höhepunkt ihrer Ausführungen kommen,

»umziehen und ins Bett gehen. Mit Frauen umziehen ist schrecklich. Nimm zum Beispiel meinen Bauernschrank, den kriegen fünf Frauen kaum vom Fleck. Und dann kommen zwei Männer und tragen ihn eben mal die Treppen rauf und runter. Oder diese schweren Ikearegale, die tragen sie mit einer Hand, einer vorne, einer hinten, und unterhalten sich noch dabei. Und ins Bett gehen, natürlich. Klar. Dafür sind sie auch gut geeignet. Das geht ja nun mit Frauen nicht.«

Ich wußte nicht, was ich sagen sollte.

»Sieh mich nicht so entsetzt an, Agnes. So ist es nun mal. Ich dachte, du wüßtest das.«

Woher denn, dachte ich. Ich habe gerade mal einen Mann für alles gehabt, und das ist lange her, und du hattest drei, wenn ich richtig mitgezählt habe, Lauras Vater und Lukas' Vater und dann dieser andere Knabe, dieser Fotograf oder was er war. Und ich bin mir gar nicht sicher, ob ich dir einfach glaube, daß es nicht funktioniert. Ich kenne genug Leute, bei denen es geht, sehr gut sogar. Ich überlegte, wen ich kannte. Annette in der Kollegengruppe und ihr Mann zum Beispiel, und Bertram und seine Frau, bei denen geht's ganz gut, und bei mir im Haus, die beiden aus dem zweiten Stock, und wer noch, Ellen und Dieter natürlich, die leben zwar noch nicht so lange zusammen, aber bei denen wird es auch funktionieren, da bin ich sicher, und wen kenne ich noch, das gibt es doch nicht, daß mir niemand mehr einfällt. Moment mal, Lea, ja, natürlich, Lea!

»Lea!«

»Was ist mit Lea?«

»Bei Lea geht es«, sagte ich, »bei Lea und Georg. Da funktioniert es.«

»Ach, Lea«, sagte Gertraud, »klar. Genau das, was ich meine. Georg hat eine Frau für alles. Wunderbar. Und was hat Lea? Einen Mann, der neunzig Prozent der Zeit mit sich beschäftigt ist, mit seinem Computer, seinen Studenten, seinen Forschungen, Tagungen, seinen Ich-weiß-nicht-Was.

Und die restlichen zehn Prozent kriegt sie, und da paßt sie noch höllisch auf, daß sie ihn nicht überfordert. Und wenn sie sich mal einen schönen Tag machen will oder schöne Ferien oder richtig mit jemandem reden will, mit wem macht sie das? Mit dir.«

»Ich weiß nicht«, sagte ich. »Ich glaube nicht, daß du recht hast. Lea ist wirklich glücklich, das hat sie mir kürzlich erst gesagt.«

»Ist ja gut, Agnes. Such du nur, vielleicht findest du tatsächlich einen. Das feiern wir dann ganz groß.« Sie überlegte. »Was kann ich denn für dich tun dabei? Die Suche nach dem Unmöglichen. Da brauchst du Ausdauer, Mut und Kraft. Hm. Mit Bachblüten ist das nicht getan. Schwefel vielleicht, Schwefel in der richtigen Potenz. Ich denke mal darüber nach, und dann kommst du vorbei, und wir testen es aus.«

Die Wendung, die das Gespräch nahm, gefiel mir sehr. »Ach, ja, das machen wir. Und ich wollte dich noch was fragen. Deine Männer, ich meine, die fürs Bett, wo findest du die eigentlich immer?«

Blöde Frage eigentlich, dachte ich. Sie sieht aus wie die Königin von Saba, sie kommt kaum über die Straße, ohne über einen zu stolpern, der ihr zu Füßen fällt, wahrscheinlich schlendert sie mal kurz durch die Gegend und sucht sich einen aus.

»Manchmal treffe ich zufällig einen«, sagte sie, »beim Einkaufen oder so. Aber ich verlasse mich nicht gerne auf Zufälle. Am einfachsten ist es in der Sauna.«

O Gott, Sauna, dachte ich. Umkleideräume, Schwitzen und diese widerliche Hitze. »Wieso in der Sauna?«

»Da siehst du am besten, wen du vor dir hast.«

Ich kicherte.

»Also wirklich, Agnes«, sagte sie indigniert, »so meine ich das nicht, das könntest du eigentlich wissen. Es sagt einfach viel, wie einer sich benimmt, wenn er nichts mehr anhat und bloß noch dasitzt und schwitzt, und man sieht auch gleich, was er für ein Verhältnis zu seinem Körper hat, und darum geht es ja, wenn du mit ihm ins Bett willst. Und wenn er in der Sauna keinen Blödsinn redet, dann kannst du ziemlich sicher sein, daß er im Bett auch keinen Blödsinn redet.«

»Na gut«, sagte ich, »ich muß noch ein bißchen schwimmen, bevor ich mich in der Sauna zeigen kann, aber dann nimmst du mich mal mit, ja?«

Fragt sich nur, ob ich neben ihr überhaupt eine Chance habe. Da sieht mich ja keiner. Aber so lerne ich schon mal, wie man den richtigen Mann fürs Bett und das Gespräch danach erkennt. Darauf kann man dann aufbauen.

3. Kapitel

»Hör mal, Agnes«, sagte Lea, »wir haben nächste Woche Industrie-Essen. Willst du nicht mitkommen?«

»Oh, Lea«, sagte ich, »Industrie-Essen!«

Lea hat öfters Industrie-Essen, denn die Industrie ist sehr an Georg interessiert, er ist anscheinend der Albert Einstein der Informationsverarbeitung, aber Georg ist leider gar nicht an der Industrie interessiert, er interessiert sich nur für seinen Computer und seine Studenten. Georg würde jedem Industriemann, der bei ihm anfragt, mit einem glatten Nein antworten, aber Lea hat ihm eingeschärft zu sagen, er müsse es sich überlegen und vor allen Dingen mit seiner Frau darüber sprechen. Auf diese Weise werden ihr wunderbare Blumensträuße ins Haus geschickt und Einladungen in Dreisternelokale, wo der Industriemann sie mit seinem Charme und den Köstlichkeiten des Hauses traktiert, während Georg still vor sich hinkaut.

»Wo?« fragte ich gierig. Das letztemal war sie im Tantris gewesen.

»Ich weiß es noch nicht. Irgendwas mit zwei Sternen und der besten Küche Deutschlands.«

»Nicht im Tantris! Wie schade.«

»Aber es geht doch nicht um das Essen oder das Lokal«, sagte sie, »es geht um den Mann. Deswegen sollst du mitkommen. Diese Industriemänner sind oft sehr ansprechend, intelligent und gepflegt und gut angezogen auf jeden Fall, und manche sind auch nett und interessant. Dieser klingt sehr nett und sehr interessant, und er wohnt in München und hat keine Frau. Genau das Richtige für dich.«

»Woher weißt du, daß er keine Frau hat?« fragte ich.

»Ich habe ihn gefragt.«

»Einfach so?«

»Nein, natürlich nicht«, sagte sie, »ich habe gesagt, bringen Sie doch Ihre Frau mit, ich würde sie auch gerne kennenlernen, und er hat gesagt, das geht leider nicht, und ich habe gesagt, das tut mir aber leid, daß Ihre Frau nicht kann, und da hat er gesagt, das wäre es nicht, seine Frau und er lebten getrennt, und deshalb müßte ich mit ihm vorliebnehmen.«

Sie seufzte. »Es war mir sehr peinlich, so zudringlich zu sein, er muß mich für eine schreckliche Person halten, aber ich habe mir gedacht, wenn schon, denn schon, was soll ich dich mitschleppen, wenn er glücklich verheiratet ist.«

»Lea, du bist wunderbar.« Obwohl ich mich auch gerne hätte mitschleppen lassen, dachte ich, wenn es nur das Zweisternefutter gegeben hätte, ohne Industriemann als Dreingabe.

»Nächsten Dienstag«, sagte sie, »kannst du da?«

»Natürlich«, sagte ich, »da kann ich auf jeden Fall, auch wenn ich nicht könnte. Aber hör mal, was sagt denn Georg dazu? Ist ihm das recht?«

»Aber sicher. Georg sagt, ihm wäre es am liebsten, du würdest an seiner Stelle mitgehen, und das wäre ja auch das Einfachste, denn dann wären nur die Leute da, die wirklich da sein wollen. Georg langweilt sich immer so furchtbar. Aber ich weiß wirklich nicht, wie ich dem Industriemann erklären könnte, daß Georg nicht mitkommt.«

»Und wie erklärst du ihm, daß ich mitkomme?«

»Ich sage einfach, du bist Georgs Schwester. Das könntest du ja auch sein, ihr seid beide so groß und hübsch.« Lea mißt knappe Einmetersechzig, und jeder, der groß ist, ist für sie per se schon hübsch. »Außerdem ist es ihm bestimmt egal, wen ich sonst noch mitbringe, solange Georg da ist.«

»Ach, Lea«, sagte ich, »wunderbar.«

»Er wird dir bestimmt gefallen«, sagte sie, »weißt du, was er mir für einen Blumenstrauß geschickt hat? Lauter alte Rosen, solche, wie sie Josephine Beauharnais in ihrem Garten in Malmaison stehen hatte, sündhaft teuer und überirdisch schön. An einem Mann, der solche Sträuße verschickt, muß etwas dran sein.«

Mhm, dachte ich. Alte Rosen. Industriemänner. Zweisternefutter. Das Leben ist gar nicht so schlecht.

An dem Industriemann war etwas dran. Zwar trug er einen Manageranzug, und Manageranzüge kann ich nicht leiden, Achim trägt sie auch, ich finde sie schrecklich, aber ich glaube, sie müssen einfach Manageranzüge tragen, wenn sie etwas anderes anhätten, würden sie sich nackt und ausgeliefert fühlen. Aber er hatte kein Managergesicht, sondern ein fröhliches Gesicht mit blauen Augen und ein paar Sommersprossen, und seine rötlichen Haare waren erfrischend ungekämmt.

Er küßte Lea die Hand auf eine Art, die deutlichmachte, daß sie eigentlich viel zu jung war, um ihr auf so altväterliche Art die Hand zu küssen, und mir küßte er die Hand nicht, auf eine Art, die deutlich machte, daß ich nun wirklich allzu jung war, um mir die Hand zu küssen, und dann schüttelte er Georg die Hand und sagte fröhlich: »Schön, Sie kennenzulernen, Professor Rosenbauer«, so, als wären wir alle nur hier, weil wir so nette Menschen waren und einander unbedingt kennenlernen wollten.

Das Lokal war unübertrefflich schlicht und edel, die Kellner und der Maître waren es auch, aber nicht so, daß ich mir sonderbar vorkam, sondern eher so, daß ich das Gefühl hatte, ich sei schon ganz in Ordnung, so wie ich war. Lea und der Industriemann übernahmen die Bestellung des Essens, sie hatten Übung im Bestellen von Essen in Sternelokalen, und Georg nickte einfach bei allem, was sie vorschlugen, und ich folgte seinem Beispiel.

Der Industriemann betrachtete uns lächelnd: »Familienähnlichkeit. Ihnen beiden scheint das Essen nicht so wichtig zu sein, nicht wahr?«

Ich zuckte zusammen und sah zu Georg. Er hatte ihn anscheinend nicht verstanden, denn er nickte freundlich.

»Ihr Bruder gibt mir recht«, sagte der Industriemann, »aber Sie offenbar nicht. Ich hoffe, Sie sind einverstanden mit dem, was wir bestellt haben.«

Ich zuckte wieder und starrte ihn an und fand keine Worte. Wenn du nicht aufhörst, von Brüdern und Familien zu sprechen, dann kannst du es gleich wieder abbestellen, dann bringe ich keinen Bissen hinunter. Georg weiß nicht, daß ich seine Schwester bin, und er soll es auch nie erfahren.

Er sah mich immer noch fragend an. »Doch, doch«, sagte ich mit Piepsstimme, »ich bin einverstanden, ganz und gar einverstanden.« Du redest wie eine Idiotin, Agnes, dachte ich. Er muß ja glauben, daß die ganze Intelligenz in der Familie auf Georg gefallen ist.

»Da bin ich aber froh«, er griff nach der nächsten Karte, »und nun der Wein.«

»Das überlassen wir Ihnen«, sagte Lea und schob ihren Stuhl zurück, »ich bin gleich wieder da.« Sie sah mich auffordernd an.

»O ja, ich auch«, ich bemühte mich, graziös aus meinem Stuhl zu kommen und ihr leichten Fußes zu folgen.

»Reg dich doch nicht so auf, Agnes«, sagte sie, als sich die Tür des Waschraums hinter uns geschlossen hatte, »was soll er denn von dir denken?«

»Was wird er erst von mir denken, wenn Georg sagt, aber das ist doch gar nicht meine Schwester?«

»Reg dich nicht auf«, wiederholte sie, »das wird Georg nicht sagen, Georg hat abgeschaltet, er hört es gar nicht.«

»Was meinst du mit abgeschaltet?«

»Das tut er immer, wenn ihn etwas nicht interessiert und er nicht weggehen kann. Er läßt ein allgemeines Sozialprogramm laufen, Nicken und Lächeln und ja und nein sagen und *Ach, tatsächlich* und *Wie interessant* und so, und in

Wirklichkeit ist er ganz woanders. Ich schwöre dir, er hört kein Wort von dem, was wir sagen.«

»Ach so«, sagte ich erleichtert, »dann kann ich ja vielleicht doch was essen.«

»Das hoffe ich sehr«, sagte sie, »und vielleicht kannst du ihn zwischendurch auch mal anlächeln. Deswegen sind wir schließlich hier.«

Wir kämmten uns die Haare und zogen die Lippen nach, obwohl es noch gar nicht nötig war, aber wenn man in den Waschraum geht, muß man mit gekämmten Haaren und nachgezogenen Lippen zurückkommen, das gehört sich einfach so.

Der Industriemann erhob sich halb von seinem Stuhl, sehr wohlerzogen, und lächelte uns an, und ich kehrte mein bestes Lächeln hervor, ich hatte einiges nachzuholen.

Von da an war es wunderschön. Ich hatte noch nie Essen mit Sternen gegessen, ich hatte immer gedacht, daß zuviel davon hergemacht würde, daß es einfach nur sehr gutes Essen sei, aber es war mehr als das, es war auf unbeschreibliche Weise himmlisch, es verdiente seine Sterne, meinetwegen hätte es tausend Sterne haben können, nicht nur zwei.

Ein himmlischer Gang folgte dem anderen, begleitet von Weinen, die auch nicht von dieser Erde waren, sie schmeckten, wie mir Wein noch nie geschmeckt hatte. Allmählich erschien mir alles wie verzaubert, das Gesicht des Industriemannes, das mit den Sommersprossen, den unordentlichen Haaren und dem fröhlichen Lächeln das eines Kobolds war, die Kellner, die wie sanfte Geister auftauchten und verschwanden, Leas Lachen und Georg, der am anderen Tischende saß, lächelnd, nickend und schweigend, wie ein Buddha, ein sehr großer und sehr dünner Buddha. Musik war zu hören, eine schwermütige Klarinette.

»Wie schön ist diese Musik«, sagte ich.

»Nicht wahr?« sagte der Industriemann, »wunderschön. Das ist der israelische Klarinettist, wie heißt er noch mal?«

»Giora Feidman«, sagte Lea, »nächste Woche hat er hier ein Konzert, und ich wäre so gerne hingegangen, aber es ist schon ausverkauft.«

»Ach, wie schade«, sagte ich.

»Das ist kein Problem«, sagte der Industriemann, »ich besorge Ihnen Karten.«

»Hätten Sie nicht Lust mitzukommen?« fragte Lea kühn.

Wenn er keine hatte, ließ er es sich nicht anmerken. »Aber natürlich«, sagte er, »gerne.«

Mhm, dachte ich. Sternenfutter, Sternenmusik, Konzertbesuche mit Industriemännern. Das Leben ist wirklich nicht schlecht.

Die beiden sprachen weiter über Musik, sie verstanden etwas davon, ich nicht, und ich kann auch nicht so gut zwei Dinge gleichzeitig tun, das Essen erforderte meine ganze Aufmerksamkeit, und also machte ich es wie Georg, ich lächelte und nickte und schwieg und kaute. Familienähnlichkeit.

»Ich rufe Sie morgen an, Frau Rosenbauer«, sagte der Industriemann, als wir vor dem Lokal standen, »wegen der Karten.«

»O ja«, sagte Lea, »und vielen Dank für den schönen Abend. Es war zauberhaft.«

Zauberhaft, dachte ich, ja wirklich, genau das richtige Wort.

»Danken Sie mir nicht«, sagte er galant, »das Vergnügen lag ganz auf meiner Seite.« Und die Kosten, dachte ich. Und alles für die Katz. Aber ihr könnt es ja absetzen.

Er wandte sich zu mir: »Kann ich Sie irgendwo hinbringen?«

Warum nicht, dachte ich, bring mich ruhig irgendwohin. Aber bevor ich antworten konnte, sagte Lea: »Das ist nicht nötig. Wir bringen meine Schwägerin nach Hause.«

»Warum denn nicht?« fragte ich, nachdem wir uns von ihm verabschiedet hatten und auf dem Weg zum Parkplatz waren. »Warum sollte er mich nicht irgendwo hinbringen?«

»Weil du schwebst«, sagte sie, »man sieht es dir an, und es steht dir gut, aber bist du sicher, daß du noch weißt, was du tust? Außerdem hättest du jetzt nur eine Viertelstunde mit ihm, und das in diesem Zustand, und nächste Woche hast du einen ganzen Abend, und das mit klarem Kopf. Fahr du, Georg«, sie reichte ihm die Autoschlüssel, »wir setzen uns gemütlich hinten rein.«

»Ach, Lea, war das schön!«

»Ja«, sagte sie, »ich muß unbedingt nachher mit Georg sprechen, damit er ihm nicht absagt, bevor ihr im Konzert wart, sonst überlegt er sich's noch anders, er fand dich zwar sehr attraktiv, das war nicht zu übersehen, aber ob das schon reicht? Georg muß es sich noch ein bißchen überlegen, bis nach dem Konzert, wenn es dann nicht gefunkt hat, nachdem ihr einen ganzen Abend zusammen wart, dann funkt es sowieso nicht.«

»Wieso wir? Kommst du denn nicht mit?«

»Natürlich nicht. Was soll ich denn da? Du suchst doch einen Mann, nicht ich!«

»Dann hast du das mit dem Konzert nur wegen mir gesagt? Oh, Lea, bist du schlau.«

»Ach, Agnes, du schwebst wirklich. Gut, daß ich dich nicht mit ihm alleingelassen habe. Diese Weine haben es in sich.«

»Wie heißt er eigentlich?« fragte ich. »Das habe ich nicht mitbekommen, und ich kann doch nicht gut *Hallo, Industriemann* zu ihm sagen, wenn ich ihn nächste Woche treffe. Das klänge irgendwie sonderbar, findest du nicht auch?«

»Anspach heißt er. Und der Vorname? Warte mal, ich habe irgendwo seine Visitenkarte.« Sie kramte in ihrer Tasche. »Ach, hier. Felix Anspach. Ein hübscher Name.«

»Ein zauberhafter Name«, sagte ich und legte den Kopf auf ihre Schulter. »Felix, der Glückliche. Und Agnes, die Glückliche.«

Es war ein seltsames Gefühl, mit einem anderen Mann als Rainer in meinem Bett zu liegen. Natürlich hatte es vor Rainer andere Männer in meinem Bett gegeben, ich besaß es schon lange, ich hatte es nach der Trennung von Achim gekauft, aber dann war es sieben Jahre lang Rainer gewesen, der mit mir in diesem Bett gelegen hatte, und nun kam es mir vor, als hocke sein Geist in der Matratze oder schwebe unter der Zimmerdecke und betrachte uns mißbilligend.

Ich schüttelte mich, um die Vorstellung loszuwerden. »Was ist?« fragte Felix. »Frierst du? Komm zu mir.« Er streckte den Arm aus. »Gleich«, sagte ich und stand auf, »ich mache uns erst ein bißchen Musik.« Die schwermütige Klarinette würde Rainers Geist am besten vertreiben.

Ich kehrte zurück ins Bett und in seinen Arm und zog die Decke über uns, und wir lagen still und hörten zu.

»Musik erzeugt Bilder«, sagte er nachdenklich, »und Gefühle natürlich, das ist klar. Ich glaube, diese Bilder und Gefühle haben etwas mit dem Menschen zu tun, der die Musik geschrieben hat oder sie spielt, er transportiert seine Bilder und Gefühle mit der Musik, und sie kommen bei uns an und vermischen sich mit unseren. Ähnlich wie in der Literatur, aber da ist es einfacher, weil du Bilder und Gefühle direkt beschreiben kannst. Verstehst du, was ich meine?«

»Ja«, sagte ich. Man sollte diese Industriemänner nicht unterschätzen, dachte ich, sie tragen häßliche Anzüge und tun häßliche Arbeit, oder zumindest langweilige, und denken nur an Geld und Gewinn, und dann liegen sie in deinem Bett und sagen solche Sachen.

»Ja«, wiederholte ich, »ich habe Birkenwälder vor mir gesehen und Dörfer und weite Ebenen, und vielleicht hat der, der die Musik geschrieben hat, in so einer Landschaft gelebt. Und als es zu Ende war, konnte ich kaum zurückkommen aus den Birkenwäldern.«

»Stimmt. Du warst ganz weit weg.«

»Aber ich war auch schnell wieder da, oder?«

Er lachte und zog mich an sich und küßte mich. »Was bin ich froh«, murmelte er, »daß dein Bruder uns einen Korb gegeben hat.«

O Gott, mein Bruder, dachte ich, und mir wurde unbehaglich zumute. »Wieso?«

»Weil ich sonst die Finger von dir hätte lassen müssen«, sagte er, »nach dem Konzert habe ich direkt gehofft, daß er kein Interesse an einer Zusammenarbeit hat. Das darf ich in der Firma natürlich niemandem erzählen, die sind so enttäuscht, daß es nicht geklappt hat.«

Du lieber Himmel, dachte ich, gut, daß Lea dafür gesorgt hat, daß Georg ihn gleich nach dem Konzert angerufen hat. »Warum hättest du die Finger von mir lassen müssen?«

»Es wäre Wahnsinn gewesen«, sagte er, »jeder weiß, daß dein Bruder schwer zu kriegen ist, und wenn ich es tatsächlich geschafft hätte, dann hätte ich es nicht aufs Spiel gesetzt, indem ich mit seiner Schwester ins Bett gegangen wäre.«

Bruder, Schwester, dachte ich, ich kann es nicht mehr hören. »Ich muß dir was sagen, Felix.«

»Daß du auch froh bist, daß dein Bruder abgesagt hat?«

»Nein – doch, ja, aber –« ich schob ihn von mir weg und setzte mich auf. »Aber – ach, Felix, Georg ist gar nicht mein Bruder.«

Er starrte mich an und schüttelte irritiert den Kopf. »Nein?« fragte er. »Nicht? Aber warum –«

»Lea wollte gern, daß ich mitkomme, und ich wollte unbedingt mal in so ein Sternenlokal, ich war noch nie in einem, und sie mußte dir doch irgendwie erklären, warum ich mitkomme, sie konnte nicht gut sagen, daß ich ihre Schwester bin, das hättest du nie geglaubt, und da hat sie eben gesagt –«

Er warf sich aufs Bett zurück und lachte: »Und Rosenbauer hat das nicht gewußt, nicht wahr?«

»Nein.«

»Warst du deshalb am Anfang so aufgeregt?«

»Ja.«

»Und ich dachte, es wäre wegen des Edelschuppens«, sagte er, »und fand es ganz bezaubernd, daß eine erwachsene Frau sich wegen so was noch aufregen kann und nicht abgeklärt und überlegen ist. Oder so tut.«

»Findest du es sehr blöd?« fragte ich.

»Ach was. Es ist wirklich komisch. Und es wäre gar nicht nötig gewesen, deine Freundin Lea hätte Massen von Menschen heranschleppen können, solange sie nur ihren Mann mitbrachte.«

»Das hat sie schon vermutet, aber sie war nicht sicher.«

»Außerdem hat es auch sein Gutes«, sagte er, »ich wäre nie mit dir ins Konzert gegangen, wenn ich nicht geglaubt hätte, daß du Rosenbauers Schwester bist. Ich mußte einen ganz wichtigen Termin verschieben.«

»Wir sind also quitt«, sagte ich zufrieden. »Weißt du was? Ich mache uns was zu essen, ein spätes Frühstück oder so, und dann gehen wir spazieren, es ist so schön draußen bei dem Herbstwetter mit den bunten Blättern. Einverstanden?«

»Herbstspaziergang und bunte Blätter, ja. Und wir essen erst nachher, ich kenne noch ein Sternenlokal, wie du das nennst, und diesmal brauchst du nicht mal zu schwindeln, um reinzukommen. Aber zuerst müssen wir etwas erledigen, wir sind nämlich nicht ganz quitt.«

»Wieso?«

»Du hast dir unter Vorspiegelung falscher Tatsachen ein Abendessen erschlichen«, sagte er, »und zwar ein Abendessen von erheblichem Wert. Diese Tatsache kann man nicht einfach unter den Tisch fallen lassen, und da du mir das Abendessen nicht zurückerstatten kannst, muß ich auf einer Entschädigung bestehen. Einer angemessenen Entschädigung.«

»Hm«, sagte ich und rückte hinüber zu ihm und fing an, seine Sommersprossen zu küssen, jede einzeln. »Ein bißchen Liebe vielleicht?«

»Ein bißchen?«

»Ein bißchen mehr«, sagte ich, »fünf Gänge. Mit Sternen.«

Ich fuhr durch die Eichenallee, die ein Stück weit die Straße säumt, die zu Ellen und Dieter führt. Es ist die schönste Allee, die ich kenne, lauter große, alte Eichbäume, ich besuche sie oft, zu allen Jahreszeiten, in allen Stadien ihrer Schönheit. Dieses Jahr hatte ich meinen Herbstbesuch versäumt, für leuchtende Farben war es zu spät, es war Ende November, und die Eichen hoben sich blattlos und graugrün gegen den hellgrauen Himmel ab und waren trotzdem schön.

Ich muß unbedingt mit Felix hierher kommen, dachte ich, so bald wie möglich, und dann im Frühjahr, wenn sie grüne Schleier trägt, da ist sie fast am schönsten. Sie wird ihm gefallen, er hat Sinn für so etwas, er versteht sich auf feine, besondere Dinge, ach, ich werde nie im Leben wieder etwas gegen Industriemänner sagen, egal, was für Anzüge sie tragen, sie können verdammt nett sein.

Sie haben allerdings noch einen anderen großen Mangel außer ihrem modischen Geschmack, ihren Zeitmangel, aber der liegt in der Natur der Sache, und auch da will ich nichts gegen ihn sagen, die Zeit, die er hat, verbringt er mit mir, anders als Rainer, der seine Zeit mit sich verbrachte oder mit Gott weiß wem oder was.

Kaum zu glauben, dachte ich, ich habe einen Mann, der seine Zeit mit mir verbringt, der da ist, der mich liebt, der mir die Dinge zeigt, die er liebt, und dem ich die Dinge zeigen kann, die ich liebe. Bei dem ich keine Angst haben muß, daß er davonläuft, wenn ich ihm nahekomme. Der sich nicht nur von mir bekochen läßt, der mich auch einlädt, in Sternenlokale. Der mir Blumen mitbringt, und was für welche, der mir kleine, kurze Briefe schreibt, wenn er unterwegs ist, oder anruft, aus dem Intercity oder dem Hotel. Kaum zu glauben.

Und einfach so, als ein Geschenk des Himmels, einmal essen gehen im Edelschuppen, und schon steht er vor mir, wie herbeigezaubert von einem Dschinn aus Tausendundeiner Nacht. Hoffentlich wird er nicht auch wieder weggezaubert wie von einem Dschinn aus Tausendundeiner Nacht, einfach so.

Ich hielt vor dem Haus von Ellen und Dieter. Es war neu und sehr groß mit der Doppelgarage und dem Praxisanbau, und sehr im Stil der Zeit mit weißverputzten Wänden, Sprossenfenstern, Rankgittern und viel hellem Holz. Bißchen viel Holz für meinen Geschmack, dachte ich, aber immer noch besser als Beton und Aluminium. Am Torpfosten war ein Schild angebracht: Dr. med. Dieter Wegsand, Internist, Psychotherapie, Dipl. Psych. Ellen Köhler-Wegsand, Psychotherapie. Hoffentlich läuft das mit der Praxis hier draußen, in München hatte sie den Laden voll, sie hatte sich was aufgebaut, sich einen Namen gemacht, sie hat viel aufgegeben, aber was tut man nicht alles für einen Mann für alles. Ich drückte auf den Klingelknopf.

Ellen kam mir fröhlich und aufgeregt über den Gartenweg entgegen. »Schön, daß du da bist«, sagte sie und umarmte mich, »komm rein. Schau dir alles an.«

Ich stellte das Brot und das Salz für die neue Behausung auf das Tischchen in der Diele, und dann schauten wir alles an. Es dauerte einige Zeit, es gab viel zu sehen, zwei Wohnzimmer, Wintergarten, Eßzimmer, eine Küche mit allem, was man sich nur wünschen konnte, zwei Bäder mit allem, was man sich nur wünschen konnte, Schlafzimmer und Gästezimmer, die sich gut in Kinderzimmer verwandeln ließen, und eine geräumige Praxis mit allem, was man sich nur wünschen konnte.

Es war hell und groß und schön und geschmackvoll eingerichtet, und das Bewundern fiel mir nicht schwer, aber plötzlich wünschte ich mich in Ellens alte Wohnung zurück, die kleiner und dunkler und unordentlicher gewesen war und sehr gemütlich. Und ich wünschte mir auch die alte Ellen zurück, die nicht fröhlich und aufgeregt, sondern freundlich und gelassen gewesen war und sehr gemütlich.

Sie hatte den Kaffeetisch in dem kleinen Wohnzimmer gedeckt, das sie scherzhaft Bibliothek nannte, denn seine Wände waren mit Bücherregalen bedeckt. »Dieter kommt auch bald. Er beeilt sich. Schade, daß du heute abend keine Zeit hast, du hättest so gut hier übernachten können, im Gästezimmer.« Ich fand es auch schade, aber Felix hatte mich unbedingt heute abend treffen wollen, und ich hatte nicht widerstehen können.

»Jetzt erzähl mal, wie es dir geht«, sagte ich, »wie war die Hochzeitsreise?«

»Ach, schön. Weißt du, es ist schon etwas Besonderes, wenn man verheiratet ist. Ich hätte nicht gedacht, daß man sich so anders fühlt, viel zugehöriger, nicht wahr? Wirklich an den anderen gebunden. Und am Anfang hat es mir riesengroßen Spaß gemacht, *mein Mann* zu sagen, furchtbar kindisch, nicht? Manchmal bin ich zum Portier gegangen und habe ihn gefragt: Haben Sie vielleicht meinen Mann gesehen, ich suche ihn. Obwohl ich genau wußte, wo Dieter war. Ich wollte einfach nur *mein Mann* sagen. Ist das nicht albern?«

»Gar nicht«, sagte ich, »wieso denn?« Würde ich das auch wollen, dachte ich, den Portier fragen: »Haben Sie meinen Mann gesehen?« Nein. Aber ich wäre wahnsinnig gerne mal mit Felix im Hotel. Und das Gefühl, zu jemandem zu gehören, das will ich auch. Ohne »mein Mann« und Ehering und all das. Ich sah auf ihre Hand mit dem Ehering aus Platin und dem zweiten Ring, auch aus Platin, mit einer Reihe von Diamanten. Ellen hatte eigentlich kein Platin gewollt, sie fand es zu teuer, aber Dieter hatte gesagt, wenn schon, dann richtig.

»Und wie geht es dir?« fragte sie. »Und Rainer? War er sehr krank?«

»Ach, Rainer. Jetzt kann ich es dir ja sagen, der war gar nicht krank, der hat nur Angst vor Hochzeiten.«

Sie sah mich erstaunt an, und ich erzählte ihr alles, von meinem Gespräch mit Rainer und wie er in seine Höhle geflüchtet war und von dem zauberhaften Industrie-Essen und dem zauberhaften Industriemann und wie verzaubert und verliebt ich war, und sie hörte mir mit der zufriedenen Anteilnahme einer Frau zu, die ihre Taube in der Hand hält und es sehr begrüßen würde, wenn sich der Club der Taubenhalterinnen um eine gute, alte Freundin vergrößern würde.

Dieter kam erst, als es schon fast dunkel war und ich aufbrechen mußte. »Bleib doch noch ein bißchen«, sagte er, »dann kommst du eben eine halbe Stunde später zu deiner Verabredung. Ruf einfach an und sag Bescheid.«

»Kommt gar nicht in Frage«, sagte Ellen, »Agnes hat eine sehr wichtige Verabredung, die ist viel wichtiger als wir beide. Aber du kommst uns bald wieder besuchen, ja? Und dann nicht alleine.« Sie lächelte verschwörerisch.

Ich war fast erleichtert, als ich ins Auto stieg. Die beiden standen in der erleuchteten Haustür und winkten, Dieter hatte den Arm um Ellens Schulter gelegt, und ich winkte zurück, bevor ich anfuhr. Was ist nur los, dachte ich, sie hat nun alles, ein großartiges Haus und einen netten Mann, und ich freue mich wirklich für sie, und sie ist so lieb wie immer, und ich habe sie so gern wie immer, und doch bin ich froh, daß ich wegkomme, und kann wieder durchatmen und bin einen Druck los. Komisch, alles ist in Ordnung, alles ist wunderbar, und ich finde es bedrückend.

Ich öffnete das Fenster und ließ die frische Herbstluft herein. Etwas ist anders zwischen uns, überlegte ich, wir sind uns eine Spur fremd und fern, sie ist nicht mehr die alte Ellen, meine Freundin seit zwanzig Jahren, sie ist die neue Ellen, Dieters Frau seit zwei Monaten. Das ändert eben wirklich was, da fühlt man sich anders, wie sie gesagt hat, zugehöriger und gebundener, aber nicht an die alte Freundin, sondern an den neuen Mann. Und das ist nur natürlich, was regst du dich auf, und du hast jetzt auch einen neuen Mann, dem du dich zugehörig und verbunden fühlen kannst, also, was willst du, Agnes?

Felix trug einen dunkelblauen Rollkragenpullover, sehr schön und sehr weich an meinem Gesicht und unter meinen Händen. »Tut mir leid, daß ich zu spät bin«, sagte ich, nachdem wir uns wieder losgelassen hatten, »aber Dieter kam gerade, als ich fahren wollte, und da hat es noch ein bißchen gedauert.«

»Macht nichts«, sagte er.

»Wir müssen bald mal rausfahren, nicht unbedingt zu den beiden, aber auf dem Weg dorthin gibt es eine alte Eichenallee, meine Lieblingsallee, die möchte ich dir so gerne zeigen.«

Er lächelte. »Komm in die Küche. Wir bleiben heute hier, ich habe ein bißchen eingekauft.«

Er hatte ein Feinkostgeschäft leergeräumt, der Tisch war reich mit Delikatessen bestellt, und Champagner- und Rotweingläser standen da und eine große Schale mit exotischen Früchten. Gott, ist das schön, dachte ich, jemand deckt den Tisch für mich.

Er schenkte Champagner ein, und wir aßen und tranken, und ich erzählte von meinem Besuch bei Ellen und Dieter und davon, wie meine Woche gewesen war, wir hatten uns seit dem letzten Wochenende nicht gesehen, er war unterwegs gewesen und hatte auch sonst viel zu tun gehabt. »Und wie war es bei dir?« fragte ich.

»Ach, nichts Besonderes«, sagte er, »das Übliche, viel Arbeit, viel Ärger.« Er schenkte Rotwein nach und stellte den Teller mit den Früchten zwischen uns. »Granatapfel oder Sternenfrucht oder Mango oder die hier?« Er hielt eine leuchtend orangefarbene Frucht hoch. »Ich weiß nicht, wie sie heißt, aber ich fand die Farbe so schön.«

»Von allem etwas«, sagte ich, »laß uns teilen.«

Er schnitt die Früchte auf und zerteilte sie und schob mir die Stücke in den Mund, und wir sahen uns an, und mir wurde warm, und schließlich saßen wir nur noch da und sahen uns an, und dann standen wir auf und gingen ins Schlafzimmer. »Laß mich das machen«, sagte er, als ich mir die Bluse aufknöpfen wollte, und zog mich behutsam aus und hob mich auf und legte mich in sein Bett. O Gott, ist das schön, jemand bereitet das Bett für mich, dachte ich, und breitete die Arme aus und legte sie um seinen Rücken, und dann hörte ich fürs erste auf zu denken.

»Schläfst du schon?« fragte Felix.

»Nein«, murmelte ich, »nur ein bißchen.«

»Wach auf, Kleine«, sagte er, »ich hole uns noch was zu trinken.« Ich hörte, wie er aufstand und in die Küche ging, Gläser klirrten, das Bett bewegte sich unter seinem Gewicht, ich öffnete die Augen, und er reichte mir ein Glas Champagner.

»Laß uns anstoßen«, sagte ich.

»Ich muß dir was sagen, Agnes.«

Ich trank einen Schluck Champagner. »Daß du in Wirklichkeit gar kein Prinz aus der Industrie bist, sondern ein Frosch oder ein Schweinehirt? Keine Angst, ich nehme dich auch als Schweinehirt. Oder als Frosch.«

Er lächelte, aber das Lächeln erreichte seine Augen nicht.

»Das ist lieb von dir«, sagte er, »aber es ist was anderes.«

»Nun sag schon. Was denn?«

»Ich habe dich sehr gern. Ich habe mich richtig in dich verliebt –«

»Wie schön«, sagte ich, »deswegen brauchst du doch nicht so ernst zu sein.« Jetzt halt mal die Klappe, dachte ich, er wird gute Gründe haben, dir feierlich seine Liebe zu erklären. Stör ihn nicht dauernd dabei.

»Doch«, sagte er, »ich habe nämlich sehr ernsthaft darüber nachgedacht. Und dabei ist mir etwas klargeworden.«

Mein Gott, dachte ich, so schnell? Will ich das überhaupt, so schnell? Er sprach nicht weiter, er suchte nach Worten, und ich wartete geduldig.

»Da ist mir klargeworden, daß –« Er zögerte. Nun komm schon rüber, dachte ich. »Da ist mir klargeworden, daß ich meine Frau auch noch sehr liebe.«

Ich sah auf den Champagner in meinem Glas, die Perlen in der gelblichen Flüssigkeit erschienen übergroß. Eine Verwechslung, dachte ich, falsch, er hat sich geirrt, er redet doch von mir, nicht von seiner Frau.

»Das ist vielleicht schwer zu verstehen«, sagte er.

Die Perlen sahen riesengroß aus.

»Aber im Grunde ist es ganz einfach. Ich habe nach der Trennung die eine oder andere Frau kennengelernt, das war nach ein paar Wochen immer wieder vorbei, es war nichts Ernstes, ich war nicht wirklich interessiert. Bei dir war ich wirklich interessiert, du bist ja auch eine interessante Frau, eine zum Verlieben, und je mehr ich mich in dich verliebt habe, desto mehr habe ich an meine Frau denken müssen. Du erinnerst mich sehr an sie.«

Ich wandte den Blick von den Perlen weg und sah ihn an, aber ich konnte ihn nicht richtig erkennen. »Es tut mir leid, Agnes, aber mir ist klargeworden, daß ich meine Frau noch liebe und zu ihr zurück will. Das ist mir durch dich klargeworden.«

Ich ließ das Glas fallen. Während er es aufhob und auf den Nachttisch stellte und hinausging und ein Handtuch holte und es über den Fleck breitete, wurde mein Kopf wieder klar.

»Verstehe ich dich richtig?« fragte ich. »Du hast dich in mich verliebt, weil ich dich an deine Frau erinnere, und weil du dich in mich verliebt hast, hast du dich wieder an deine Frau erinnert?«

»Nicht ganz. Ihr seid euch äußerlich gar nicht ähnlich, eher im Gegenteil. Aber im Wesen gleicht ihr euch, ihr habt eine ähnliche Art, eine, wie soll ich das sagen – ach, eine gute Art eben, eine, die ich sehr mag. Mit der Zeit ist mir das immer mehr aufgefallen, und da mußte ich immer öfter an Annegret denken.«

Ach ja, dachte ich, Agnes und Annegret, das Weltwunder, die siamesischen Zwillinge, außen ganz verschieden, innen ganz gleich, zum Verwechseln ähnlich, wie ein Ei dem anderen.

»Aber deswegen mußt du doch nicht zu ihr zurückgehen. Wenn ich auch diese Art habe, die du so magst, dann kannst du doch auch mit mir leben.«

»Das ist richtig«, sagte er, »grundsätzlich jedenfalls. Aber mit Annegret habe ich schon alles, wir sind verheiratet, wir haben das Haus. Warum etwas neu anfangen, was man schon hat? Das wäre ineffektiv«, er lächelte, um anzudeuten, daß es ihm mit dem Wort ineffektiv nicht gar so ernst war, »das würde keinen Sinn machen.«

Nein, dachte ich, das würde keinen Sinn machen, das wäre sehr ineffektiv. Erschreckend ineffektiv.

»Außerdem wollen wir jetzt auch Kinder«, fügte er hinzu.

Ach ja, ach ja, dachte ich, Agnes, die Eheretterin, Agnes, die Nachwuchsstifterin. Die Mutter Teresa der Industriemänner.

»Aber wenn du das schon wußtest, Felix«, sagte ich, »warum bist du dann noch mit mir ins Bett gegangen?«

»Warum nicht? Ich habe mir gedacht, wir sollten einen schönen Abschied haben.«

In meinem Kopf wurde es noch klarer und ganz kalt. Wie aufmerksam, dachte ich. Wie stilvoll und schönheitsbewußt. Ein Laufpaß auf leeren Magen, das wäre unschön, also stopft man die Dame erst mal mit Delikatessen voll. Und danach liebt man sie warm, damit der Laufpaß sie nicht so kalt erwischt, das wäre stillos. Dann dreht sie auch nicht so schnell durch, dann ist sie satt und beschwipst und müdegeliebt. Gut hast du das gemacht, du Scheißkerl. Umsichtig. Effektiv. Es macht Sinn. Und was mache ich jetzt? Sinn oder Unsinn? Einen Aufstand oder auch einen schönen Abschied?

Ich sah in sein Gesicht. Es war freundlich, wie immer, aber es war auch deutlich darin zu lesen, daß er dabei war, sich von mir zurückzuziehen. Ich kann ihn nicht mehr erreichen, dachte ich. Wenn ich schreie oder weine oder verzweifelt bin oder traurig, dann wird er mich freundlich abfertigen und zusehen, daß er mich loswird, freundlich, aber so schnell wie möglich. Effektiv eben. Und danach zuckt er mit der Schulter und denkt, gut, daß ich mich für Annegret entschieden habe. O nein, so nicht. Ich will auch einen schönen Abschied. Und einen guten Abgang.

»Gut«, sagte ich. »Felix, tust du mir einen Gefallen? Läßt du mich einen Moment allein?«

Er sah mich erstaunt und etwas unwillig an, aber wenn er stilvoll bleiben wollte, konnte er es mir nicht abschlagen. »Wie du willst.«

»Danke.« Ich stand auf und ging hinter ihm her und schloß die Tür. Ich wollte mich nicht anziehen, während er mir dabei zusah, dummgefüttert und dummgeliebt schlüpft die arme Agnes wieder in ihre Kleider, abserviert und abgefertigt, unter seinem kühlen Blick. Außerdem gefiel mir die Vorstellung, daß er vor seiner eigenen Schlafzimmertür herumlungerte und sich fragte, was dahinter geschah.

Ich zog mich langsam und sorgfältig an, kramte Kamm und Lippenstift aus der Handtasche, stellte mich vor den Spiegel, der über der Kommode hing, kämmte mich, strich die Augenbrauen glatt, zog die Lippen nach und straffte mein Gesicht. Ich klemmte die Tasche unter den Arm, straffte auch die Schultern und öffnete die Tür. Er stand tatsächlich davor, im Bademantel, mit zerzausten Haaren, und sah mich unsicher an.

Ich streckte ihm die Hand hin. »Auf Wiedersehen, Felix«, sagte ich und lächelte stilvoll. Er sah albern aus, in seinem Bademantel, wie er meine Hand schüttelte. Ich ging zur

Wohnungstür, nahm meinen Regenmantel vom Garderobenständer, drehte mich um, sagte: »Ich wünsche dir alles Gute, dir und deiner Frau«, lächelte wieder in sein verwirrtes Gesicht hinein und war zur Tür hinaus, ehe er etwas sagen konnte.

Ich wußte, daß ich zuviel getrunken hatte, um mit dem Auto zu fahren, aber es war mir egal. Sollen sie mich doch erwischen, dachte ich, und fuhr nicht brav und vorsichtig, sondern stilvoll und schön, passend zum Abend, passend zum Abschied. Ich änderte meine Fahrweise auch nicht, als ich an dem Polizeirevier in meiner Straße vorbeikam, und als einer der beiden Polizisten, die gerade aus der Tür traten, eine Handbewegung machte, hielt ich schwungvoll an und ließ das Fenster herunter.

»Fahren Sie nur weiter«, sagte der Polizist und lächelte mich an. »Sie waren nicht gemeint.«

Ganz im Stil des Abends, dachte ich. Fahr nur weiter, Agnes, du bist nicht gemeint. Nicht mal die Polizei will dich.

4. *Kapitel*

Ich stand vor dem Schaufenster des Küchengesc betrachtete den Wasserkessel, der darin stand. E grün und trug einen roten Plastikvogel auf seiner Pfeife, und er war der schönste Wasserkessel, den ich je gesehen hatte. Er würde Jessica gefallen, ich brauchte noch ein Weihnachtsgeschenk für sie, aber er kostete zweihundertfünfzig Mark. Reichlich viel für einen Wasserkessel, überlegte ich, dafür könnte sie eine gute Woche lang studieren, andererseits braucht sie natürlich einen Wasserkessel, aber kein klappriges Ding für neunzehnfünfundneunzig, sondern was Ordentliches, was fürs Leben. Der hier wäre was fürs Leben, da hätte sie ein für allemal ausgesorgt, was Wasserkessel betrifft.

»Na?« sagte jemand neben mir. »Auch noch in letzter Minute auf der Suche?«

»Ja«, sagte ich und trat ein Stück zur Seite, damit er besser ins Schaufenster sehen konnte. Er rückte nach: »Schöne Sachen haben die hier, nicht?«

»Ja«, ich versuchte mich auf mein Wasserkesselproblem zu konzentrieren.

»Ein bißchen teuer vielleicht, aber das Auge ißt ja auch mit, nicht wahr?«

Ich mußte lachen. »Das stimmt«, sagte ich, gab es für heute auf und ging weiter. Wie kann man eine schwierige Entscheidung treffen, wenn einem ständig Fragen gestellt werden? Er ging ein paar Schritte neben mir her, zum nächsten Schaufenster, und sagte wieder etwas, aber ich lief über die Straße und beeilte mich, nach Hause zu kommen, denn Jessica hatte gesagt, sie würde heute abend anrufen.

Das Telefon läutete, als ich die Wohnungstür aufschloß. »Hallo, Mama. Wie geht es dir?«

»Sehr gut, Liebes«, sagte ich, »wann kommst du denn nun?«

»Am dreiundzwanzigsten abends. Und ich wollte über die Feiertage bleiben und am achtundzwanzigsten wieder fahren«, sagte sie in ihrer sachlichen Art, und ich sah sie vor mir, wie sie stirnrunzelnd in ihren Terminkalender blickte. »Ist dir das recht?«

»Natürlich. Ich freue mich schon so, ich habe gerade noch ein wunderschönes Weihnachtsgeschenk für dich gesehen, das kaufe ich dir morgen, eben bin ich nicht dazu gekommen, weil irgendein Mann mich dauernd etwas gefragt hat –«

»Was für ein Mann?«

»Ich weiß es nicht«, sagte ich, »ich kenne ihn gar nicht. Aber vor Weihnachten haben die Menschen ja oft so ein gesteigertes Kommunikationsbedürfnis –«

»Mama?« fragte Jessica, und ihre Stimme klang plötzlich gar nicht mehr sachlich.

»Ja, mein Liebes?«

»Ich wollte dich was fragen.«

»Ja?«

»Kann ich jemanden mitbringen, Mama? Einen Freund?«

»Natürlich, gerne«, sagte ich, »ich freue mich.«

»Ach, ich freue mich auch«, sagte sie, ganz und gar unsachlich, »bis übermorgen, liebe Mama.«

Einen Freund, dachte ich, ha, einen Freund! Das wird nun nicht gerade irgendein Freund sein, wenn sie ihn von Hamburg hierher schleppt, und das zu Weihnachten, und das zu mir. Das wird ein wichtiger Freund sein, ein besonderer, wahrscheinlich der Freund überhaupt. Oh, Gott, bin ich neugierig.

Es tat mir sehr gut, daß meine Tochter zu Weihnachten kam und einen Freund mitbrachte. Das war doch etwas, das rückte die Dinge wieder gerade, das machte manches wieder gut. Ich war nicht nur eine verrückte Vierzigerin, die zum

Friseur rannte, zum Schwimmen ging und neue Kleider kaufte, um einen Mann zu finden. Die einem Industriemann um den Hals und ins Bett gefallen war und die den Laufpaß gekriegt hatte, weil dem Industriemann nach ernsthaftem Nachdenken klargeworden war, daß es effektiver und sinnbringender war, zu seiner Frau zurückzukehren. Nein, ich war auch eine respektable Frau und Mutter, und meine Tochter würde kommen und mir ihren Freund vorstellen. Und ich würde Weihnachten nicht bei Lea und Georg oder bei Gertraud feiern, sondern hier, in meiner Wohnung, mit meinem Weihnachtsbaum und mit meiner Tochter und ihrem Freund!

Ich mußte an den Mann vor dem Küchengeschäft denken, und es tat mir leid, daß ich gar nicht auf ihn eingegangen war. Er war wohl einsam, er würde Weihnachten alleine sein, er hatte mit jemandem reden wollen, nur ein paar freundliche Worte, und ich war so kurz angebunden gewesen.

Ich versuchte mich zu erinnern, wie er ausgesehen hatte, ganz gut eigentlich, dunkle, lockige Haare, und einen schönen Mund hatte er gehabt, und gut angezogen war er auch gewesen, der Mantel, der Schal, bestimmt nicht billig. Eigentlich nicht der Typ von Mann, der einsam ist, aber wenn er nicht einsam ist und nur mal mit jemandem reden wollte, was wollte er dann?

O Gott, Agnes. Du dumme Nuß, du blöde Kuh, du blindes Huhn! Was wollte der wohl? Dreimal darfst du raten.

Ich ließ das Messer sinken und starrte auf die Tomate, die auf dem Brett lag. Wie konnte das nur passieren? Du willst unbedingt einen Mann finden und nimmst die schrecklichsten Dinge dafür in Kauf, Umkleideräume in Schwimmbädern und Umkleidekabinen in Boutiquen, und dann spricht dich einer an und läuft noch hinter dir her, und du merkst es nicht. Du merkst es nicht! Du denkst über Wasserkessel nach.

Und gut sah er aus, und was er da sagte über das Auge, das auch mitißt, das war wirklich witzig, und es war so nett, wie er es immer noch mal versuchte. So einen Mann hättest du nun haben können, zu Weihnachten, na, nicht gerade zu Weihnachten, das ist ja schon morgen, aber zu Silvester. Einfach so, gratis und franko, frei Haus. Und was tust du? Du stehst dumm rum und merkst es nicht.

Ich wäre am liebsten auf die Straße gerannt und hätte nach ihm gesucht, vielleicht war er noch unterwegs, vielleicht wohnte er in der Nachbarschaft. Aber ich konnte ja schlecht durch die Straßen laufen und rufen: »Wo ist der Mann, der die Frau vor dem Küchengeschäft angesprochen hat? Bitte melden Sie sich!«

Ich warf das Messer ins Spülbecken, ging zum Telefon und rief Lea an.

»Lea«, sagte ich, »ein Mann hat mich angesprochen.«

»Ach, wie schön«, sagte sie, »was ich sage. Es gibt noch andere Männer außer dem, dessen Namen wir nicht mehr nennen wollen.«

»Ich habe es nicht gemerkt!«

»Was hast du nicht gemerkt?«

»Daß er mich anspricht.«

»Aber Agnes«, sagte sie, »wie konnte das nur passieren?«

Wenn sie so mit mir redete, konnte ich ebensogut weiter mit mir selber reden.

»Ich weiß nicht. Ich bin einfach nicht auf die Idee gekommen. So was ist mir seit Ewigkeiten nicht mehr passiert, wie konnte ich das denn ahnen?«

»Da ist was dran. Man ist einfach nicht mehr darauf eingestellt, nicht wahr? Aber um so besser, ab jetzt weißt du, womit du rechnen mußt, und hältst die Augen offen und konzentrierst dich. Wäre er denn was gewesen?«

Ich gab einen leisen Klagelaut von mir.

»Ach, du Arme«, sagte sie, »aber mach dir nichts draus. Er war nur der erste.«

»Und was mache ich, wenn er der letzte war? Das letzte freie Exemplar im richtigen Alter?«

»Das war er nicht. Es gibt noch drei Millionen davon.«

»Wo hast du denn das schon wieder gelesen?«

»Das habe ich nirgendwo gelesen.« Sie machte eine dramatische Pause. »Ich habe es untersuchen lassen, extra für dich, von einem mir nahestehenden Professor für Informationsverarbeitung, Statistik und Wissenschaftstheorie.«

»Du hast ihm doch nicht etwa gesagt, daß ich –«

»Natürlich nicht, wofür hältst du mich? Er hat keine Ahnung, aber er hat es sehr schön gemacht. Ich wollte es dir eigentlich zu Weihnachten schenken, aber nun kriegst du es eben jetzt schon, damit du nicht traurig bist. Ich hole es mal.«

Sie war im Nu zurück, und ich hörte, wie sie mit Papier raschelte. »Hier«, sagte sie, »zehn Millionen männliche Singles, davon drei Millionen zwischen vierzig und fünfzig. Was sagst du dazu? Drei Millionen. Gilt das nur für die Bundesrepublik oder auch für die neuen Bundesländer?« Sie raschelte wieder. »Deutschland steht hier, dann ist es alles zusammen, na gut. Ich hatte schon gehofft, es wären vielleicht noch mehr. Diese Jungs von drüben, die sind ja sehr nett, ein richtiger Gewinn, denk nur an die beiden Boxer, der eine ist allerdings Schwergewichtler, die sind wirklich ein bißchen schwer, aber der andere ist Halbschwergewicht, das sind sehr hübsche Männer. Georg war auch mal Halbschwergewicht, von der Figur her, weißt du?«

Komm zurück, Lea, dachte ich.

»Wo trifft man die nun alle?« Sie raschelte. »Erstens, im Beruf.«

»Ganz schlecht«, sagte ich, »im Beruf treffe ich nur meine Klienten, und die sind tabu, oder Kollegen, und die sind alle verheiratet.«

»Zweitens, öffentliche Verkehrsmittel.«

»Auch schlecht. Ich fahre doch mit dem Auto.«

»Also wirklich, Agnes«, sagte sie, »sei doch nicht so eng und unflexibel. Dann fährst du eben mal mit dem Bus.«

»Da wird man immer so hin und her geschleudert.«

»Um so besser. Da fängt dich dann ein netter Mann auf.«

»Und wenn mich keiner auffängt, lande ich mit gebrochenen Knochen im Krankenhaus.«

»Und da sind dann lauter nette Ärzte«, sagte sie triumphierend, »du mußt deine Phantasie gebrauchen und offen und flexibel sein, sonst wird das nie was.«

»Na gut«, sagte ich, »und weiter?«

»Das andere hat nicht mehr so hohe Kennenlernquoten. Kongresse, Fortbildungen, Sport – paß im Schwimmbad auf, Agnes. Theater, Kino – wie soll man denn im Dunkeln einen Mann kennenlernen? Da lernt man bestimmt nur solche kennen, die einem ans Knie langen. Und Ausstellungen. Ich hätte große Lust, mal wieder in eine Ausstellung zu gehen. Laß uns zusammen hingehen, und wenn ein interessanter Mann auftaucht, tun wir so, als ob wir uns nicht kennen, ja?«

»Ja, Lea«, sagte ich erschöpft, »das machen wir.«

»Gut«, sagte sie, »jetzt feiern wir erst mal in Ruhe Weihnachten, und dann geht's los. Drei Millionen Männer, Agnes!«

Ich sah ein Meer von Männern vor mir, in das ich mich würde hineinstürzen müssen, kaum daß Weihnachten vorbei war.

»Erst mal Weihnachten«, sagte ich, »weißt du was? Jessica kommt und bringt einen Freund mit. Extra von Hamburg. Zu Weihnachten. Zu mir. Ahnst du was?«

»Und ob. Das ist wahrscheinlich Romeo. Bring die beiden ja mit, wenn du kommst, auch wenn sie nicht wollen. Ich bin wahnsinnig neugierig.«

»Ich auch«, sagte ich.

Jessica kam durch das halbdunkle Treppenhaus auf mich zu. »Hallo, Mama«, sagte sie.

»Oh, mein Liebes, wie schön, daß du da bist.« Sie ließ sich widerstrebend umarmen, machte sich gleich wieder los und sagte mit fast schroffer Stimme: »Mama, das ist Daniel.«

Vor mir stand ein junger Mann, der sehr groß war und eine sehr dunkle Haut hatte. Ich starrte ihn an. Das ist nicht Romeo, das ist Othello, dachte ich. Lea hat sich geirrt. »Guten Abend, Frau Geben«, sagte er höflich und streckte mir die Hand hin. Er sprach mit stark norddeutscher Färbung, und das verwirrte mich zusätzlich, denn soweit ich weiß, kam Othello nicht aus Hamburg, oder doch? Ich schüttelte seine Hand und rang um Worte, mir fiel nichts ein, mein Kopf war leer, und in meiner Not hatte ich einen schweren Anfall bürgerlichen Benehmens: »Ich freue mich, Sie kennenzulernen«, sagte ich, und meine Stimme krächzte, »ich habe schon so viel von Ihnen gehört.«

Jessica zog hörbar die Luft ein, aber der junge Mann, der aussah wie Othello, lächelte mich weiter an und schien nichts Auffallendes an mir zu finden, und das half, ich kam wieder etwas zu mir und konnte weniger angestrengt und mit klarerer Stimme fortfahren: »Kommt doch rein, ihr beiden. Warum stehen wir denn im Hausflur rum?« Weil du wie Lots Weib im Türrahmen zur Salzsäule erstarrt bist, Agnes, deshalb!

Sie kamen rein, brachten ihre Reisetaschen in Jessicas Zimmer und setzten sich an den Abendbrottisch, den ich vorbereitet hatte. Ich konnte nichts essen, ich war viel zu aufgeregt, aber sie hatten großen Hunger, sie aßen und erzählten, von der Fahrt, von der Uni, von etwas, das sie DJ-Contest nannten (»Die Dschey, Mama, du weißt schon, De Jot«), und ich bekam nicht alles mit, aber das machte nichts, lebenswichtige Fakten schienen nicht dabei zu sein, ich saß nur da und sah und hörte und hatte Zeit, mein Innenleben zu ordnen und meine Geisteskräfte zu sammeln.

Sie saßen auf eine Art nebeneinander, die anzeigte, daß sie der Ansicht waren, daß nichts sie je würde trennen können, so, als ob sie schon seit hundert Jahren nebeneinander säßen und als ob sie das auch die nächsten hundert Jahre lang tun würden. Sie lauschten aufmerksam, wenn der andere sprach, und zwischendurch lächelten sie einander an, auf eine Art, die deutlich machte, daß es zwischen ihnen etwas gab, das nur sie kannten und das nur ihnen gehörte. Und wenn Daniel redete, dann spürte ich Jessicas Blick auf mir, den sie schnell wieder abwandte, wenn ich zu ihr hinsah, und ich wußte, daß sie wissen wollte, wie ich dies nun alles fand, und daß sie versuchte, es in meinem Gesicht zu lesen, aber wie konnte ich so schnell wissen, wie ich dies nun alles fand?

Ich wußte nur, daß ich sie sehr hübsch fand, wie sie da nebeneinander saßen, Daniel schlank und dunkel und Jessica rundlich und hell, mit ihrer weißen Haut und den hellblonden Haaren. Sehr hübsch. Wie Kaffee mit Schlagsahne.

Also wirklich, Agnes, was fällt dir ein, was ist denn heute mit dir los? Erst stehst du stumm und dumm in der Türe und redest bürgerlichen Blödsinn, und nun denkst du so was. Es ist rassistisch, dunkelhäutige Menschen kaffeebraun zu nennen. Und sexistisch ist es außerdem. Der Mann der Kaffee, die Frau als Schlagsahne obendrauf, also wirklich. Aber Rassismus hin, Sexismus her, sie sehen sehr hübsch aus zusammen. Ich lächelte sie an.

»Was ist, Mama?« fragte Jessica.

»Ihr seht so hübsch aus zusammen«, sagte ich unbedacht und erschrak sofort. Jessica haßt es, wenn ich mich ihren Freunden gegenüber distanzlos verhalte, wenn ich plumpe Komplimente mache oder zudringliche Fragen stelle. Dies war ein sehr plumpes Kompliment, und das bei einem so besonderen Freund, und nun würde etwas Schreckliches passieren, sie würde ärgerlich werden oder stumm und mißgelaunt, und der Abend würde verdorben sein.

Es passierte nichts. Sie sah zufrieden zu Daniel, und dann lächelte sie mich so strahlend an, wie sie es schon lange nicht mehr getan hatte, und Daniel lächelte auch, noch freundlicher als zuvor, und ich wußte gar nicht, wie mir geschah.

Ich war nicht nur ungeschoren davongekommen, ich war auch noch mit einem Lächeln belohnt worden, und das machte mich tollkühn, und ich ergriff die Gelegenheit, etwas Wichtiges in Erfahrung zu bringen, und stellte eine zudringliche Frage. »Was machen Sie denn so an der Universität, Daniel?« fragte ich, und das Bemühen um einen beiläufigen Tonfall ließ meine Stimme schwach und atemlos klingen.

»Sag doch du zu ihm, Mama«, sagte Jessica, »es klingt so komisch, wenn ihr euch siezt.« Eine Aufforderung zur Distanzlosigkeit.

Wir stießen mit unseren Gläsern an, Daniel sagte »Daniel«, ich sagte »Agnes« und verschluckte mich und hustete so heftig, daß Jessica aufstand und mir den Rücken klopfte. Die Ereignisse des Abends überstiegen allmählich meine Kräfte, auffallend große, dunkle junge Männer, die in meiner Küche saßen, und meine Tochter, sanft wie ein Lamm und so nett zu mir, daß mir Hören und Sehen verging, und ich war froh, daß ich nun erst mal wieder nur zuzuhören brauchte.

Daniel erzählte, und die Art, wie er sprach, und sein norddeutscher Tonfall gaben ihm etwas sehr Ernsthaftes, und was er an der Universität machte, war auch sehr ernsthaft, er studierte Physik, und wenn ich auch Physik zum Sterben langweilig finde, so ist sie doch ernsthaft, erfreulich ernsthaft und solide. Er geriet ins Schwärmen über die Physik, wenn er fertig war, wollte er an der Universität bleiben und forschen, Hochenergiephysik zum Beispiel war ein faszinierendes Gebiet, Festkörperphysik andererseits auch, er wußte noch gar nicht, wie er sich entscheiden sollte.

Ach, sieh mal einer an, dachte ich, da sitzt er und sieht aus wie einer von diesen amerikanischen Boxweltmeistern, nur schlanker und hübscher, und im linken Nasenflügel trägt er einen Glitzerstein (Jessica trug auch so einen Stein, auch links), und was will er werden? Physikprofessor will er werden. Nicht, daß ich was dagegen hätte, Gott behüte, wenn Jessica die nächsten hundert Jahre neben ihm sitzen will, dann ist es nicht schlecht, wenn sie das neben einem Professor tut. Bißchen langweilig vielleicht, immer diese Physik, ob Hochenergie oder Festkörper, aber ernsthaft und solide, ganz wunderbar ernsthaft und solide.

»Wie schön!« sagte ich. »Ich meine, wie schön, daß du weißt, was du willst, und daß dir das Studium Freude macht.« Was für eine blöde Bemerkung, dachte ich, du machst schon die ganze Zeit so blöde Bemerkungen, was soll der Junge bloß von dir denken?

Er schien nichts Schlechtes von mir zu denken, er lächelte mich an und Jessica auch. Ich gewöhnte mich allmählich daran, so angelächelt zu werden.

»Und weißt du was, Mama?« fragte Jessica. »Wir wollen zusammenziehen. Wir suchen eine Wohnung.«

Ich hatte mich gerade ein bißchen erholt, und nun ging es schon wieder los. Nichts galt mehr. Sie ist sonst sehr zurückhaltend mit persönlichen Mitteilungen, sie gibt sie nur widerstrebend her wie Goldkörner, und nun platzte sie platt und direkt damit heraus. Ich wußte nicht, was ich sagen sollte, ich rang einmal mehr um Worte, besonders da sie mich so erwartungsvoll ansah, und griff schließlich auf meine Bemerkung von eben zurück: »Wie schön!«

»Ja, nicht wahr? Und wir haben wahrscheinlich schon eine.«

»Wie schön«, sagte ich erschöpft.

Ich stand am Fenster und sah zu, wie sie ihre Sachen in den Wagen packten, die Reisetaschen, die Kartons mit Jessicas Besitztümern und den Proviantkorb, den ich ihnen mitgegeben hatte, damit sie nicht in einer Raststätte essen mußten.

Jessica schob eine Reisetasche zur Seite, Daniel sagte etwas und wies auf den Rücksitz, aber sie schüttelte den Kopf. Du wirst dich noch wundern, mein Lieber, dachte ich, du kennst sie noch nicht. Sie ist nicht nur genau und gründlich, sie ist auch sehr eigenwillig. Als sie klein war, mußte das Geschirr genau so auf dem Tisch stehen, wie sie sich das vorstellte, sonst aß sie nichts. Wenn das Gepäck nicht genauso arrangiert wird, wie sie sich das vorstellt, fährt sie nicht, also halt die Klappe und tu, was sie sagt, sonst kommst du nicht so bald nach Hamburg.

Jessica schloß mit einer zufriedenen Bewegung den Kofferraumdeckel, verstaute den Proviantkorb auf dem Rücksitz, zog ihre Jacke aus, ließ sich Daniels geben und tauchte für längere Zeit im Fond unter, um auch die Jacken passend unterzubringen. Sie tauchte wieder auf, sah zum Fenster hoch, warf mir ein Luftküßchen zu, Daniel winkte auf seine ernsthafte Art, und dann konnten sie endlich losfahren.

Wie nett ist doch dieser Daniel, dachte ich. Freundlich und gescheit und ernsthaft und liebevoll zu Jessica und so liebenswürdig zu mir. Ganz anders als Markus, der mich ansah und behandelte, als hätte ich die Pest, dabei mußte man eher vermuten, daß er sie hatte, mit den eitrigen Pickeln im Gesicht, der arme Junge. Oder Ricky, in seinem schwarzen Lederanzug, mit seinem scheußlichen schwarzen Motorrad, der nicht nur aussah wie der Todesengel, sondern sich auch so benahm, hochtrabend und arrogant. Da stand ich auch am Fenster und sah zu, wie sie zu ihm auf dieses verdammte Motorrad stieg, und haßte ihn.

Das ist vorbei, dachte ich, ich muß mir keine Sorgen mehr um sie machen. Etwas ist anders geworden, darum ist sie auch so nett zu mir, sie muß sich nicht mehr wehren und mich auf Abstand halten, damit sie in Ruhe wachsen kann. Sie ist jetzt erwachsen, und sie kann wieder nett sein zu mir. Und natürlich werde ich mir immer Sorgen machen um sie. Zum Beispiel mache ich mir Sorgen, ob sie mit diesem klapprigen Altauto, auf das Daniel so stolz ist, sicher nach Hamburg kommen. Aber die Ganz Große Sorge, damit ist es vorbei. Sie kann nun selber für sich sorgen.

Ich zog die Vorhänge zu und machte die Lampen an. Ich mache mir auch Sorgen wegen Daniel, dachte ich. Ich glaube wirklich, daß es mir egal ist, welche Hautfarbe er hat, ich will doch sehr hoffen, daß mir so was egal ist, aber anderen ist es nicht egal, und denen ist sie ausgeliefert, wenn sie nur mit ihm über die Straße geht. Aber da kann ich nichts tun, ich muß es sie tun lassen, und sie wird es schaffen. Hoffentlich. Hoffentlich tut ihr niemand weh.

Ich ging in ihr Zimmer. Es wirkte noch leerer als vorher, weil Bücher und Bilder fehlten. Sie ist wirklich weg, dachte ich, sie ist endgültig gegangen, und ich hatte das Gefühl, daß auch in meinem Inneren ein leerer Raum war, der hallte und schmerzte. Das Zimmer war aufgeräumt, es gab nichts zu tun, sie hatte gesaugt, und die gebrauchte Bettwäsche lag ordentlich zusammengelegt auf der glattgestrichenen Tagesdecke. Ich schüttelte den Kopf. Sie ist so übermenschlich ordentlich, daß ich mich eigentlich fragen müßte, ob sie wirklich meine Tochter ist, ob sie nicht vielleicht nach der Geburt vertauscht wurde.

Ich dachte daran, wie wir uns wiedergesehen hatten nach der Geburt, frisch gewaschen, erleichtert, müde. Wie sie mich angesehen hatte mit ihren dunklen Augen, die nicht blau waren, sondern grau, aufmerksam und forschend, als ob sie mich kritisch musterte und sich überlegte, ob ich ihr wohl recht sei als Mutter. Dann hatte sie auf eine ganz zarte Weise geseufzt und die Augen geschlossen, und ich hatte sie vorsichtig an mich gedrückt, und es war klar gewesen, daß alles sehr recht und in Ordnung war mit uns beiden. Das kann sie heute noch, einen so kritisch ansehen, dachte ich und mußte lachen, und gleich wird man unsicher und fragt sich, ob alles recht und in Ordnung ist.

Ich knipste das Licht in ihrem Zimmer aus und schloß die Tür. In der Küche war auch nichts zu tun, die Spülmaschine lief, und ich ging zurück ins Wohnzimmer, setzte mich aufs Sofa und betrachtete den Weihnachtsbaum. In meiner Begeisterung darüber, daß Jessica kommen würde, hatte ich einen besonders großen gekauft, aber das war dann gar kein Problem gewesen, denn sie hatte ja einen besonders großen Freund mitgebracht. Daniel hatte leichter Hand die oberen Etagen geschmückt, und sie hatte neben ihm gestanden und genaue Anweisung gegeben, wo die Kugeln, Sterne und Figuren ihren Platz haben sollten.

Früher habe ich das gemacht, dachte ich, die oberen Zweige geschmückt, und sie hat so neben mir gestanden. Aber wenn sie nun jemanden braucht, fürs Weihnachtsbaumschmücken oder für sonst was, dann hat sie Daniel. Mir fiel ein, wie die beiden bei Lea und Georg auf dem Sofa gesessen hatten, mit ihren Verlobungssteinen in den Nasenflügeln. Sie waren gerne mitgegangen, Jessica hatte sich gefreut, Lea wiederzusehen, und sie hatten sich aufmerksam und interessiert unterhalten, aber es war auch klar gewesen, daß es nicht so wichtig war, wo sie waren, sie hätten auch woanders sein können, Hauptsache, sie saßen nebeneinander.

Das war bei Achim und mir auch so, dachte ich, Gott, war das schön! Nicht die Aufgeregtheit des großen Verliebtseins, nein, die ruhige Gelassenheit der Liebe, man kann ganz ruhig sein, man weiß, man ist angekommen, man wird nie wieder alleine sein. Und man weiß noch nicht, daß sich das auch wieder ändern kann.

Meine Kehle zog sich zusammen, und meine Augen wurden feucht, aber ich wollte nicht auf dem Sofa hocken und den Weihnachtsbaum anheulen. Ich ging in die Küche und sah in den Kühlschrank. Es waren noch lauter gute Sachen da, ich konnte mir nachher ein feines Abendessen machen. Ich ging wieder ins Wohnzimmer und blätterte im Fernsehprogramm. Viele volksmusikalische Sendungen unter besonderer Berücksichtigung des Weihnachtsfestes, viele Filme wie »Gewalt und Rache« oder »Atemlos vor Lust«, die das Weihnachtsfest überhaupt nicht berücksichtigten, und im ersten Programm immerhin »Tagebuch einer Nonne«, das ich zwar schon auswendig kannte, aber Audrey Hepburn in der kleidsamen Nonnentracht und all die Mutter Oberinnen, die so verständnisvoll sind, streng, aber verständnisvoll, mochte ich immer wieder sehen.

Ich sammelte die abgebrannten Wunderkerzen vom Weihnachtsbaum und hängte frische auf und räumte meine Geschenke weg, weil es albern aussah, wie sie so alleine unter dem Baum lagen. Ich stopfte die Bettwäsche der beiden in die Waschmaschine und suchte alles zusammen, was man noch waschen konnte. Als ich gerade dabei war zu überlegen, was zu bügeln wäre und daß das Silberbesteck geputzt werden könnte, klingelte das Telefon, und ich war so schnell am Apparat wie schon lange nicht mehr.

»Hallo, Agnes«, sagte Rainer, »wie geht's denn so?«

»Sehr gut«, sagte ich. Einfach phantastisch geht es mir, ich will nur eben noch das Silber putzen, und dann hänge ich mich auf, weil niemand da ist, der neben mir auf dem Sofa sitzt, so, als würde er auch die nächsten hundert Jahre neben mir auf dem Sofa sitzen.

»Es tut mir leid, daß es mit Jessica nicht geklappt hat«, sagte er. Jessica hatte es gar nicht verstehen können, als ich sagte, ich wüßte nicht, ob er käme. »Er kommt doch immer irgendwann zu Weihnachten«, hatte sie gesagt und ihn angerufen, aber er hatte keine Zeit gehabt, der Mistkerl.

»Ich hatte leider keine Zeit. Du weißt ja, zu Weihnachten ist immer viel los.«

Nein, das weiß ich nicht, dachte ich, vor den Zwischenzeugnissen, zum Abitur und nach Schulbeginn, da schon, aber seit wann ist in der Schule zu Weihnachten so viel los, du Mistkerl?

»Was macht sie denn so?« fragte er, und ich erzählte, was sie machte, all die großen Neuigkeiten, und er wurde warm und lebendig, es interessierte ihn, irgendwie ist sie all die Jahre ja auch sein Kind gewesen. Ich wurde weich, als ich hörte, wie seine Stimme wärmer wurde, und ich überlegte nicht lange und sagte: »Ach, weißt du was? Ehe ich dir das alles am Telefon erzähle, komm doch rüber, ich mache uns was zu essen, und wir zünden die Kerzen am Baum an und trinken was Gutes.«

Er war gerade dabei, ja zu sagen, aber dann bremste er sich, stotterte ein bißchen und sagte: »Das – das geht leider nicht, ich muß noch einiges erledigen. Ich fahre über Neujahr weg –«

Mit Freunden, dachte ich.

»Mit Freunden«, sagte er.

»Na gut. Dann erzähle ich es dir ein andermal, ich muß auch noch einiges erledigen.«

»Okay«, er klang erleichtert, »dann feiere schön und komm gut rüber.«

»Du auch«, sagte ich und legte auf. Komm gut rüber und geh zum Teufel, Mistkerl.

Na gut, na gut, dachte ich und schlug mit der Faust auf den Telefonhörer. Okay, okay. Komm gut rüber und feiere schön. Nein, du weinst jetzt nicht, Agnes. Du ißt was Gutes und trinkst was Gutes, und dann ziehst du dir das Tagebuch einer Nonne rein, in aller Breite und Schönheit. Und übermorgen ist Silvester, und dann ist Neujahr, und dann geht's los. Drei Millionen Männer, Agnes!

5. Kapitel

»Drei Millionen ist natürlich eine Menge«, sagte Lea bei unserem Neujahrstelefongespräch, »und so, wie du jetzt aussiehst, kann man erwarten, daß einiges auf dich zukommt. Aber darauf allein sollten wir uns nicht verlassen. Du mußt die Augen offenhalten, Agnes, interessante Männer findet man an den seltsamsten Orten, ganz alltäglichen, weißt du, im Reformhaus, beim Schuster oder in der Reinigung –«

Oder im Männerklo, dachte ich, auch ein ganz alltäglicher Ort und per Definition voller Männer. Welchen Straftatbestand würde es wohl erfüllen, wenn ich mich da herumdrücken würde, grober Unfug oder Erregung öffentlichen Ärgernisses?

»Im Getränkemarkt«, sagte ich, »da habe ich vorgestern einen interessanten Mann gesehen, im richtigen Alter, nur ein bißchen größer, dunkle Haare, und er hatte breite Schultern und zwei, drei Kilo zuviel, und das mag ich so, Männer mit breiten Schultern und zwei, drei Kilo zuviel, weißt du?«

»Und?«

»Ich wußte nicht, was ich machen sollte. Darüber müssen wir auch mal nachdenken, glaube ich. Was soll ich tun, wenn ich einen interessanten Mann treffe, in der Reinigung oder beim Schuster?«

»Ach so«, sagte sie, »ja, natürlich, was könntest du da tun? Ihn anlächeln, vielleicht?«

»Ach, Lea, ich glaube, ich würde mich nicht trauen, einen völlig fremden Mann einfach so anzulächeln. Könntest du das?«

Sie überlegte. »Nein«, gab sie zu. »Aber, Agnes, wer A sagt, muß auch B sagen. Dann lernst du es eben, du bist ja Psychologin, da gibt es doch bestimmt irgendwelche Methoden.«

Sie hatte recht. Ich war Psychologin, und es gab Methoden, Angstabbau, Sozialtraining, Selbstsicherheitstraining, was weiß ich, und ich konnte sicher lernen, völlig fremde Männer anzulächeln, einfach so.

»Aber was mache ich, wenn er mich nicht ansieht, wie der Mann im Getränkemarkt zum Beispiel? Dann hat es doch keinen Sinn, ihn anzulächeln.«

»Also, Agnes«, sagte sie, »nun sei nicht so umständlich. Dann sprichst du ihn an, das ist doch klar. Das kannst du nicht, ich weiß, und ich könnte es auch nicht, nie im Leben. Das lernst du gleich mit, wenn du das Anlächeln lernst, lerne einfach alles, was man in solchen Situationen brauchen kann, dann ist es ein Aufwasch.«

Na gut, dachte ich, ich werde lernen, wie man Männer anmacht. Aber wo? Ich kenne Kollegen, die solche Trainings machen, an der Volkshochschule zum Beispiel, aber da kann ich doch nicht hingehen, was werden die von mir denken, wenn ich mit vierzig plötzlich lernen will, wie man fremde Männer anspricht?

»Und noch was«, sagte Lea, »schminkst du dich jeden Tag?«

»Nein, natürlich nicht. Wieso?«

»Du warst so hübsch geschminkt, als ihr bei uns wart, und nachher hat Georg mich gefragt, wie alt du bist. Er war ganz irritiert, weil er dachte, er hätte eine Zahl vergessen, er vergißt doch nie eine Zahl, weißt du? Aber er hatte sie natürlich nicht vergessen, er wußte, daß du vierzig bist. Also, wenn Georg so was sieht – du hättest so jung ausgesehen, hat er gesagt. Nur ein bißchen getönte Tagescreme, Wimperntusche und Lipgloss –«

»Das hat Georg doch nicht gesagt?«

»Nein, natürlich nicht«,sagte sie, »er weiß ja gar nicht, was das ist. Das sagt die *Brigitte*. Gehen Sie nie aus dem Haus ohne ein bißchen getönte Tagescreme, Wimperntusche und einen Hauch Lipgloss.« Es klang fast wie ein Gesetz.

Aber wenn die *Brigitte* es sagt, dann ist es ja auch fast so etwas wie ein Gesetz.

»Aber das ist doch schrecklich«, sagte ich, »jeden Tag diese braune Schmiere im Gesicht, und wenn man sich die Nase kratzt, hat man braune Finger. Und von der Wimperntusche kriege ich ganz steife Wimpern und schwarze Ränder unter den Augen.«

Ich konnte fast hören, was sie dachte. Wer A sagt, muß auch B sagen, dachte sie, aber sie verkniff es sich. »Überleg's dir mal«, sagte sie großzügig, und dann fiel ihr doch noch ein goldenes Wort ein: »Nur wer wagt, gewinnt, Agnes, denk daran. Und es ist ja nicht für immer. Wenn du erst einen hast, kannst du wieder aufhören, dir das Zeug ins Gesicht zu schmieren.«

Na gut, dachte ich, wer wagt, gewinnt. Aber so weit geht der Wagemut nicht, daß ich ständig mit Farbe im Gesicht herumlaufe. Ich verwende ihn lieber darauf zu lernen, wie man Männer anlächelt und anspricht. Und das bringe ich mir selber bei, dafür gehe ich in keinen Kurs, wozu habe ich das alles mal gelernt? Das ist doch ganz einfach, Desensibilisierung, altes Verhalten verlernen, neues Verhalten aufbauen. Bei der Schlangenphobie zum Beispiel, erst über Schlangen sprechen, dann Bilder von Schlangen ansehen, dann ist die Schlange im anderen Zimmer, dann im gleichen Raum, dann nähert man sich ihr, dann faßt man sie an, und schließlich hat man sie auf dem Arm und streichelt sie glücklich, jedenfalls auf den Fotos in den Lehrbüchern.

Also wirklich, Agnes, dachte ich, was fällt dir denn ein, Männer mit Schlangen zu vergleichen, das ist doch wohl nicht dasselbe. Außerdem würde ich viel lieber eine Schlange anfassen als einen fremden Mann ansprechen. Nur das Endresultat, das sollte ungefähr das gleiche sein, man hat sie im Arm und streichelt sie glücklich. Und das Programm der kleinen Schritte, das ist auch ähnlich, damit fange ich morgen an. Anlächeln. Den Mann im Zeitungsladen zum Beispiel, der ist über sechzig und erzählt immer von seinen Enkelkindern. Oder den schüchternen jungen Mann hinter der Käsetheke im Supermarkt, den könnte ich auch mal anlächeln, das würde ihm sicher guttun. Oder den Drogisten, der mich immer so anlächelt – nein, den lächele ich besser nicht an, weiß der Teufel, was dann passiert. Da mache ich lieber den nächsten Schritt und lächele fremde Männer an, da ist es egal, was sie von mir denken, es sind ja fremde Männer.

Komisch, daß ich mich so anstelle, dachte ich, ich bin eine gereifte Frau und Mutter, die weiß, wie es im Leben zugeht, und Psychologin und Psychotherapeutin dazu, da sollte es doch eine Selbstverständlichkeit für mich sein, mal einen fremden Mann anzulächeln oder in Gottes Namen auch anzusprechen. Das ist doch was ganz Normales, eine simple zwischenmenschliche Kontaktaufnahme, Männer können das ja auch.

Die haben es auch gelernt, deswegen bist du bis jetzt so gut durchs Leben gekommen, weil das immer die Männer gemacht haben, und du brauchtest sie bloß machen lassen und ja oder nein sagen. *Sag lieber einmal öfter nein als ja*, hat Mutter immer gesagt, und *Zeige einem Mann nie zuerst, daß du Interesse hast*, und ich habe darüber gelächelt, es war so altmodisch. Aber dann habe ich es genauso gemacht, und nun bin ich vierzig Jahre alt und muß noch mal umlernen. Sag lieber ja als nein, und zeige einem Mann zuerst, daß du Interesse hast. O je.

Mutter. Ich muß die beiden noch anrufen, ein gutes Neues Jahr wünschen.

»Ja, Heimeran!« sagte mein Vater. Er meldet sich immer, als ginge es zum letzten Appell.

»Hallo, Vater«, sagte ich, »ich wollte euch ein gutes Neues Jahr wünschen.«

»Danke. Das wünschen wir dir auch, Agnes. Was ist, Anneliese?« Ich hörte meine Mutter im Hintergrund reden.

»Deine Mutter fragt, ob du schon weißt, daß Jessica sich eine Wohnung sucht?«

»Ja, natürlich«, sagte ich wütend. Sie tun mal wieder so, als wäre Jessica ihr Kind, das bei ihnen in Hamburg lebt, und ich irgendeine entfernte Verwandte, irgendwo weit entfernt in München. Und sie schaffen es mal wieder, daß ich in Sekundenbruchteilen koche.

»Da wird sie ja einiges brauchen. Wir werden ihr eine Waschmaschine schenken«, sagte er im Triumphton und wechselte gleich zur Anklage über: »Dann muß sie nicht mehr in diesen Waschsalon.« Er sprach das Wort Waschsalon aus, als handele es sich dabei um ein Bordell. »Das ist ohnehin ein Unding. Und was ist mit dir?«

Ich habe ihr schon einen Wasserkessel geschenkt, hätte ich fast gesagt, den schönsten und teuersten Wasserkessel, den es auf der ganzen Welt gibt. Und ich schenke ihr auch alles andere, hätte ich am liebsten gesagt, behaltet eure Waschmaschine und laßt die Finger von Jessica, sie ist mein Kind!

Ich riß mich zusammen und sagte in dem herablassendsten Tonfall, der mir möglich war: »Da macht euch mal keine Gedanken, das haben wir schon alles besprochen, Jessica und ich.«

»Wie du meinst«, sagte er steif.

»Habt ihr denn Daniel überhaupt schon kennengelernt?« fragte ich. Es war ein kindischer und alberner Versuch, Revanche zu nehmen.

»Wen? Ach, du meinst diesen jungen Mann. Ja, natürlich.«

»Und?« Ich konnte es nicht lassen.

»Ausgesprochen gut erzogen, der junge Mann«, sagte er, »und sehr intelligent, ohne Zweifel. Ich habe mich ein bißchen mit ihm unterhalten, über sein Studium, von diesen naturwissenschaftlichen Fächern verstehe ich natürlich wenig, die sind ja in der humanistischen Bildung zweitrangig, aber das war mir sofort klar, der junge Mann ist überdurchschnittlich intelligent.« Er räusperte sich heftig. »Nun halten diese ersten großen Lieben ja meist nicht lange, das meint deine Mutter auch, aber solange es dauert, muß man es natürlich ernstnehmen und respektieren. Das siehst du hoffentlich auch so.«

Du mieser alter Kerl.

»Ach, da braucht ihr euch keine Sorgen zu machen«, sagte ich mit ätzender Munterkeit, »das hält bei den beiden, da bin ich ganz sicher. Ich habe sie sechs Tage hier gehabt, da merkt man, wie ernsthaft so etwas ist, und das ist sehr ernsthaft, noch ernsthafter geht es gar nicht.«

»Das werden wir ja sehen«, sagte er, noch steifer, und dann fiel ihm ein, daß das Gespräch zu teuer für mich würde, und er beendete es in Windeseile.

Diese ersten großen Lieben dauern ja nicht lange! So habt ihr euch das also zurechtgelegt. Und nun kriegt sie eine Waschmaschine, damit sie nicht mehr in den Waschsalon gehen muß, was sie muß, weil ihre pflichtvergessene Mutter nicht für eine Waschmaschine gesorgt hat, und wenn die erste große Liebe hoffentlich nicht von Dauer ist, dann hat sie immerhin eine Waschmaschine, das ist was Solides, das ist von Dauer.

Wenn ihr euch da nur nicht täuscht mit der ersten großen Liebe. Meine erste große Liebe hat acht Jahre lang gehalten, das ist doch was, und Jessica ist viel hartnäckiger und ausdauernder als ich, wo die mal dran ist, da bleibt sie dran. Es würde mich gar nicht wundern, wenn wir bald was von Standesamt und solchen Sachen zu hören kriegten, ich habe ja auch so mir nichts, dir nichts geheiratet. Wenn man weiß, der ist es, warum soll man da lange fackeln, und Jessica weiß, der ist es, und sie ist keine, die lange fackelt. Und was sagt ihr dann? Ha. Und was kriegt sie dann wohl geschenkt?

Nun sei doch nicht so gemein, Agnes, sagte ich zu mir. Sie haben ihre Fehler, die beiden, aber sie lieben Jessica von Herzen und würden alles für sie tun. Für niemanden sonst auf der Welt würde Vater sich dazu durchringen, über einen dunkelhäutigen jungen Mann mit einem Glitzerstein im Nasenflügel in solch milden Wendungen zu sprechen. Wenn ich daran denke, wie er damals über Achim hergezogen ist, wegen der langen Haare und der indischen Klamotten und der ganzen lockeren Lebensauffassung, und Achim war immerhin weiß, und einen Glitzerstein hatte er auch nicht in der Nase. Denk lieber nicht daran, Agnes. Sei lieber froh, daß sie sich so um Jessica kümmern, da hast du Zeit, dich um dich selbst zu kümmern und dafür zu sorgen, daß du vielleicht noch mal so was wie eine zweite große Liebe findest, auch wenn du dann keine Waschmaschine geschenkt bekommst.

Die Auswahl an Kajalstiften hatte sich stark vergrößert, seit ich mir zuletzt einen gekauft hatte. Es war ungefähr zehn Jahre her, daß ich mir zuletzt einen gekauft hatte. Ich stand hilflos davor, als eine junge Frau neben mich trat und fragte: »Kann ich Ihnen helfen?« Ihre Augen waren dick mit Kajal umrandet, und das sprach dafür, daß sie mir bestimmt helfen konnte.

»Ich suche einen Kajalstift, der zu meiner Augenfarbe paßt«, sagte ich.

Sie musterte mich zweifelnd. »Wie wäre es denn mit Wimperntusche? Ich glaube, das würde Ihnen eher entsprechen.«

»Warum?«

»Kajal setzt sich leicht in der Augenumgebung ab«, sagte sie, »in diesen kleinen Fältchen, wissen Sie? Und das wirkt dann nicht so gut.«

Ich sah auf ihre Augenumgebung. Ihre Haut war glatt und straff, und es gab keine Fältchen, in denen sich irgend etwas hätte absetzen können. Sie war höchstens zwanzig. Und sie hielt mich für zu alt, um einen Kajalstift zu kaufen.

»Ich will aber einen Kajalstift«, sagte ich grob.

»Wie Sie meinen.« Sie suchte mit großer Schnelligkeit

zwei Kajalstifte heraus, deren Farbton wirklich gut zu meinen Augen paßte.

»Ich nehme beide.«

»Beim Auftragen sollten Sie darauf achten –«

»Ich weiß, wie man ihn aufträgt«, sagte ich grob. Ich habe schon Kajal aufgetragen, da hast du noch in den Windeln gelegen, du kleine, glatthäutige Besserwisserin, dachte ich.

Ich war so geschockt, daß ich den Lipgloss vergaß, den ich auch hatte kaufen wollen, ich bezahlte hastig die Stifte und sah zu, daß ich in die Taschenabteilung kam. Die Taschenabteilung bei Karstadt ist ein Ort, wo ich immer Trost und Frieden finde. Bei allen kleineren und mittleren Schwierigkeiten des Lebens gehe ich rüber zu Karstadt in die Taschenabteilung mit den beiden netten Verkäuferinnen und den vielen Taschen, und bald kehrt wieder Ruhe ein in meine innere Welt.

Die grauhaarige Verkäuferin staubte die Glasborde des Wandregals ab. »Hallo«, sagte sie und lächelte. Ich lächelte auch und wandte mich dem Regal mit den reduzierten Taschen zu, das besonders beruhigend auf mich wirkt. Es war voller Taschen, die ich noch nicht kannte, und ich machte mich daran, sie genau zu betrachten, und nach einer Weile hatte ich Fräulein Kajal-extradick-aber-für-Sie-lieber-Wimperntusche vergessen.

»Entschuldigen Sie bitte«, sagte jemand neben mir. »Kann ich Sie einen Moment stören?« Ich sah auf. Es war ein Mann, ungefähr in meinem Alter, etwas größer als ich. »Ich finde einfach keine Verkäuferin, sonst würde ich Sie gar nicht –«

»Aber das macht doch nichts«, sagte ich. Ich war hellwach und konzentriert.

Er hielt mir eine Tasche hin. »Können Sie mir sagen, ob die aus Leder ist?«

Ich kannte die Tasche, sie war von einer Firma, die lauter Taschen macht, die wie Leder aussehen, aber nicht aus Leder sind. »Nein«, sagte ich, »es ist täuschend echt nachgemacht, aber es ist Plastik.« Ich wies auf das Regal, auf dem die anderen Taschen dieser Firma standen. »Die sind alle aus Plastik. Unglaublich, nicht?«

»Aber das ist ja großartig«, sagte er. »Ich suche nämlich eine Tasche für meine Mutter, wissen Sie, und meine Mutter ist Vegetarierin, sie ißt keine Tiere, und sie trägt auch nichts, was aus Tieren gemacht wird.«

»Und was hat sie für Schuhe?« fragte ich interessiert.

»Plastik«, sagte er, »Stoffschuhe, Gummistiefel, Bastsandalen.«

»Und was ist mit Pullovern?«

»Nur, wenn sie ganz sicher ist, daß das Schaf noch lebt.«

Das fand ich noch interessanter. Wie kann man da ganz sicher sein, außer, man kennt das Schaf persönlich?

»Da haben Sie ja die Auswahl«, sagte ich. Er sah auf die Tasche in seiner Hand und dann auf die im Regal, und sein Gesicht bekam einen unsicheren Ausdruck.

»Wo liegt das Problem?« fragte ich.

»Ich weiß nicht, was für eine Farbe ich nehmen soll«, sagte er.

»Was für Farben trägt denn Ihre Mutter?«

Er blickte noch zweifelnder und schüttelte den Kopf. Typisch Mann, dachte ich, blind wie ein Maulwurf. Das ist die simpelste Frage der Welt, die jede Frau wie aus der Pistole geschossen beantworten würde, aber er, der offenbar ein gutes Verhältnis zu seiner Mutter hat, so wie er über sie spricht, steht da und guckt verzweifelt und weiß nicht, was für Farben sie trägt.

»Sind es klare, knallige Farben?« fragte ich. »Oder zarte Pastelltöne, frühlingshaft, oder eher warme Herbstfarben?« Ich redete wie eine animierte Farbberaterin.

Sein Gesicht hellte sich auf. »Ja, genau! Klare knallige Farben und zarte, frühlingshafte Pastelltöne.«

»Tatsächlich?« Seine Mutter mußte eine interessante Frau

sein, wenn sie zwischen Knallfarben und Pastelltönen wechselte.

»Doch, bestimmt«, sagte er. »Sie haben das sehr gut formuliert, genau diese Farben trägt sie.« Er begann die Taschen auf dem Regal genauer zu betrachten, und ich stand nicht an, ihm dabei zu helfen. Wir suchten zwei aus, eine in Rot, Gelb und Blau, wie Mondrians Bilder, und die andere aus rosafarbenem Stoff, mit hellbraunem Plastikleder abgesteppt. Ich bin doch wirklich gut, dachte ich, erst Farbberatung, dann Kaufberatung, Karstadt sollte mir eigentlich Provision zahlen.

Er dankte mir sehr und verabschiedete sich und ging zur Kasse, wo jetzt auch wieder eine Verkäuferin stand. Ich sah ihm nach. Nun habe ich getan, was ich konnte, dachte ich, sofort reagiert, konzentriert gehandelt, großes Interesse gezeigt, vielleicht nicht direkt an ihm, aber an seiner Mutter und ihren Taschen, und angelächelt habe ich ihn auch, praktisch dauernd, und was ist nun? Nichts. Ich wandte mich zur Rolltreppe.

Aber was soll auch sein, dachte ich, während ich hinunterfuhr, was hast du erwartet? Der Mann hat eine Tasche gesucht, keine Frau, und nur weil du ihm geholfen hast, die Taschen zu finden, kann er dich ja nicht dazunehmen. Kaufen Sie zwei Taschen, und Sie kriegen eine Frau dazu. Ach, schade, er sah so nett aus –

»Entschuldigen Sie bitte«, sagte er. Er stand neben mir. »Sie haben mir so geholfen, ohne Sie hätte ich da nicht durchgefunden. Darf ich Sie zu einer Tasse Kaffee einladen oder zu einem Glas Sekt, oder was immer Sie mögen?«

Sag lieber ja als nein. »Ja, gerne«, sagte ich.

Wir gingen in das Café neben Karstadt, das so grauenhaft häßlich eingerichtet ist, daß ich immer ganz erschüttert bin, aber dies war nicht der Moment, über die Ästhetik von Café-Einrichtungen nachzusinnen. Er drängte mich, ein Glas Sekt zu nehmen, oder nein, vielleicht lieber Champagner, sie hatten auch ein Glas Champagner auf der Karte, und sollten wir nicht etwas dazu essen, Alkohol auf leeren Magen, und das mittags, das war doch wohl nicht das Richtige? Ich dachte nicht lange nach, ich sagte einfach ja, Jasagen war jetzt meine Devise.

»Ich habe mich noch gar nicht vorgestellt«, sagte er, nachdem er bestellt hatte. »Peter Kaufmann.«

Peter Kaufmann heißt er, dachte ich. Nett.

»Agnes Geben«, sagte ich.

Es war leicht, mit ihm zu reden, wir redeten über alles mögliche, über seine Mutter, über den Weihnachtsrummel, der endlich vorbei war, über gutes Essen, denn das Essen in diesem Café war nicht schlecht, und schließlich auch über die Einrichtung, von der er ebenfalls erschüttert war. Es ergab sich, daß er Architekt war, mit Innenarchitektur hatte er allerdings nichts zu tun, auch nichts mit schöngeistiger Architektur, wie er es nannte, er baute Zweckdienliches, Fabriken und Bürogebäude zum Beispiel.

Architekt ist er, dachte ich. Wie nett.

Dann fiel mir plötzlich ein, daß ich ja auch einen Beruf hatte und Klienten, von denen der nächste Gott sei Dank erst um drei kam, und ich sagte, ich müsse leider gehen, und er sagte, ob wir nicht bald mal wieder zusammen essen wollten, aber diesmal richtig und ausführlich und in einem guten Lokal? Das fand ich wieder sehr nett, und ich sagte wieder »ja, gerne«, was ich inzwischen schon richtig gut konnte.

Ich ging in einem Mischzustand von Schweben und Betäubtsein nach Hause. Über das Glück, das ich gehabt hatte, so mir nichts, dir nichts einen netten Mann kennenzulernen, ganz ohne Kajal um die Augen und Lipgloss auf den Lippen, und ohne den Grundkurs in Anlächeln und Ansprechen schon absolviert zu haben, konnte ich noch gar nicht nachdenken. Aber ich konnte darüber nachdenken, wie er aussah.

Er hatte blaue Augen, wenn ich mich recht erinnerte, mittelblaue Augen, und hellbraune Haare, ein bißchen lockig, und ein angenehmes Gesicht, kein schönes, aber wer will schon einen Mann mit einem schönen Gesicht? Er hatte keine breiten Schultern, er war ziemlich schlank, er hatte auch keine zwei, drei Kilo zuviel, leider, er schien mir eher durchtrainiert, aber na gut, man kann nicht alles haben.

Und er hatte mir seine Karte gegeben, wenn ich mich recht erinnerte. Ich zog den Handschuh aus und kramte in meiner Tasche. Sie steckte zwischen den Kajalstiften. Dr. Peter Kaufmann, Dipl. Ing., BDA, die Adresse lautete St.-Anna-Platz, zwei Telefonnummern, Büro und privat, eine Faxnummer, Büro. Doktor ist er, aha. Nett. Und der St.-Anna-Platz, das ist dieser bezaubernde Platz im Lehel. Ausgesprochen nette Gegend.

Und ich hatte ihm meine Telefonnummer gegeben, und er wollte anrufen, heute abend, wenn ich mich recht erinnerte, heute abend nach sechs. Sehr nett. Wir werden da sein, mein Telefon und ich.

Es war gar nicht so einfach, den Kajalstift aufzutragen. Er war hart und fest und hinterließ bei meinen ersten Versuchen keine Spuren, und als er endlich funktionierte, war die Linie überhaupt nicht dort, wo sie sein sollte. Ich arbeitete weiter daran, aber es wurde nicht besser, sondern schlechter. Ich hätte vielleicht doch hören sollen, was Miß Kajal-Extradick mir zu sagen hatte, dachte ich, früher war das so einfach, man schmierte sich das Zeug um die Augen und war sofort schön und sah aus wie aus Tausendundeiner Nacht, und jetzt siehst du aus wie ein niedergeschlagener Waschbär. Mach, daß du das Zeug wieder runterkriegst, Agnes, was brauchst du Kajal, du hast den Mann ohne Kajal kennengelernt, und ohne Kajal hat er dich zum Essen eingeladen, und wenn du nun mit Kajal kommst, dann will er dich vielleicht gar nicht mehr.

Als es abgewaschen war, war ich rotäugig wie ein Kaninchen, und um das auszugleichen, schmierte ich mir nun doch getönte Creme ins Gesicht, dazu einen Hauch Lipgloss. Vorsichtig zog ich den rosafarbenen Kaschmirpullover über den Kopf, schüttelte die frischgeschnittenen Haare (bloß nicht kämmen, hatte die wortkarge Friseuse gesagt, das stört die Schnittstruktur, nur schütteln), bestäubte mich mit Eroica (geduldet euch, ihr Kniekehlen, ihr kommt auch noch dran) und sah zu, daß ich aus dem Haus kam. Rotäugig und aufgeregt und zu spät, das ist eins zuviel.

Er stand auf dem Bahnsteig, als ich ankam, und das regte mich noch mehr auf, oben vor der Kirche, wo wir uns verabredet hatten, war es ihm wahrscheinlich zu kalt geworden, und nun stand er frustriert und verärgert hier unten und fragte sich, was er mit einer Frau anfangen sollte, die gleich beim ersten Mal zu spät kam. Ich stürmte auf ihn zu, aber ehe ich etwas sagen konnte, sagte er: »Ich habe ein wahnsinnig schlechtes Gewissen. Das geht doch nicht, daß ich nur aus der Haustür zu treten brauche, und Sie müssen den langen Weg machen. Und das bei dem Wetter. Ich hätte Sie abholen sollen. Aber ich mache es wieder gut. Sie werden sehen, das Lokal ist wirklich ausgezeichnet.«

Ich sagte gar nichts. Ich ging neben ihm den Bahnsteig entlang, bemerkte, wie er seinen Schritt meinem anpaßte, und dachte: Gott, ist der Mann nett. Kaum zum Aushalten.

Er hatte den schönsten Tisch reserviert, zwei aufmerksame Kellner bedienten uns, und das Essen war sehr gut. Es war schrecklich verschwendet an mich, ich hätte genausogut Tütensuppe und trocken Brot essen können, am liebsten hätte ich gar nichts gegessen, denn Aufgeregtsein und ihn ansehen und zuhören, was er sagte, und auch selber etwas sagen, und bitte keinen Blödsinn, sondern was Gescheites, und außerdem Messer und Gabel handhaben und kauen und schlucken, das war zuviel. Ich bin's einfach nicht mehr gewohnt, mit eben erst kennengelernten Männern das erste Mal essen zu gehen, dachte ich, ich bin ganz aus der Übung, das muß anders werden, oder nein, vielleicht gewöhne ich mich ja daran, immer mit diesem Mann essen zu gehen, das wäre schön.

»Was ist?« fragte er. »Sie haben gerade so gelächelt.«

»Ach, nichts«, sagte ich, »gar nichts.«

Er macht es einem aber auch nicht leicht, dachte ich. Wenn er einer von denen wäre, die alleine reden, die nur hin und wieder ein kleines *Ach, wirklich?* oder *Das ist aber interessant* brauchen, dann könnte ich im Kielwasser seines Redestroms ruhig vor mich hinkauen. Aber er achtet auf Reaktionen und will Antworten und Einlassungen.

Wir hatten schon viel über Bürogebäude und Fabriken gesprochen, und dann hatten wir viel über Psychologen und Psychotherapie gesprochen, und nun sprachen wir über Stühle. Er baute Möbel, am liebsten Stühle, es war seine Freizeitbeschäftigung, sehr entspannend, er hatte sich einen großen Tisch gebaut, und nun kamen die Stühle dazu, in verschiedenen Holzarten und verschiedenen Stilen, aber so, daß sie doch zusammenpaßten. Ich mag Stühle auch, aber Kommoden sind mir lieber, ich liebe Kommoden, leider sind sie so groß und sperrig, man kann nicht allzu viele davon haben, ich habe drei, und wenn Jessica nun bald ihren Schreibtisch braucht, hätte ich Platz für eine vierte.

»Was für eine hätten Sie denn gerne?«

»Eine schöne, dunkle«, sagte ich, »am liebsten aus Wurzelholz.«

»Ach so«, sagte er, »die sind alt natürlich schöner. Ich kenne einen Tischler, der nebenbei mit alten Möbeln handelt, bei dem finden Sie sowas bestimmt, und vor allem bezahlbar.«

Wenn er Möbel baut, geht er bestimmt auch bergwandern, dachte ich, ich weiß nicht, wie ich darauf kam, vielleicht weil die Berghütten, in denen man sich beim Bergwandern ausruht, auch aus Holz sind. Ich fing anscheinend an, frei zu assoziieren, die Mehrfachbelastung des Abends strapazierte meine geistige Spannkraft, und meine geistige Disziplin ließ auch nach, denn ich fragte: »Und was ist mit Bergwandern?«

»Wieso?« fragte er. »Wie kommen Sie darauf?«

Das weiß ich auch nicht, dachte ich. »Ich weiß nicht. Ich dachte nur gerade, daß Sie vielleicht gerne bergwandern.«

»Eigentlich nicht«, sagte er, »und Sie?«

»Überhaupt nicht. Nie«, fügte ich hinzu, um ja nicht in falschen Verdacht zu geraten. »Ich gehe nur manchmal schwimmen.«

»Ich bin im Grunde ein unsportlicher Mensch, das muß ich zugeben.« Das kannst du gerne zugeben, dachte ich, nur zu, nichts ist mir lieber als ein unsportlicher Mensch. »Ich mache ein bißchen Fitneßtraining«, fuhr er fort, »seit ich über vierzig bin, um in Form zu bleiben.«

»Kommt man da eigentlich schnell in Form?« fragte ich. Es würde vielleicht nicht schaden, wenn ich ein bißchen schneller in Form kommen würde, dachte ich, hier sitzt schon wieder ein Mann, mit dem der Ernstfall eintreten könnte, und mit dem Schwimmen dauert es anscheinend ziemlich lange, bis man in Form kommt.

»Schon. Wenn Sie es systematisch angehen.« Dann schwieg er und schien nachzudenken, und ich schwieg auch und ruhte mich ein bißchen aus.

»Ich habe gerade überlegt«, sagte er, »ob wir Kaffee und Cognac oder was immer Sie mögen nicht woanders trinken.«

»Ja, gerne«, sagte ich.

»Bei mir oben. Ich wohne ja gleich gegenüber, und dann könnte ich Ihnen meine Stühle zeigen.«

Es klang wie *Ich zeige Ihnen noch meine Briefmarkensammlung*, und ich hätte fast laut gelacht, aber so, wie er mich ansah, wollte er mir wohl wirklich nur seine Stühle zeigen. Und selbst wenn, dachte ich, selbst wenn er dir auch seine Briefmarkensammlung zeigen will, hättest du denn was dagegen? Du bist zwar noch nicht so in Form, da muß jetzt unbedingt mehr getan werden, aber er wird in seinem Schlafzimmer schon keine Scheinwerfer installiert haben, und er wird dich auch nicht mit der Lupe betrachten wollen, du bist ja keine Briefmarke.

»Gerne«, sagte ich.

Seine Stühle waren sehenswert, ein Bauernstuhl neben einem barock geschwungenen, ein biedermeierartiger neben einem geraden Art-Déco-Stuhl, und sie gruppierten sich harmonisch um den großen, einfachen Tisch. Am besten gefiel mir einer aus Kirschholz, mit einer Rückenlehne aus feinen Rundstäben. »Den habe ich im Shaker-Stil gebaut«, sagte er, und ich wußte sogar, wovon er redete, denn die Shaker machen auch schöne Kommoden.

Während er den Kaffee machte, betrachtete ich seine Spielzeugsammlung. Sie war auf Wandregalen untergebracht, auch diese aus schönem Holz, und sie war umfangreich und sicher etwas Besonderes und tadellos abgestaubt, und ich finde altes Spielzeug schrecklich langweilig, aber es gab nicht viel anderes zu betrachten in dem Raum, außer dem Tisch und den Stühlen waren da nur noch ein großer Fernsehsessel und ein großer Fernseher, von Bildern und Vorhängen hielt er anscheinend nichts, aber seine Lampen waren schön, funktional und sehr teuer.

Hier könnte ich nicht leben, dachte ich, irgendwann würde ich einen hektischen Nestbautrieb entwickeln und mir in irgendeiner Ecke eine Höhle bauen, wie ein Hamster, aus alten Decken und Kissen und ausgemusterten Flokatis und so. Aber ich muß hier ja auch nicht leben, wir könnten ja immer zu mir gehen, und sollten wir mal zusammenleben, dann hat er sein Zimmer, und ich habe meines, und dann sind wir eben öfter bei mir. Nur den Tisch und die Stühle, die könnte man in die Küche stellen, die gefallen mir wirklich, oder ins Eßzimmer, wenn wir eines hätten, das wollte ich immer schon mal haben, ein Eßzimmer.

Also wirklich, Agnes, sagte ich zu mir, was fällt dir eigentlich ein? Du kennst den Mann kaum, du warst gerade mal mit ihm essen, und schon reißt du ihn aus seiner gewohnten Umgebung und ziehst mit ihm um und nimmst ihm seinen Tisch und seine Stühle weg und läßt ihm bloß den Fernseher und den Fernsehsessel und all das schreckliche Spielzeug.

Er kam herein und stellte ein großes Tablett auf den Tisch. »Gefällt's Ihnen?«

»Ja«, sagte ich lügnerisch und mit schlechtem Gewissen wegen meiner Umzugsgedanken, und zur Strafe hörte ich geduldig zu, als er mir erzählte, wie er an die schönsten Stücke seiner Sammlung gekommen war und woher sie stammten und wie alt sie waren.

»Im Stadtmuseum läuft gerade eine Ausstellung«, sagte er, nachdem wir uns dem Kaffee zugewandt hatten und er mir einen Benediktiner eingeschenkt hatte, und ich bekam schon einen Schrecken, noch mehr Spielzeug würde ich nicht ertragen, aber er fuhr fort: »Über Richard Riemerschmid, eine große Werkschau, da ist alles dabei, die architektonischen Entwürfe und die Möbel und Tapeten, glaube ich. Hätten Sie Lust?«

»Oh, ja, gerne«, sagte ich erleichtert, und wir überlegten, wann es uns passen würde, ich konzentrierte mich noch mal, wir fanden einen Termin, bald, nächstes Wochenende, und als das unter Dach und Fach war, gab ich es auf. Briefmarken hin oder her, dachte ich, selbst wenn er mir die noch würde zeigen wollen, ich würde es gar nicht mehr schaffen, ich würde ihm unter den Händen wegschlafen dabei.

Ich trank den Kaffee aus und den Likör und sagte, ich müsse nun wirklich gehen, es sei spät, schon nach zwölf. Er wollte mir unbedingt ein Taxi rufen, aber ich sagte nein, ich wollte keines, ich wollte noch ein paar Schritte gehen, bis zur Maximilianstraße, da würde ich ohne weiteres eines finden.

»Wollen Sie das wirklich?« fragte er. »So alleine durch die dunkle Nacht laufen?«

»Ja, sicher. Ich bin doch nicht Rotkäppchen.«

»Weiß man das immer? Es kommt auch auf die Größe des Wolfes an.«

»Das stimmt«, sagte ich und fand es so nett, wie er das gesagt hatte, daß ich ihm zum Abschied fast um den Hals gefallen wäre, aber ich riß mich noch einmal zusammen und gab ihm die Hand und sagte danke und wie schön es gewesen wäre und bis zum Wochenende.

Ich atmete auf, als ich unten auf der Straße stand. Es schneite, alles war weiß und sah aus wie ein Wintermärchen. Eigentlich kann ich den Winter nicht leiden, egal, wie er sich anstrengt, kalt und naß bleibt kalt und naß, aber heute abend mochte ich sogar den Winter. So ist er zu ertragen, dachte ich und zog mir das Tuch enger um den Kopf, wenn man voller Hoffnung ist, voller Hoffnung auf einen richtigen Mann. Einen für alles. Eine Taube in der Hand.

6. *Kapitel*

Ich drückte noch mal auf den Klingelknopf. Hoffentlich ist sie da, dachte ich, hoffentlich. Und hoffentlich ist Georg nicht da.

Ich hörte ihre Schritte, sie öffnete die Tür und sah mich erstaunt an: »Agnes! Das ist aber eine Überraschung.«

»Gott, bin ich froh, daß du da bist«, sagte ich. »Ich störe dich doch nicht? Ist Georg auch da?«

»Komm rein«, sagte sie, »natürlich störst du mich nicht. Und Georg ist auch da, er ist unten und arbeitet. Das heißt, daß er nicht da ist. Das wolltest du doch wissen, oder?«

»Ja«, sagte ich und ließ mich in einen der Wohnzimmersessel fallen.

»Ich hole uns schnell einen Kaffee.« Sie verschwand, ich hörte sie in der Küche klappern und zurückkommen. »So«, sie stellte einen Becher vor mich hin, »mit viel Zucker.« Sie setzte sich aufs Sofa. »Was ist los, Agnes? Du siehst schrecklich aus, so gehetzt, als wärest du den ganzen Weg gelaufen. Das bist du doch nicht etwa?«

»Nein, ich bin mit dem Auto da.«

»Und?«

»Ich –« Mein Kopf war leer, ich trank den heißen Kaffee in kleinen Schlucken, er schien etwas in mir zu lösen, und ich fing an zu weinen.

»Agnes«, sagte Lea, »was ist denn?«

»Ich – ich kann nicht«, sagte ich weinend, »es geht nicht.«

»Was?«

Ich weinte.

»Na gut. Wein du erst mal.« Sie stand auf, holte eine Packung Papiertaschentücher, legte sie vor mich hin, setzte sich wieder aufs Sofa und wartete. Nach einer Weile seufzte sie und sagte: »So, jetzt hast du genug geweint. Jetzt hör auf.

Ich halte es nicht mehr aus. Ich will endlich wissen, was los ist.«

Ich putzte mir die Nase. »Ich kann ihn nicht lieben«, sagte ich, »es geht nicht.«

»Was soll das heißen – es geht nicht? Du weißt doch, wie es geht.«

»Ja, sicher. Natürlich weiß ich, wie es geht. Aber es funktioniert nicht.«

»Jetzt laß uns mal Tacheles reden«, sagte sie, »du meinst, du kriegst keinen … keinen, äh –«

»Doch. Ich habe einen gekriegt. Ich habe einen Orgasmus gekriegt, obwohl es nicht funktionierte.« Ich fing wieder an zu weinen.

Sie setzte sich neben mich auf die Sessellehne und zog meinen Kopf in ihren Arm, und ich weinte so lange, bis ich leergeweint war und den Kopf wieder heben und mir wieder die Nase putzen konnte. Sie kehrte aufs Sofa zurück.

»Jetzt habe ich dir die ganze Bluse vollgeweint.«

»Das macht nichts, Tränen machen keine Flecken«, sagte sie. »Aber nun erklär mir endlich, was passiert ist. Ich verstehe es einfach nicht.«

»Wir haben gestern abend das erste Mal miteinander geschlafen«, sagte ich, »und erst war alles ganz normal, schön und aufregend, du weißt ja, wie das ist, und dann, mittendrin, habe ich plötzlich gemerkt, daß es nicht geht, ich meine, es ging, aber es funktionierte nicht.«

»Agnes! Du machst mich ganz verrückt mit diesem *Es geht, aber es funktioniert nicht.* Was heißt das?«

»Ich wußte plötzlich, daß ich ihn nicht liebe, nicht wirklich, nicht richtig. Jedenfalls nicht genug, um wirklich mit ihm zu schlafen, richtig mit Leib und Seele, weißt du? Mein Körper hat mitgemacht, aber in mir drin hat etwas nicht mitgespielt, es war wie taub, es hat nicht geklungen. Das hört sich blöd an, ich weiß, aber es war so.«

»Ach so«, sagte sie, »jetzt weiß ich, was du meinst.«

»Es war scheußlich! Ich hätte am liebsten sofort aufgehört.«

»Das wäre aber furchtbar gewesen«, sagte sie, »so ... irgendwie so unhöflich, finde ich, im allerhöchsten Grade.«

»Ich habe ja auch nicht aufgehört.«

»Ach, Agnes, ist das traurig. Ich hatte mich schon so gefreut! Daß du einen richtigen Mann hast und daß wir ihn kennenlernen und daß wir mal zusammen in Ferien fahren und daß du vielleicht wieder heiratest. Ich mag doch Hochzeiten so gerne. Und auf dein neues Schild –«

»Was für ein Schild?«

»Dein neues Praxisschild. Dr. Agnes Geben-Kaufmann. Oder Kaufmann-Geben, beides klingt schön, finde ich.«

»Ich kann Doppelnamen nicht leiden.«

»Na, das ist ja nun auch egal«, sagte sie. »Weißt du was? Ich mache uns jetzt was Gutes zu essen.« Sie überlegte. »Gurkengemüse mit Frikadellen, das geht schnell, und du kannst das Gemüse schneiden, da hast du was zu tun, das lenkt ab.« Sie dachte wieder nach. »Und Georg lassen wir einfach unten. Er denkt sowieso nicht ans Mittagessen, wenn ich ihn nicht daran erinnere. Komm in die Küche, Agnes.«

Sie gab mir das Schneidebrett und das Messer, das ich am liebsten habe, legte Gurken, Paprika und Tomaten vor mich hin und machte sich daran, das Hackfleisch zu mischen. Sie hatte recht gehabt, es lenkte ab, in ihrer Küche zu sitzen und Gemüse zu schneiden und zu hören, wie sie mit der Plastikschüssel hantierte und das Hackfleisch durch die Finger quetschte. Sie hantierte ziemlich heftig. »Aber das muß doch nicht das Ende von allem sein«, sagte sie plötzlich.

»Das Gemüse ist fertig geschnitten.«

»Gib her«, sie zündete das Gas unter dem Topf an, der auf dem Herd stand. »Willst du es nicht noch mal versuchen?«

»Das habe ich schon«, sagte ich. »Heute morgen. Diesmal ging gar nichts.«

»Und was hast du gemacht?«

»Ich habe so getan als ob.«

»Gott sei Dank«, sagte sie, »der arme Mann. Es wäre ja schrecklich gewesen, wenn er es gemerkt hätte.«

»Der arme Mann«, sagte ich empört, »dem armen Mann geht's gut. Er hat ganz fröhlich mit mir gefrühstückt, und ich saß da und wußte nicht, ob ich gleich mit ihm reden sollte oder weiter so tun, als ob. Als ob ich auch fröhlich wäre, meine ich.«

»Arme Agnes«, sagte sie. Ich schluckte. »Bitte wein nicht wieder, das halte ich nicht noch mal aus.«

»Okay.« Ich schluckte es runter.

»Ich frage mich«, sie sah auf die Frikadelle in ihrer Hand, »ich frage mich, ob es nicht trotzdem geht. Er ist ja ein sehr netter Mann, nach allem, was du erzählst, womöglich wirklich ein Mann für alles. Muß es denn die ganz große Liebe sein? Und wenn du mit ihm schläfst, ohne etwas zu erwarten, das geht doch auch, und er hat ja auf jeden Fall seine Freude daran, und du würdest sicher auch wieder einen – na, du weißt schon, was ich meine«, sie legte die Frikadelle neben die anderen und drückte darauf, »du hättest dann alles, auch wenn du ihn nicht ganz und gar lieben kannst. Hm.« Sie schüttelte den Kopf. »Nein, das geht nicht, ich meine, es ginge natürlich, aber es muß nicht sein. Es gibt ja noch andere Männer auf der Welt.« Sie wischte mit dem Finger die Hackfleischreste aus der Schüssel und schob sie in den Mund. »Ich habe das auch mal erlebt«, sie stellte die Schüssel ins Spülbecken und ließ Wasser hineinlaufen, »bevor ich Georg kennenlernte. Ich war verlobt, mit einem sehr netten Mann, und alles war in Ordnung, bloß hatte ich irgendwann das Gefühl, daß ich ihn nicht richtig lieben konnte.« Sie legte die Frikadellen in die Pfanne mit dem heißen Öl, und es zischte so laut, daß ich sie kaum verstehen konnte. »Er hat mich für verrückt gehalten, als ich ihm gesagt habe, ich könnte ihn nicht heiraten, weil ich ihn nicht richtig lieben könnte. Woher ich denn weiß, was richtig ist, hat er mich gefragt. Das weiß ich nicht, habe ich gesagt, ich weiß nur, daß es nicht richtig ist.« Sie drehte das Gas herunter, und das Zischen und Prasseln wurde leiser. »Und dann habe ich Georg kennengelernt, und da wußte ich, was richtig ist. Es ist da, oder es ist nicht da, und du kannst nichts daran machen.«

»Ja«, sagte ich, »es ist ein Jammer.«

»Sei nicht zu traurig, Agnes. Er war nur der zweite, der zweite von drei Millionen. Und sieh mal raus, was heute für ein schöner Tag ist. Nach dem Essen machen wir einen Spaziergang.«

Es war erst Anfang März, aber die Sonne schien warm, die Vögel zwitscherten, und die Luft duftete. Es war einer von diesen Tagen, an denen man das Gefühl hat, gleich explodiert etwas, und der Frühling ist da.

»Ach, Lea«, sagte ich, »das ist ja auch so schrecklich. Es war all die Zeit Winter, seit wir uns kennen, und ich habe mich so auf den Frühling gefreut. Es ist so schön, im Frühling verliebt zu sein und all die schönen Dinge, die man im Frühling machen kann, zusammen mit einem Mann zu machen. Und nun, was ist nun? Nun ist gar nichts.« Die Tränen stürzten aus meinen Augen.

»Ach, Agnes«, sagte Lea, »wein nicht schon wieder.«

Der Frühling explodierte tatsächlich, als wolle er mir einen ganz persönlichen Tort antun. Die Schneeglöckchen sprossen, die Forsythien leuchteten, und dann fingen auch noch die Zierkirschen in meiner Straße an zu blühen, mit schaumigen rosafarbenen Blütenbüscheln, aufdringlich und unerträglich. Ein Jahrhundertfrühling, sagten die Leute, Scheißfrühling, sagte ich, wenn ich morgens die Fenster öffnete und die süße Luft ins Zimmer kam, Scheißfrühling, hör auf, werde wieder kalt und grau. Das wird ein schlimmes Ende nehmen mit euch, sagte ich, wenn ich die dicken Knospen des Flieders und der Rosen sah, es wird bestimmt noch mal eiskalt, es wird bestimmt noch mal schneien, und dann werdet ihr sehen, was ihr davon habt. Dann wird euch der Garaus gemacht, und das war's dann.

Ich hatte mit Peter Kaufmann gesprochen, ich nannte ihn in Gedanken wieder mit seinem Nachnamen, wir hatten uns noch nicht so lange geduzt, und es schien mir nicht zu passen, einen Mann in Gedanken beim Vornamen zu nennen, den ich nicht richtig hatte lieben können.

Er trug es mit Fassung, er gab sich verständnisvoll, und ich gab mir alle Mühe, es ihm zu erklären, unter starker Betonung des Umstands, daß es mit ihm rein gar nichts zu tun habe, daß ich ihn nicht richtig lieben könne und daß es bei mir nicht geklungen habe, er habe von seiner Seite das Beste dazu getan, besser hätte es gar nicht sein können. Das mit dem Klingen begriff er nicht recht, was meinte ich damit, aber je mehr ich versuchte, es zu erläutern, desto alberner hörte es sich an. Vielleicht klingt es bei ihnen nie, dachte ich, oder immer, und dann können sie den Unterschied zwischen Klingen und Nichtklingen natürlich nicht verstehen. Aber er war traurig, daß aus uns nun nichts werden würde, auch wenn ihm der Grund dafür etwas unklar blieb. »Wie schade, Agnes«, sagte er beim Abschied und küßte mich auf die Wangen. Ich hielt meine Tränen zurück, bis er im U-Bahn-Eingang verschwunden war, und dann ging ich nach Hause, weinend und wütend.

Scheiße, dachte ich, das war's dann, aus, vorbei. So einen netten Mann hättest du haben können, einen, um den dich alle Frauen dieser Welt beneidet hätten, und was tust du? Du willst ihn nicht, du gibst ihn zurück, nur weil etwas in dir nicht mitspielt, nicht mag, nicht klingt. Die Frauen dieser Welt würden die Köpfe schütteln, wenn sie das wüßten.

Und nächsten Monat hast du Geburtstag, den hättest du mit ihm feiern können, mit ihm und deinen Freunden, was für eine Freude wäre das gewesen, eine Freude, einundvierzig zu werden, und nun wirst du ganz alleine einundvierzig, und mach dir nicht vor, daß es ein Spaß ist, alleine einundvierzig zu werden.

Und er hat so eine nette Mutter, er hat viel von ihr erzählt, davon, wie sie lebt, in ihrem netten kleinen Haus in St. Peter-Ording oder wie das heißt, mit ihren Gummistiefeln und Plastiktaschen und ihrem Kampf für das Wattenmeer und die Wale, er wollte mal hinfahren mit dir, die wirst du nun nie kennenlernen und auch nie diesen netten kleinen Ort, St. Peter-Ording oder wie der heißt.

Das ist nun vorbei, du hast es nicht gewollt oder nicht gekonnt, egal, es ist deine Schuld, also jammere nicht, gib ihn zurück an die Frauen dieser Welt, die werden sich freuen, wenn er wieder rumschwimmt im Pool der freien Männer. Und paß auf, daß dir das nicht wieder passiert, daß du früher merkst, ob du dich richtig verliebst und ob es klingen wird oder nicht.

Ich bog in meine Straße ein und kramte in der Tasche nach dem Schlüssel. Die Forsythien waren verblüht und die Kirschblüten blaß und bräunlich. Es sollte wieder kalt werden, Schneeregen, Graupelschauer, der Jahreszeit entsprechend. Wenigstens etwas.

Aber wie merkt man das, überlegte ich, während ich die Haustür aufschloß und in meinen Briefkasten schaute. Wie war es denn früher, bei den anderen, das mußt du doch noch wissen? Bei manchen Männern klingt's nie, und man weiß es sofort, egal, wie attraktiv und nett und interessant sie sind. Und bei den anderen? Wie war es da? Ich konnte mich nicht recht erinnern. Und bei Achim? Herrgott noch mal, du wirst doch noch wissen, wie es bei Achim war, Achim war deine große Liebe. Ich glaube, bei Achim war immer klar, daß es klang und daß es klingen würde, in jeder Hinsicht, nicht nur im Bett.

Ich grub in meinem Gedächtnis danach, wie es genau gewesen war, aber mir fiel nur ein, wie wir einmal beim Italiener gesessen und Pizza gegessen hatten, Pizza ai funghi, ich sah die bräunlichen Pilze noch vor mir, ich hatte keinen Bissen davon hinuntergekriegt, ich war so angefüllt gewesen mit Lust auf ihn, ich hatte ihn immer nur angestarrt und ihn küssen wollen und ins Bett gehen mit ihm.

Und sind wir dann ins Bett gegangen? fragte ich mich und hängte meinen Mantel an den Garderobenständer. Und wann war das, ganz am Anfang oder später oder wie? War es das erste Mal? Keine Ahnung. Du wirst alt, Agnes, alt und/oder verwirrt, du weißt nicht mal mehr, wann du mit deiner großen Liebe das erste Mal ins Bett gegangen bist.

Aber wie auch immer, jetzt geht es darum, früher zu merken, ob man sich wirklich und richtig verliebt hat und ob die Chance des Klingens besteht oder nicht. Am besten, du sprichst mal mit Gertraud darüber, die weiß da sicher Bescheid, Lea hat diese Erfahrung nur einmal gemacht, und das vor ewigen Zeiten, und du zwar erst kürzlich, aber den richtigen Überblick, den habt ihr beide nicht, den hat nur Gertraud.

Ich machte mir einen Kaffee und sah die Post durch. Eine Karte von Jessica war dabei, mit einem Bild von Nolde auf der Rückseite, ein geducktes Häuschen, rote Blumen und ein dunkelblauer Gewitterhimmel. Schön. So sieht es wahrscheinlich auch in St. Peter-Ording aus. Liebe Mama, schrieb Jessica, wir haben eine Wohnung!!! Ich rufe dich an. Liebe Grüße, Jessica, und dahinter, gekrakelt, & Daniel. Ach, ist das lieb. Was habe ich für eine liebe Tochter. Die wird er nun auch nicht kennenlernen. Nein, du weinst jetzt nicht, Agnes. Nicht schon wieder.

Ich trug den Kaffee und die Karte ins Wohnzimmer und setzte mich aufs Sofa. Da sitzt du nun, dachte ich, an einem Samstagnachmittag, mit nichts als einer Karte deiner Tochter und einem Becher Kaffee. Nicht weinen. Ruf Gertraud an. Vielleicht gibt sie dir ein paar gute Ratschläge. Vielleicht geht sie mit dir in die Sauna. Nicht weinen. Nicht jammern. Gleich wieder reintauchen in den Pool der freien Männer.

»Ach ja, ach ja«, sagte Gertraud, »die Suche nach dem Unmöglichen. Ich sage nur eins: Schwefel. Wir machen jetzt gleich einen Termin aus –«

»Aber es war doch nicht unmöglich«, sagte ich, »es wäre ja möglich gewesen, wenn es bei mir nur geklungen hätte.«

»Ach ja? Glaubst du wirklich? Ich glaube, es war eine ganz gesunde Reaktion von dir, daß es nicht geklungen hat. Was denkst du denn, warum dieses Wunderexemplar von Mann noch frei herumläuft, und das in dem Alter? Er war doch nicht dreimal verheiratet und hat fünf Kinder, oder habe ich da was nicht mitgekriegt?«

»Nein«, sagte ich, »aber er ist ein wirklich netter Mann, und er wollte wirklich –«

»Das haben die hundertfünfzig Frauen vor dir wahrscheinlich auch gesagt. Und ich glaube dir, daß er ein wirklich netter Mann ist, solange du ihn nicht wirklich willst. Und wenn du ihn wirklich willst, dann ist er immer noch nett, aber ich glaube nicht, daß er dann noch wirklich will. Ich will dir ja nicht reinreden, Agnes, wenn du meinst, er war in Ordnung, okay, ich bin keine Psychologin, Gott sei Dank, mir reicht schon, was ich so von der Psyche anderer Leute mitbekomme.«

Aber ich bin Psychologin, dachte ich, kann es sein, daß ich da was nicht mitbekommen habe? Darüber muß ich mal nachdenken. Nur nicht gerade jetzt.

»Aber du kennst das doch auch?« fragte ich. »Daß es mit einem Mann einfach nicht klingt, egal, wie nett und gescheit und interessant er ist und so?«

»Ja, sicher.«

»Und ich frage mich, ob man das nicht früher merken kann, nicht erst nach sechs Wochen und wenn man schon mit ihm im Bett liegt.«

»Sicher«, sagte sie, »da gibt es Anhaltspunkte.« Anhaltspunkte, dachte ich, wunderbar, das ist genau das, was ich brauche, ein paar Anhaltspunkte. »Aber vor allem ist wichtig«, fuhr sie fort, »daß man innerlich ganz klar ist, in Harmonie mit sich selber, weißt du? Deswegen sage ich, laß uns einen Termin ausmachen, dann –«

»Gertraud«, sagte ich, »wann gehst du wieder in die Sauna?«

»Ich weiß nicht, vielleicht heute abend, aber nur zur Entspannung, in die Frauensauna.«

Ich schwieg beredt.

»Na, gut«, sagte sie, »dann gehen wir eben zusammen in die gemischte. Aber erst machen wir einen Termin aus. Ich meine immer noch, Schwefel wäre das Beste, aber vielleicht findet sich auch was Besseres, wir werden sehen. Und wir machen auch gleich eine kinesiologische Behandlung, damit du innerlich ins Gleichgewicht kommst, da herrscht wahrscheinlich ein einziges Durcheinander –«

»Wann?« fragte ich. »Wann gehst du in die Sauna?«

»Um fünf.«

»Wunderbar. Ich hole dich ab, und danach gehen wir essen, ja? Ich lade dich ein.«

»Gut, gut«, sagte sie, »aber sei pünktlich um fünf da.«

Als wir in der Sauna saßen, wußte ich wieder, warum ich nie in die Sauna gehe. Es ist so furchtbar heiß, viel heißer als im heißesten Sommer, und wenn es im Sommer so heiß ist, dann sagen die Leute, wie furchtbar heiß es ist, aber kaum ist es kühler, gehen sie in die Sauna, wo es noch viel heißer ist.

Ich bekam kaum Luft, und Gertraud sagte: »Du bleibst unten und machst nur zwei Gänge, dann legst du dich in den Ruheraum«, und dann saßen wir da und schwitzten und schwiegen, denn Gertraud mag nicht reden, wenn sie in der Sauna sitzt, und ich kann es nicht. Es war niemand da außer uns, und es war entsetzlich langweilig, schwitzend und schweigend herumzusitzen, mühsam Luft zu holen und mich zu fragen, warum ich mir das antat.

Es wurde etwas besser, als sich die Tür öffnete und gleich vier Männer hereinließ, denn nun wußte ich wenigstens, wofür ich litt, und hatte außerdem etwas zu tun. Sie murmelten einen Gruß und gruppierten sich auf die Bänke gegenüber. Man darf ja die anderen Menschen in der Sauna nicht direkt anschauen, was ich auch sonderbar finde, da sitzt man in diesem winzigen Raum und muß so tun, als ob die anderen, die auch da sitzen, eigentlich nicht da wären. Aber indem ich vorgab, auf die Uhr zu sehen oder gedankenverloren an die Decke, konnte ich meinen Blick vorsichtig hinübergleiten lassen.

Zwei von ihnen gehörten zusammen, ein junger Blonder und ein Kräftiger mit Schnurrbart und schütterem Haar, der dritte war groß, dünn und dunkelhaarig, und der vierte fiel schon eher in die Kategorie, die mir gefällt, er war untersetzt, hatte breite Schultern, zwei, drei Kilo zuviel und ein gutes Gesicht mit Dreitagebart. Ich sah zu Gertraud. Sie saß da wie die Königin von Saba, die Augen halb geschlossen, und schien überhaupt nichts wahrzunehmen.

Nun saßen wir zu sechst und schwitzten und schwiegen, bis der Mann mit dem Schnurrbart anfing, mit dem jungen Blonden zu reden, erst sprach er über Geschäfte, und der junge Blonde sagte immer »ja, genau« und »da haben Sie recht«, und dann ging er dazu über, Witze zu erzählen, er hatte sie sich selber ausgedacht, sagte er, sie waren dumm und schlecht, aber der junge Mann lachte darüber, auch wenn sein Lachen nicht so klang, als ob er sie komisch fände. Ich blickte zu Gertraud und den anderen beiden Männern, und sie hatten alle drei einen vollkommen abwesenden Ausdruck im Gesicht. Was für ein perverses Vergnügen, dachte ich, in diesem heißen, dunklen Loch zu hocken und so zu tun, als wäre man gar nicht da und die anderen auch nicht.

»Das ist heute nicht das Richtige«, sagte Gertraud, als wir in Handtücher gewickelt im Vorraum saßen. »Ich gehe noch mal rein, und du legst dich gleich hin. Du hast die ganze Zeit so geschnauft. Stimmt etwas nicht mit deinen Nasennebenhöhlen?«

»Nicht, daß ich wüßte.« Mit meinen Nasennebenhöhlen ist alles in bester Ordnung, dachte ich, es ist die Luft in diesem Vorhof der Hölle, mit der etwas nicht stimmt, zog das Tuch enger um mich und wanderte hinüber in den Ruheraum.

»Das passiert eigentlich selten in dieser Sauna«, sagte Gertraud, als wir endlich im Lokal saßen und bestellt hatten, »sonst sind da immer gute Leute.«

»Was für ein schrecklicher Kerl!«

Gertraud ließ den Blick beiseite gleiten, zuckte mit der Schulter und sagte gar nichts.

»Aber der mit dem Dreitagebart, der war nett«, sagte ich.

»Der war schwul.«

»Der doch nicht«, protestierte ich, »der sah überhaupt nicht so aus.«

»Viele schwule Männer sehen überhaupt nicht so aus, als ob sie schwul wären«, sagte sie, »was stellst du dir vor? Daß sie kichern und mit den Hüften wackeln?«

»Nein, natürlich nicht. Aber der?«

»Der ist schwul, glaub's mir nur.«

»Aber woran siehst du das?«

»Das ist schwer zu erklären«, sagte sie, »entweder man sieht's, oder man sieht's nicht. Manchmal sieht man es an den Bewegungen. Und dann haben sie so eine andere Art, in ihrem Körper zu sitzen, viele jedenfalls. Eigentlich eine gute, aber als Frau hat man ja nichts davon.«

»Na gut.« Ich sah auf das Essen, das der Kellner vor uns hingestellt hatte. Es mußte nicht untersucht werden, denn Gertraud kannte das Lokal und war sicher, daß hier nichts die Küche verließ, was ihrem Organismus schaden könnte. »Der einzige interessante Mann in diesem heißen Loch war schwul. That's life.«

Gertraud stach mit der Gabel in ihre Spinatquiche. »Das finde ich gar nicht«, sagte sie, »der kleine Blonde zum Beispiel, der war durchaus interessant.«

»Aber der hat doch die ganze Zeit so blöde gelacht, über diese schrecklichen Witze.«

»Was blieb ihm denn übrig? Das war sein Chef. Und sie haben ihm ja auch nicht wirklich gefallen. Nein, nein, Agnes, der war schon gut, der saß wirklich gut in seinem Körper, ganz locker und selbstverständlich. Und er hatte so offene Augen. Der wäre was gewesen, nicht für länger, aber für einen schönen Abend.« Sie zerteilte die Quiche mit der Gabel in kleinere Stücke. »Der große Dunkle, der war auch nicht schlecht, sage ich dir, der wäre was für dich gewesen, der ist was für länger. Er müßte allerdings lockerer werden, die meisten Männer sind ja furchtbar verspannt, deswegen gehen sie auch so steif, und viele kriegst du gar nicht mehr locker, aber bei dem wäre es wahrscheinlich möglich. Und seine Augen haben mir gefallen, darauf mußt du achten, Agnes, die Augen sind wichtig.«

»Ich mag so große, dünne Männer nicht.«

»Das ist ein Vorurteil«, sagte sie streng, »das solltest du dir gleich abgewöhnen. Nicht der äußere Zuschnitt ist entscheidend, sondern die innere Qualität. Wenn du nach dem Äußeren gehst, dann ist das so, als ob ein Mann einen grünen Pullover trägt, und du magst keine grünen Pullover, und also willst du den Mann nicht.« Sie horchte ihren Worten hinterher. »Das ist ein schönes Beispiel, nicht? Aber laß mich erst diesen Spinatkuchen essen, sonst wird er kalt.«

Ich war mit meinen Spaghetti schon fast fertig, ich esse viel zu schnell, immer wenn ich mit Gertraud essen gehe, frage ich mich, ob mein Organismus nicht eines Tages einfach zusammenbrechen wird, infolge der jahrelangen Überforderung durch viel zu schnelles Essen.

»Wie hast du das bloß alles gesehen?« fragte ich, als ihr Teller leer war. »Du hast doch fast die ganze Zeit die Augen zu gehabt.«

»Ich sehe schon, was ich sehen will«, sagte sie geheimnisvoll.

»Nimm noch einen Nachtisch. Ich wollte dich noch was fragen.«

»Entweder oder«, sagte sie, »ich kann nicht gleichzeitig essen und reden, das ist überhaupt nicht gut für meinen Organismus, schon gar nicht nach der Sauna.«

»Gut. Du bestellst dir was, und ich frage, bis es kommt, und dann sage ich kein einziges Wort mehr, das verspreche ich.«

Sie bestellte gefüllte Pfannkuchen. Ich fragte: »Und was machst du, wenn ein Mann dich interessiert? Lächelst du ihn an, oder sprichst du ihn an oder was?«

»Anlächeln auf keinen Fall, davon halte ich gar nichts. Anschauen, voll und konzentriert anschauen.«

»Wenn du das tust, dann reicht es wahrscheinlich auch«, sagte ich. »Aber bei mir?«

»Sag das nicht. Die meisten Männer haben Angst vor mir.«

Gott ja, dachte ich, wenn die Königin von Saba einen Mann voll und konzentriert anschaut, dann kriegt er wahrscheinlich das Flattern und weiche Knie.

»Aber die guten halten's aus«, sagte sie und lächelte, »und dann weiß ich gleich, ob ich recht hatte, ihn anzuschauen.«

»Und weiter?«

»Das Weitere entwickelt sich dann.«

»Aber was sagst du, wenn du einen ansprichst?«

»Was ganz Einfaches und Konkretes am besten«, sagte sie, »zum Beispiel: Sie gefallen mir.«

Ach Gott, ja, dachte ich, wenn die Königin von Saba einen Mann voll und konzentriert ansieht und sagt, *Sie gefallen mir,* dann geht das natürlich, es hat Stil und Würde, auch wenn der Angesprochene daraufhin vielleicht in Ohnmacht fällt. Aber wenn ich das täte, dann würde der Angesprochene wahrscheinlich einen Lachkrampf kriegen oder glauben, es ginge um so etwas wie *Verstehen Sie Spaß?*

»Ich weiß nicht recht.«

»Das muß jede für sich selbst herausfinden«, sagte sie, »wenn es dir nicht entspricht, tu es nicht, dann funktioniert es nicht.« Sie betrachtete mich und überlegte. »Vielleicht wäre Anlächeln für dich ja das Richtige. Probier es einfach aus, Agnes.«

Ach Gott, ja, probier es einfach aus, Agnes. Einfach. Was ist daran einfach? Der Kellner kam mit dem Pfannkuchen. »Ich sage kein Wort mehr«, sagte ich, »versprochen.«

Das ist mir auch lieber so, dachte ich. Keine Fragen stellen bedeutet keine Antworten kriegen. Ich habe fürs erste genug von diesen Antworten. Das ist ja eine Wissenschaft, einen Mann zu finden. Und verdammt harte Arbeit. Und ich habe mal gedacht, es wäre ein Vergnügen.

»Hallo, Mama«, sagte Jessica. Es war Sonntagmorgen um elf, ihre Zeit für Telefonanrufe, man kann die Uhr danach stellen.

»Hallo, mein Liebes«, sagte ich schwach. Die Sauna war mir nicht bekommen, ich war schwächlich und schlaff und hatte gerade erst mit Mühe gefrühstückt.

»Ist was, Mama? Du klingst so komisch.«

»Nein, nein, gar nichts«, sagte ich. Gar nichts ist, ich war nur mit Tante Gertraud in der Sauna, zum Männerbegukken, und die Sauna war so heiß, und beim Männerbegucken habe ich auch alles falsch gemacht, das sagt jedenfalls Tante Gertraud, und irgendwie mache ich anscheinend alles falsch, nicht nur in der Sauna, auch im Leben. Das Leben ist eine Sauna. »Ich bin nur ein bißchen müde.«

»Hast du meine Karte bekommen?«

»O ja«, sagte ich und bemühte mich um Munterkeit, »wie schön!«

»Wir haben gestern den Vertrag unterschrieben, und am fünfzehnten ziehen wir ein!«

»Wie schön«, sagte ich, »was ist es denn für eine Wohnung?«

Es war eine Zweizimmerwohnung in einem Hochhaus, ein Betonbau, das fanden sie nicht so wahnsinnig toll, und daß es ein Hochhaus war, auch nicht, und die Flure waren etwas dunkel und ein bißchen vergammelt, und die Verbindung zur Uni war nicht so furchtbar günstig, aber sie hatten einen Balkon und einen ganz wahnsinnig tollen Blick über die Stadt, und die Wohnung war bezahlbar und der Vermieter sehr nett.

Ich fand es auch nicht so wahnsinnig toll, es klang, als sei es ein Ort, an dem ich nicht begraben sein möchte, wie meine Großmutter immer sagte, und waren lange, dunkle Flure in Hochhäusern nicht eine schreckliche Bedrohung für Leib und Leben? Aber ich war so schwach, daß ich mir nur ganz schwache Sorgen machen konnte.

»Könnt ihr sie denn bezahlen?« fragte ich.

»O ja! Du brauchst dir gar keine Sorgen zu machen.«

Das ist schön, dachte ich, das tue ich doch sofort.

»Ich wollte dich was fragen«, sagte sie, »hast du nicht Lust, uns zu besuchen? Ostern vielleicht? Papa kommt auch.«

»Ostern? Dein Vater kommt Ostern?« Das machte mich nachgerade munter, es würde ans Wunderbare grenzen, wenn Brigitte Achim an einem hohen Feiertag aus den Klauen ließ, und das nur, um seine Tochter aus erster Ehe zu besuchen.

»Natürlich nicht Ostersonntag, da sucht er Eier und so«, sagte sie, »er kommt Ostermontag, er muß Dienstag sowieso nach Hamburg, geschäftlich, weißt du, da paßt es gut.«

Ach ja, da paßt es, da muß er sowieso nach Hamburg, da darf er seine Tochter besuchen. Laß Brigitte in Ruhe, sagte meine innere Stimme, sei nicht so gemein, Gemeinheit hilft dir auch nicht weiter. Außerdem hat die Frau recht, sie hat drei Kinder, die sie praktisch alleine aufzieht, und wenn sie nicht hinter ihm her wäre und Druck machen würde, würden die Kinder ihren Vater nur vom Hörensagen kennen.

»Und weißt du was?« sagte Jessica eifrig. »Ostern ist am dritten April, und am vierten ist dein Geburtstag, und den feiern wir dann zusammen!«

Ach, Jessica, dachte ich. *Weißt du was, Mama,* das hast du als Kind immer gesagt, wenn du dir etwas ganz Besonderes ausgedacht hattest. Und nun hast du dir auch etwas Besonderes ausgedacht, du willst deine neue Wohnung feiern und dein neues Leben mit deinem neuen Freund, und du willst deine Eltern dabei haben, nicht nur mich, uns beide. Das hast du nicht oft gehabt, daß wir beide da waren, wenn du etwas Besonderes gefeiert hast. Und du hast schon mit Achim telefoniert und ihn dazu gekriegt, am Montag nach Hamburg zu kommen, nicht erst am Dienstag, und nun tust du dein Bestes, damit ich auch komme. Und was habe ich falsch gemacht, daß du glaubst, du mußt dein Bestes tun? Daß du nicht sicher bist, daß ich bestimmt komme?

»Mama? Kommst du?«

»Aber ja, mein Liebes«, sagte ich mit tränendicker Stimme, »natürlich, auf jeden Fall. Ich freue mich darauf.«

»Was ist denn nur?« fragte sie. »Du klingst schon wieder so komisch.«

»Ach, ich war gestern mit Gertraud in der Sauna. Das ist mir überhaupt nicht bekommen.«

»Seit wann gehst du denn in die Sauna?«

»Das tue ich auch nie wieder«, sagte ich, »es war nur so eine Idee.«

Sie holte ihren Terminkalender, und wir besprachen, wann ich kommen würde, sie hatte die Zugverbindungen München-Hamburg schon parat, und mir wurde wieder die Kehle dick, sie würden mich am Bahnhof abholen, und nun konnte sie alles planen und vorbereiten und sich vor allem freuen, und Daniel freute sich auch sehr und ließ mich grüßen.

Ach, Jessica, dachte ich, der kann sich vor Freude bestimmt kaum lassen darüber, daß ich vier Tage lang in eurem

Wohnzimmer schlafen und in eurer Wohnung herumlungern werde und daß er es nun auch noch mit deinem Vater aufnehmen muß, kaum daß er deine Großeltern hinter sich gebracht hat, und dabei ist wenigstens eine Waschmaschine herausgesprungen.

Aber Moment, hierbei könnte auch etwas herausspringen, ich werde mal mit Achim reden, ob wir ihnen nicht was Schönes für die Wohnung schenken, Jessica würde sich freuen, wenn es von uns beiden kommt, und für Daniel ist es so eine Art Entschädigung oder Härtezuschlag. Ein Bett vielleicht, ein gutes, großes Bett, eines mit Kopfteil und Fußteil, wie es jetzt Mode ist, klares Design mit nostalgischer Note, und dazu viel schöne Bettwäsche. Das wäre doch was.

Ich wollte gerade zum Hörer greifen, um Achim anzurufen, als mir einfiel, daß es Sonntagvormittag war. Laß bloß Brigitte in Ruhe, dachte ich, sie hat ihn schon für Ostermontag freigegeben, störe ihr nicht den Sonntag, sonst überlegt sie es sich noch anders, und dann gibt es Kampf und Krieg. Ruf ihn morgen in der Firma an.

Ich griff statt dessen nach der Zeitung, die noch dick und ungelesen dalag, vertiefte mich ins Vermischte, blätterte durch die Kultur und stieß dort auf die Bekanntschaftsanzeigen. Die waren doch früher immer viel weiter hinten, irgendwo zwischen den Stellenanzeigen und Immobilieninseraten, seit wann gehören die denn zur Kultur? Kultur der Begegnung, Kultur des Kontakts, Kultur des Einanderkennenlernens, ich trage eine Rose am Revers, und Sie halten die *Süddeutsche Zeitung* in der Hand?

Ich wollte die Bekanntschaftsanzeigen nicht lesen, es war mir alles zuviel, die Suche nach einem Mann, schweißtreibend und tränenlösend, wie sie war, und die Suche von Männern nach Frauen, die bergwanderten und keine Cellulitis hatten. Aber dann fiel mein Blick auf eine Anzeige mit der Überschrift »Suche Frau für alles«, und das hielt mich fest, und ich las: »Suche Frau für alles, klug, erwachsen, ansehnlich, selbständig, unabhängig. Ich bin fünfundvierzig, präsentabel, ganz gescheit und auch einigermaßen erwachsen und wünsche mir eine intensive Beziehung mit ebensoviel Gefühl wie Ehrlichkeit. Bitte schreiben Sie mir unter Chiffre …«

Nicht schlecht, dachte ich, kein Wort von Bergwandern und Fitneß oder Freikörperkultur und auch keines von Cellulitis und Kleidergröße oder Körbchengröße. Nur klug, erwachsen, selbständig, ansehnlich, das ist das Wichtigste, sehr wahr, und man könnte direkt sagen, daß es auf mich zutrifft, das bin ich doch, oder? Nicht immer vielleicht und auch nicht übermäßig, aber grundsätzlich schon.

Und er ist fünfundvierzig, das würde gut passen, und präsentabel und gescheit, gut, gut, und eine intensive Beziehung will er, ach ja, ich auch, wer wollte das nicht, mit Gefühl und Ehrlichkeit, klar, wer wollte das nicht? Und eine Frau für alles will er, ist das nicht verblüffend, genau wie ich, ich suche einen Mann für alles, das paßt auch, der gefällt mir wirklich gut, da sollte ich vielleicht –

Moment mal, Agnes, sagte ich zu mir, jetzt reicht's, das fehlte gerade noch, daß du auf Bekanntschaftsanzeigen antwortest. Hast du das nötig? Nur weil es mit Peter Kaufmann nicht geklungen hat und weil es gestern in der Sauna so heiß war und du den falschen Mann für interessant gehalten und die in Frage kommenden nicht erkannt hast? Die Welt ist immer noch voller Männer, immer noch fast drei Millionen, du brauchst nur die Augen offenzuhalten und dich zu konzentrieren, und was du bestimmt nicht brauchst, ist, dir deinen Mann für alles in der Zeitung zu suchen.

Ich faltete das Blatt zusammen, legte es beiseite und machte mich an den Lokalteil. Ich las auch die Wochenendbeilage gründlich und dann Politik und Zeitgeschehen, und als ich fertig war, packte ich alles zusammen und legte es auf den Altpapierstapel.

Aber Lea würde es interessieren, dachte ich, sie findet Bekanntschaftsanzeigen doch so interessant, und daß dieser Mann genau dasselbe sucht wie ich, das interessiert sie bestimmt auch sehr. Ich muß ihr die Anzeige bei Gelegenheit mal zeigen, ich sollte sie aufheben, Lea fände es bestimmt schade, wenn sie sie nicht zu sehen kriegt. Ich kramte die Seite aus dem Zeitungsstapel heraus und schob sie zwischen die Kochbücher. Heute nicht und morgen auch nicht, fürs erste habe ich genug von dem Thema. Irgendwann mal, bei Gelegenheit. Aufheben sollte ich sie auf jeden Fall. Lea nähme es mir bestimmt übel, wenn ich sie einfach wegwerfen würde.

7. *Kapitel*

»Bitte, gnädige Frau«, sagte der Ober und stellte ein zweites Glas und ein Fläschchen Mineralwasser neben meinen Wein.

»Danke«, sagte ich.

Wir saßen in den Ratsstuben, viel dunkles, altes Holz, schneeweiße Tische, gedämpftes Licht, fein, teuer, altmodisch. In so ein Lokal hatten meine Eltern mich manchmal mitgenommen, als ich ein Kind war. Der Ober war ein älterer Herr, auch fein und altmodisch. Er behandelte Achim mit zurückhaltender Vertrautheit, mich als Gattin und gnädige Frau und Jessica und Daniel mit väterlicher und ein ganz klein wenig herablassender Fürsorge.

»Ach, ist das schön hier, Achim«, sagte ich, »so schön altmodisch.«

Er grinste. »Ich habe mir doch gedacht, daß es dir gefallen wird.«

Er war um halb vier vom Flughafen gekommen, mit zwei riesengroßen Blumensträußen, einem für Jessica, dem anderen, noch größeren für mich, und mit einer unglaublich großen Flasche des Parfüms, das ich damals so geliebt hatte, ein teures französisches, Maiglöckchen und Flieder. Damals hatte er mir manchmal einen Taschenflakon geschenkt, jetzt war es ein Viertelliter, ich würde bis ans Ende meiner Tage nach Maiglöckchen und Flieder duften, und den Rest konnten sie mir dann als Grabbeigabe mitgeben.

Die Tüte aus dem Dutyfreeshop enthielt außerdem zwei Flaschen Champagner, die er auf den Kaffeetisch stellte, und seinem Aktenkoffer entnahm er ein Blatt Papier in Klarsichthülle, es war eine Liste der besten Bettengeschäfte Hamburgs, seine Sekretärin hatte sie zusammengestellt, morgen würden wir uns nach einem schönen Bett umsehen, er hatte sich den Vormittag freigehalten.

Gott sei Dank, dachte ich, er hat kapiert, daß das hier bedeutsam ist, die neue Wohnung, der neue Freund, das Familientreffen, er behandelt es als hochwichtige Angelegenheit, first priority, Chefsache. Er macht Nägel mit Köpfen. Ich trug die Champagnerflaschen in die Küche und stellte sie in den Kühlschrank. Und wenn Achim Nägel mit Köpfen macht, dann sind es ordentliche Nägel mit hübschen Köpfen, da habe ich für's erste ausgesorgt und kann mich innerlich zurücklehnen und ihn machen lassen.

Er ließ sich die Wohnung zeigen, während ich mich um die Blumensträuße kümmerte, ich konnte hören, wie er bewunderte, was zu bewundern war, es war nicht viel, er hielt sich schließlich an der Aussicht fest, die schön war, auch ich hatte mich an die Aussicht geklammert, denn alles andere war scheußlich, es gab drei komische kleine Flure, wo man hintrat, ein Flur, und da so viel Raum für Flure draufgegangen war, waren die beiden Zimmer auch sehr klein und das Bad winzig, und auf den Böden lag graues, geflammtes Linoleum, und wenn man eine Heftzwecke in die Wand drücken wollte, mußte man den Schlagbohrer holen.

Achim hatte während der Wohnungsbesichtigung auch Daniel besichtigt, und der hatte ihm offenbar besser gefallen als die Wohnung, denn als wir am Kaffeetisch saßen, sagte er auf seine lockere Art: »Schön, Sie kennenzulernen, Daniel«, und fügte hinzu: »Lassen Sie uns doch gleich du sagen, ich bin Achim«, und reichte ihm die Hand, und Jessica blickte beglückt von einem zum anderen, und ich goß Kaffee ein und dachte: erledigt.

Der Ober entfernte den Aschenbecher. »Die Vorspeise kommt gleich, Herr Doktor.«

»Ach, Mama, bist du heute schön«, sagte Jessica.

»Das kann man wohl sagen«, sagte Achim.

»Ich habe mir auch große Mühe gegeben«, sagte ich.

»Und du duftest so gut«, sagte Jessica, »ich wußte gar nicht, daß das dein Lieblingsparfüm ist.«

»Daran kannst du dich nicht mehr erinnern, da warst du noch zu klein.« Ich hatte es nie mehr benutzt, nachdem wir uns getrennt hatten, die halbvolle Flasche hatte noch lange im Badezimmer gestanden, und irgendwann hatte ich sie weggeworfen. Aber jetzt mochte ich es wieder sehr gern.

Der Ober stellte den Nordsee-Teller vor mich hin, und ich aß und hörte mit halbem Ohr zu, wie die beiden Achim von der Wohnungssuche erzählten, und betrachtete Daniel, der mit seinem kurzgeschorenen dunklen Kopf sehr schön aussah, und Jessica, die rote Backen hatte und bezaubernd aussah, und Achim, dessen dichte Haare dünner geworden waren, seit ich ihn zuletzt gesehen hatte, und sehr grau, und dessen Gesicht auch etwas grau wirkte und der einen häßlichen grauen Manageranzug trug, was ich bei ihm noch unerträglicher finde als bei anderen, aber heute störte es mich nicht. Achim war Achim, es war gut, neben ihm zu sitzen, sein vertrautes Gesicht zu sehen und seine Stimme zu hören, egal, was er anhatte.

»Laßt uns anstoßen«, sagte Jessica, und wir hoben die Gläser, »auf dich, Mama, und auf deinen Geburtstag«, und ich sagte: »Und auf euch und eure neue Wohnung«, und wir stießen an und tranken, und plötzlich war ich glücklich. Mir war leicht, alles erschien mir hell und froh, sicher saß ich an diesem warmen Ort, mit Jessica und Achim und Daniel, die zu mir gehörten und vertraut waren und die ich liebte und die mich liebten.

Ich spürte die Tränen erst, als sie mir die Wangen herunterliefen, nur ein paar, dann hörte es wieder auf, Gott sei Dank, keine Tränenströme diesmal, was weinst du denn schon wieder, Agnes, du alte Heulsuse?

»Warum weinst du denn, Mama?« fragte Jessica, und ich sagte: »Ich weiß auch nicht, ich freue mich einfach so.« Und Achim legte seine Hand auf meine, und der Ober kam und räumte die Teller ab und schenkte nach und übersah dezent, daß ich unter meinen Augen herumtupfte und seine schöne

Leinenserviette mit getönter Tagescreme beschmutzte, er fragte, ob alles zur Zufriedenheit wäre, ich platzte heraus: »O ja, sehr«, und er sagte: »Darf ich?« und nahm mir die Serviette ab, »ich bringe Ihnen eine neue«, und lächelte mich an, und da hätte ich beinahe wieder angefangen zu weinen.

Wir saßen noch lange dort, ich war kaum wegzukriegen, ich wäre am liebsten für immer dageblieben, in dem hellen, warmen Raum, mit dem netten Ober, mit Achim, Jessica und Daniel. Aber schließlich sagte Achim: »Jetzt bringe ich euch nach Hause, und morgen früh lade ich euch zum Frühstück ein, im Hotel«, und Jessica protestierte, wir würden bei ihnen frühstücken, aber er bestand darauf, dann hätte sie nicht noch mehr Arbeit, und wir wären gleich in der Stadt, zum Bettenkaufen, und ich wußte, er wollte vor allem vermeiden, sich noch einmal in dem kleinen Wohnzimmer auf das Sofa hinter den Couchtisch zu klemmen, seine Bandscheiben waren noch nie die besten gewesen, es war auch für jemanden mit erstklassigen Bandscheiben, wie ich sie habe, nicht das reine Vergnügen.

Ich schlief wunderbar in dieser Nacht, obwohl das Schlafsofa in dem kleinen Wohnzimmer auch nicht das beste war, aber meine Bandscheiben waren in Ordnung, und vor allem war mein Herz in Ordnung, es war satt und glücklich.

Das Frühstück war so schön wie das Abendessen, der Frühstücksraum war warm und hell, das Büffet üppig, und immer war jemand da, der fragte: »Alles recht so?« oder: »Haben Sie noch Wünsche?«, und der Manager kam und begrüßte Achim mit Handschlag und mich auch und nickte Jessica und Daniel freundlich zu und ließ den Blick über den Tisch gleiten und fragte: »Alles in Ordnung, Herr Doktor?«, und da hätte ich fast geschrien, weil es so schön war.

Ein junger Mann vom Empfang kam und legte ein Blatt Papier neben Achim, er hatte ihnen die Liste der Bettengeschäfte gegeben und sie gebeten, sie nach Standorten zu ordnen, damit wir eines nach dem anderen anfahren konnten und keine Zeit verloren. Typisch Achim, dachte ich, alles geordnet und organisiert, Listen aufstellen, Prioritäten setzen und bloß keine Zeit verlieren. Wie habe ich das gehaßt damals, es war einer der Gründe, warum ich mich von ihm getrennt habe, aber jetzt stört es mich nicht, jetzt finde ich es sogar ganz praktisch.

Das Einkaufen war wunderschön, mit Jessica sowieso, aber auch mit Achim und Daniel. Achim ließ sich Listen geben, Modellisten, Preislisten, die er studierte, und Daniel untersuchte jedes Bett aufs genaueste, unter physikalischen Gesichtspunkten vielleicht, Festkörperphysik, Betten gehören doch wohl zur Festkörperphysik, oder? Das muß ich Lea erzählen, dachte ich, und Gertraud, das Einkaufen mit Männern ist nicht gänzlich undenkbar und unmöglich, es geht, sogar mit zweien, sie müssen allerdings angemessen beschäftigt werden, das ist vielleicht der springende Punkt.

Wir fanden das Bett schon im zweiten Geschäft. »Sieh mal, Daniel, da ist es«, sagte Jessica, und so, wie sie das sagte, wußte ich, daß wir nicht weiter zu suchen brauchten. Es war ein sehr hohes Bett mit einem Kopfteil, das wie der Rahmen mit schwerem, cremefarbenen Stoff bespannt war, den man offenbar abziehen konnte, denn er war mit vielen kleinen Bändchen zusammengebunden. An einer Stange, die an der Wand befestigt war, hing ein Betthimmel aus demselben Stoff, der zu beiden Seiten herabfiel.

»Es war die Nachtigall und nicht die Lerche«, sagte ich, aber keiner hörte mich. Achim ließ sich Listen geben, Daniel hob das Röckchen, das den Rahmen verdeckte, um die Konstruktion betrachten zu können, und Jessica stand da und sah das Bett an und sah und hörte nichts. Aber sie hätte verstanden, was ich meinte, ich war sicher, daß sie auch wußte, daß dies das Bett von Romeo und Julia war.

»Es ist allerdings furchtbar unpraktisch«, sagte ich, »dieser helle Bezug wird sofort schmutzig, den mußt du ständig waschen, und den Betthimmel auch, der staubt furchtbar ein.«

»Kein Problem«, sagte Daniel, »wir haben doch jetzt eine Waschmaschine.«

»Genau«, sagte Jessica.

»Fragt sich nur, ob der Stoff waschbar ist«, sagte ich, »wenn er gereinigt werden muß, wird es teuer.«

»Das ist gar kein Problem, gnädige Frau«, sagte der Verkäufer, »für die Bespannung und den Himmel haben Sie die Wahl unter zweihundert Stoffen, da läßt sich der Gesichtspunkt der Waschbarkeit ohne weiteres berücksichtigen.«

»Genau«, sagte Jessica.

Der Gesichtspunkt der Waschbarkeit, dachte ich, was für eine schöne Wendung, die muß ich mir merken, sie klingt praktisch und philosophisch zugleich.

»Und die Breite?« fragte der Verkäufer. »An was hatten Sie da gedacht?«

»Einsvierzig«, sagte ich.

Achim sah von seiner Liste auf. »Einssechzig«, sagte er, »mindestens.«

»Aber das ist doch viel zu breit«, sagte Daniel, »einszwanzig, höchstens.«

»Genau«, sagte Jessica.

Der Verkäufer blickte von einem zum anderen, als wären wir Preisrichter beim Eiskunstlaufen, die ihre Wertungen abgaben, er war offensichtlich gespannt, welche Wertung als gültig anerkannt werden würde, enthielt sich aber selbst der Stimme.

»Einszwanzig ist zu schmal«, sagte ich.

»Weiß Gott«, sagte Achim, »es muß mindestens einssechzig haben, besser einsachtzig.«

»Dann paßt es nicht mehr ins Schlafzimmer«, sagte Daniel.

»Das wird doch auch viel zu teuer, Papa«, sagte Jessica und blickte in die Liste, »einszwanzig reicht völlig.«

»Einsvierzig sollte es schon haben«, sagte ich.

Die Bettbreite als Ausdruck der Lebens- und Beziehungsform, dachte ich, Achim ist seit zwölf Jahren verheiratet mit Elternschlafzimmer und allem, dem kann das Bett gar nicht breit genug sein, ich lebe allein und habe manchmal einen Gast in meinem Bett, da sind einsvierzig gerade richtig, und Jessica und Daniel sind jung und verliebt und kennen das Leben noch nicht und finden einszwanzig zu breit.

Hier meldete sich der Verkäufer zu Wort. »Sie haben die Auswahl zwischen allen handelsüblichen Breiten«, sagte er, »aber wir fertigen natürlich auch an, ganz nach Wunsch, jede beliebige Breite und Länge. Wie wäre es denn mit einsdreißig?«

Er hatte sich offenbar auf Jessicas und Daniels Seite geschlagen. Dabei war er schon älter. Aber vielleicht war er auch verliebt.

Die beiden blickten zweifelnd, Achim murmelte etwas und vertiefte sich wieder in seine Liste, und ich sagte: »Bitte, seid vernünftig.« Es war dieser Scheißmutterton, aber man kann sich nicht immer unter Kontrolle halten. »Wenn es euch zu breit ist, könnt ihr ja zusammenrücken, aber wohin wollt ihr rücken, wenn es zu schmal ist?«

»Das ist ein Gesichtspunkt, gnädige Frau«, sagte der Verkäufer anerkennend.

Der Gesichtspunkt der Rückbarkeit, dachte ich.

Die beiden akzeptierten die Einmetervierzig, und dann ging es um die Matratze, um Stiftlatex oder Federkern, wir lagen alle zur Probe, und Jessica und Daniel konnten sich nicht enthalten, zur Probe zu rollen und zu hüpfen, und dann kam die Daunendecke dran, eine extrabreite für zwei, davon waren sie nicht abzubringen, ob Punktstepp, Karostepp oder Kassette, war ihnen egal, und dann setzten sich Achim, Daniel und der Verkäufer an die Espresso-Bar, die es in diesem wunderbaren Bettengeschäft gab, um die Bestellung ordnungsgemäß zu formulieren, und Jessica und ich gingen Bettwäsche kaufen, extrabreite mit zwei Kissenbezügen.

Wir kauften mohnblumengemusterte und marmorfliesengemusterte und eine für besondere Gelegenheiten, cremefarbener Satin mit goldenen Sternen darauf, und als wir wieder an die Espresso-Bar kamen, sagte Achim: »So, jetzt gehen wir Mittagessen, und dann muß ich weg, ich habe um zwei einen Termin.«

»Laß uns doch wieder in die Ratsstuben gehen«, sagte ich, »sind die weit von hier?«

»Es geht«, sagte er, »aber wollt ihr da wirklich wieder hin?«

»Unbedingt«, sagte ich, »der Nordsee-Teller war so gut.« Und der Ober, dachte ich, und die Leinenservietten und das Licht, und überhaupt alles.

Eigentlich mag ich den ICE, aber was mir gar nicht daran gefällt, ist, daß man das Fenster nicht öffnen und mit den Menschen auf dem Bahnsteig noch ein bißchen reden kann, und man kann sich auch nicht hinauslehnen und winken, so lange, bis man niemanden mehr sieht.

Ich stand in der Tür, wir mußten jedesmal zurücktreten, wenn jemand den Zug bestieg, und wir redeten, was man so redet, wenn man weiß, daß der Zug jede Minute abfahren kann.

»Komm gut nach Hause, Mama«, sagte Jessica, »es war so schön, daß du da warst.«

»Paß gut auf dich auf, mein Liebes«, sagte ich, »vor allem in diesen schrecklichen Fluren in eurem Haus. Geh lieber nicht allein da durch, nur mit Daniel.«

Ich sah ihre ergebenen Gesichter, sie wußten, sie mußten es nicht mehr lange aushalten, der Zug würde gleich abfahren, dann hatten sie es hinter sich, dann würden sie wieder ihre Ruhe haben.

»O Gott, vergiß es!« sagte ich, der Zug machte seinen

Abfahrtston, die Tür surrte, und ich rief: »Auf Wiedersehen, ihr beiden, bis bald«, und die Tür war zu, und der Zug fuhr, und ich konnte mich nicht zum Fenster hinauslehnen und winken, bis ich niemanden mehr sah.

Ich ging in das Abteil, machte es mir in meinem Sessel bequem und las den Fahrplan, der auf dem Sitz lag. Ich fuhr mit Hannah Arendt, sehr gut, mit der fuhr ich gerne. Ich versuchte mich zu freuen, ich fahre gerne mit dem Zug, nachher würde ich in den Speisewagen gehen, und nachmittags noch mal, Kaffee trinken, und zwischendurch würde ich gemütlich Zeitungen lesen, ich hatte mir welche besorgt am Bahnhof, aber es gelang mir nicht, mich zu freuen.

Jetzt gehen sie nach Hause, die beiden, dachte ich, und es war schön, daß wir da waren, aber nun sind sie froh, wieder miteinander allein zu sein, und machen es sich gemütlich in dieser schrecklichen kleinen Wohnung, aber im Grunde ist es egal, wo sie sind, Hauptsache, sie sind zusammen.

Und Achim fliegt morgen nach Hause, da wartet Brigitte mit dem Abendessen, und die Kinder, denen sagt er noch Gute Nacht, und bei Gott, ich würde nicht wollen, daß Brigitte mit dem Abendessen auf mich wartet, in diesem Einfamilienhaus mit dem kindergerechten Ökogarten, lieber würde ich nie wieder zu Abend essen in meinem Leben, aber er ist nicht allein, jemand wartet, jemand ißt mit ihm zu Abend, wie gemütlich sie es sich machen, weiß ich nicht, aber er ist nicht allein.

Nein, du denkst jetzt nicht darüber nach, wie es ist, wenn du nach Hause kommst, Agnes. Und du weinst auch nicht. Sieh dich lieber um und halte die Augen offen, der ganze Zug ist voller Männer, und es ist ein langer Zug. Geh auf die Toilette und mach dich frisch, ein bißchen Kajal und ein Hauch Lipgloss würden nicht schaden, und dann nimmst du den Zug in Augenschein und was er beherbergt.

Frisch gemacht wanderte ich durch den Zug, es waren viele Männer in Manageranzügen da, die Zeitung lasen oder in ihren häßlichen, kleinen Aktenkoffern kramten, es gab auch viele Männer ohne Manageranzug, die aber ihre Frauen dabeihatten, und unter den Männern ohne Manageranzug und ohne Frau war keiner, der mir gefiel. Versuch's im Speisewagen, dachte ich, es ist halb zwölf, du kannst ruhig schon mal zu Mittag essen.

Der Speisewagen war noch fast leer, aber der Ober war sehr nett, na, wenigstens etwas. Ich bestellte das teuerste Menü, Fischplatte Hans Albers, Filetsteak Schleswig-Holstein und Coupe Danmark, wenn du schon keinen Mann hast, iß wenigstens was Ordentliches, sagte ich mir, von irgendwas muß der Schornstein ja rauchen, von irgendwas muß dir ein bißchen warm werden.

Der Speisewagen füllte sich, während ich aß, aber es waren lauter Paare, die gemeinsam die Karte studierten und bestellten und miteinander plauderten, während sie auf das Essen warteten, und dann kauten und miteinander redeten. Ich hatte schon fast die Hälfte meines Steaks gegessen, als endlich jemand fragte: »Ist da noch frei?«, und ich hätte fast gesagt: »Ja, gerne«, schluckte es aber runter und nickte nur. Der Mann, der sich mir gegenüber setzte, trug einen Manageranzug, er murmelte »Mahlzeit«, bestellte einen Salatteller und ein Mineralwasser und kramte in seinem Aktenkoffer, bis er einen grellgrünen Plastikhefter fand, in dem er las, bis der Salatteller kam, und in dem er fortfuhr zu lesen, während er den Salat aß.

Phantastisch, dachte ich und rührte in meinem Coupe Danmark, was für eine bezaubernde, anregende Gesellschaft, und was hat dieser Plastikhefter doch für ein hübsches Grün, ein Genuß fürs Auge. Das Auge ißt ja auch mit. Wer hat das noch mal gesagt? Der nette Mann vor dem Küchengeschäft. Ach je. Geh lieber zurück in dein Abteil und lies die Zeitungen und komm nachher noch mal wieder, zum Kaffee, dann ist es vielleicht besser.

Ich ging zurück ins Abteil und las die Zeitungen, aber das

half auch nicht. Der *Spiegel* ist ohnehin eine niederdrükkende Lektüre, er führt einem alles vor Augen, was beschissen ist in dieser Welt, was soll er anderes tun, das meiste ist beschissen in dieser Welt, und das *Hamburger Abendblatt* war auch nicht besser. Ich setzte meine letzte Hoffnung in die *Brigitte*, aber sie gab mir den Rest. Zwanzig Seiten Sommermode und zehn Seiten Bikinis, und das an glatten, schönen jungen Frauen, so glatt und schön, wie ich es nicht mal gewesen war, als ich so jung war wie sie. Und ein Extrateil »Fit für den Sommer«, lästige Härchen entfernen, lästige Pfunde abnehmen, lästige Cellulitis wegturnen, lästige Hautprobleme wegpeelen, garniert mit Bildern von glatten, schönen jungen Frauen, die das alles nicht hatten.

Ich blätterte rasch weiter zu den Artikeln, die oft gut sind und gar nicht glatt und schön, und der, auf den ich stieß, war es auch wirklich nicht, er trug den Titel »Altes Glück« und handelte von Paaren, die seit dreißig, vierzig, fünfzig Jahren zusammenlebten und wie sie das geschafft hatten. Phantastisch, dachte ich, schlug das Heft zu und schob es unter den *Spiegel*. Jetzt stürze ich mich aus dem Zug und hinterlasse einen Abschiedsbrief, in dem steht, die *Brigitte* war schuld, sie gab mir den Rest.

Ich starrte aus dem Fenster auf die Landschaft, Frühlingslandschaft, von der Sonne beschienen, mit zartgrünen Feldern und gelblichen Weidenbüschen und Bäumen, die noch zartere grüne Schleier trugen. Vielleicht hätte ich bei Achim bleiben sollen, dachte ich. Wir waren jetzt, warte mal, wie lange, fast einundzwanzig Jahre verheiratet, mein Gott, einundzwanzig Jahre, in vier Jahren hätten wir silberne Hochzeit gefeiert.

Vielleicht wäre es doch gegangen, überlegte ich, wenn wir es wirklich versucht hätten, mit mehr Geduld und Rücksicht und Toleranz und Aufmerksamkeit – ach was, Agnes, du weißt genau, daß es nicht gegangen wäre, auch nicht mit tausend Tonnen Toleranz und Aufmerksamkeit. Und du weißt auch genau, wie es gegangen wäre, es wäre ganz einfach gewesen, du hättest nur alles so machen müssen, wie Achim es haben wollte, so einfach wäre das gewesen. Achim tut nur, was er will und wichtig findet, und wenn man Glück hat, findet er dasselbe wichtig wie man selber, so wie jetzt den Besuch bei Jessica, und wenn man Pech hat, dann nicht. Und wer damit nicht leben kann, der läßt es, schade, jammerschade, aber was kann Achim da tun?

Du konntest damit nicht leben, es war richtig, daß du gegangen bist, es war gut, ihn zu heiraten, die Zeit mit ihm war schön, trotz allem, und es war mindestens so gut, ihn zu verlassen, die Zeit ohne ihn war mindestens so schön, es war alles gut so, du hast es nie bereut, also warum fängst du jetzt damit an? Nur weil dieser Zug voller Männer ist, die Manageranzüge tragen oder ihre Frauen dabeihaben, und weil die *Brigitte* so unsensibel berichtet über neue Sommermode und alte Ehen? Leg die Beine hoch und mach die Augen zu, und nachher gehst du Kaffee trinken, und dann bist du auch bald zu Hause.

Ich schlief ein, und als ich aufwachte, war es zu spät zum Kaffeetrinken, man konnte gerade noch einen kleinen Imbiß einnehmen, bevor der Zug ankam, und das tat ich, von irgendwas muß einem ja warm werden. Am Bahnhof nahm ich mir ein Taxi, keine U-Bahn heute, von irgendwas muß man warm werden. Zu Hause drehte ich überall die Heizung auf und machte alle Lampen an, sogar im Therapiezimmer, bezog mein Bett frisch, suchte nach Kerzen für die silbernen Kerzenständer auf dem Wohnzimmertisch und öffnete eine gute Flasche Wein. Wenn schon allein, dann wenigstens wahnsinnig gemütlich.

Ich ging früh schlafen, morgen war ein langer Tag mit vielen Klienten, und außerdem mußte ich nun endlich ernsthaft auf Männersuche gehen. Mein schlichtes Bett erschien mir kahl und ungemütlich. Ich könnte auch mal ein neues brauchen, dachte ich, eine neue Matratze wäre längst fällig, es ist ungesund, auf durchgelegenen Matratzen zu schlafen, und dann auch gleich ein neues Bett, wenn schon, denn schon, kein so teures natürlich, bei Ikea haben sie so ein hochbeiniges Himmelbett, weiß lackiert, mit Messingknöpfen, mit einem Betthimmel aus Schleierstoff, der um das ganze Bett herumhängt, noch viel schöner als bei Jessica.

8. Kapitel

Ich machte mich ernsthaft auf die Suche. Ich verließ das Haus nicht mehr ohne Kajal und Lipgloss, ich hielt die Augen offen, ich sah mich um und war hellwach und konzentriert.

Es war eine neue Erfahrung, ein besonderes Auge auf Männer zu haben. Sie sind ja überall, wie Häuser und Bäume, man ist daran gewöhnt, man achtet nicht besonders auf sie, es sei denn, ein herausragendes oder auffälliges Exemplar zieht die Aufmerksamkeit auf sich. Seit fünfundzwanzig Jahren hatte ich nicht mehr besonders auf Männer geachtet, seit ich sechzehn gewesen war und unbedingt einen Freund hatte haben wollen, den hatte ich dann auch gefunden, und dann war ich Achim begegnet, und dann war es immer so weitergegangen, ich hatte immer einen Mann, oder es fand sich zufällig einer. Seit fünfundzwanzig Jahren hatte ich auf Männer im allgemeinen nicht mehr geachtet als auf Häuser oder Bäume, und nun fielen sie mir wieder auf, und ich hatte ein Auge auf sie, aus demselben Grund wie damals, weil ich unbedingt einen haben wollte.

Es war auch ein bißchen so, als ob man ein neues Auto braucht oder einen neuen Wintermantel, man hat plötzlich, wo man geht und steht, einen geschärften Blick für Autos oder Wintermäntel. Nun ist ein Mann natürlich etwas anderes als ein Auto oder ein Wintermantel, in jeder Hinsicht, aber vor allem in einer: Autos oder Wintermäntel sind wesentlich leichter zu finden.

Ich machte mir erst gar keine Gedanken, als mir, wo immer ich hinkam und mich umsah, kein passabler Mann ins Auge fiel. Du kannst schließlich nicht erwarten, daß du ständig über nette Männer stolperst, sagte ich mir, vor Küchengeschäften und in Handtaschenabteilungen, hab Geduld und halt die Augen offen, irgendwo müssen sie ja sein, wart's ab, bald siehst du einen.

Ich sah keinen. Ich versuchte, nicht voreingenommen zu sein, ich nahm auch große, schlanke oder durchtrainierte Männer in Augenschein, auch blonde, die ich eigentlich nicht so mag, auch Männer, die am hellichten Tag im Kaufhaus im Trainingsanzug rumlaufen, was ich überhaupt nicht mag, ich achtete auf Männer in Manageranzügen und auf solche, die, kaum daß es ein bißchen wärmer wurde, Shorts und Sandalen trugen, was ich ganz und gar nicht mag, ich besah mir Männer mit Halbglatzen und welche, die Goldkettchen um den Hals trugen, ich entschlug mich fast aller meiner Vorurteile und Vorlieben, aber es half nichts, ich sah keinen.

Einer fiel mir auf, er arbeitete in einem Werkzeuggeschäft und beriet mich sehr gut, als ich mir einen neuen Bohrer kaufte. Er war mittelgroß und hatte ein hübsches Gesicht und kurzgeschorene rötliche Haare und einen Ohrring im linken Ohr, und ich sah auf seine schönen Hände, die den Bohrer hielten, und in seine Augen, während er sprach, er hatte gute Augen, offene Augen, Gertraud wäre mit ihm zufrieden gewesen, ich war es auch, und mir wurde ganz warm, während ich seinen Erklärungen lauschte. Aber er war höchstens zwanzig, und Jean Harlow hat mal gesagt, ich beraube keine Wiegen, und ich kann nur sagen, ich auch nicht.

Ja, es gab zwei oder drei Männer, die mir auffielen, aber sie waren alle in diesem jugendlichen Alter, der Waschmaschinenmann, der kam, um meine Waschmaschine zu reparieren, und der Computermann, mit dem ich mich lange über das neue Programm unterhielt, das ich mir anschaffen wollte, und den ich besonders ansprechend fand, bis mir auffiel, daß er mein Sohn hätte sein können, allerdings hätte er nicht so schöne schwarze Locken gehabt, wenn er mein Sohn gewesen wäre.

Ein paar halbe Kinder und sonst nichts, dachte ich, während ich nach Hause ging. Ich suchte seit über vier Wochen, es war Anfang Mai, der Frühling war nun wirklich da, genau die richtige Zeit, einen Mann zu suchen und zu finden, aber eine ganz schlechte Zeit, keinen zu finden. Ich fing schon wieder an, den Frühling zu hassen. Vielleicht haben Kaufhäuser und Geschäfte und die offene Straße eine niedrige Kennenlernquote, überlegte ich, vielleicht sollte ich anfangen, die öffentlichen Verkehrsmittel zu benutzen, und an die anderen Orte gehen, von denen Lea gesprochen hat. Ruf mal an und frag nach, welche das genau waren.

»Ich finde einfach keinen, Lea«, sagte ich, »es gibt keine guten Männer mehr.«

»Jetzt hör aber auf«, sagte sie, »du brauchst doch nur auf die Straße zu gehen, da sind sie überall –«

»Wie Häuser und Bäume.«

»Wie kommst du darauf?«

»Die sind doch auch überall.«

»Ach so«, sagte sie. »Du bringst mich ganz durcheinander. Also –«

»Hast du dir die Männer, die es überall gibt, mal richtig angeschaut?«

»Eigentlich nicht«, sagte sie, »man achtet ja nicht so darauf.«

»Eben. Aber wenn du mal darauf achtest, dann merkst du, daß es keine wirklich guten mehr gibt.«

»Vielleicht bist du zu eng. Viellcicht solltest du großzügiger sein, ein bißchen offener, flexibler –«

»Ich bin wahnsinnig offen und flexibel«, sagte ich, »ich sehe mir jeden an, der nicht gerade auf allen vieren kriecht und halbwegs im richtigen Alter ist. Aber ich habe in über vier Wochen nur drei gesehen, die einigermaßen in Frage gekommen wären, und die waren alle zu jung.«

»Siehst du. Du bist doch zu eng. Warum denn kein jüngerer? Was hast du dagegen?«

»Ein bißchen jünger vielleicht«, sagte ich. »Aber doch nicht zwanzig Jahre.«

»Wäre das so schlimm?«

»Schlimm nicht, aber irgendwie sonderbar. Was soll ich mit einem Mann, der soviel jünger ist?«

»Dasselbe wie mit einem, der älter ist.«

»Ja, schon«, sagte ich, »für kurz vielleicht, aber für länger? Für immer?«

»Da hast du recht, für immer ist es natürlich nicht. Ach, Agnes –« sie seufzte.

»Was waren das noch mal für Örtlichkeiten mit hoher Kennenlernquote?« fragte ich.

»Beruf, öffentliche Verkehrsmittel, Kongresse, Fortbildungen, Sport, kulturelle Veranstaltungen.«

»Der Kongreß für Humanistische Psychologie ist erst im Januar«, überlegte ich, »so lange kann ich nicht warten. Und im Schwimmbad habe ich mich schon umgesehen. Aber wie wäre es mit einer Ausstellung, das wolltest du doch so gerne mal wieder? Im Haus der Kunst zum Beispiel. Wollen wir da nicht am Sonntag hin, Lea?«

»Ich habe gerade nicht soviel Zeit«, sagte sie und seufzte, »aber wenn es dir sehr wichtig ist –«

»So wichtig ist es nicht, natürlich nicht.«

Was ist bloß los mit ihr, dachte ich, sie hat keine Zeit, das ist noch nie dagewesen, sie seufzt, das tut sie sonst auch nicht, sie ist irgendwie fern und nicht bei der Sache, und ihre Stimme klingt bedrückt.

»Was ist los mir dir?« fragte ich. »Geht es dir nicht gut?«

»Nein, nein«, sagte sie, »mir geht es sehr gut.«

»Aber du klingst so bedrückt.«

»Ach, Agnes, ich wünschte mir so, daß du einen Mann findest, und ich wünschte, du würdest auch einen jüngeren nehmen. Sie sind wirklich nett, nach allem, was man hört.«

»Okay, okay«, sagte ich, »ich denke darüber nach. Wie ist es, was machst du Samstag, soll ich da rauskommen?«

»Da kann ich leider nicht«, sagte sie, »wir haben Besuch, weißt du. Aber ich rufe dich Montag an, und dann machen wir etwas aus wegen der Ausstellung. Und – Agnes?«

»Ja?«

»Such weiter, du findest bestimmt jemanden. Ich bin ganz sicher.«

Dann gehe ich eben allein in die Ausstellung, beschloß ich, nachdem ich am Sonntagmorgen gefrühstückt und darüber nachgedacht hatte, wie es sein würde, an einem schönen Maisonntag zu Hause zu sitzen und darüber nachzudenken, wie es sein würde, wenn ich nie einen Mann fände. Es war eine Ausstellung mit lauter seltenen Picassos und Modiglianis und Matisses, sie war hochgelobt und gut besucht und würde randvoll sein mit Menschen und Männern.

Und ich fahre nicht mit dem Auto hin, sondern mit einem öffentlichen Verkehrsmittel, überlegte ich, das sind dann zwei Fliegen mit einer Klappe. Ich mußte erst herausfinden, welches öffentliche Verkehrsmittel dorthin fuhr, und es ergab sich, daß es sogar zwei waren, U-Bahn und Bus. Drei Fliegen.

Ich hatte erwartet, daß die U-Bahn ziemlich leer sein würde an einem Sonntagvormittag, nur besetzt mit ein paar vereinzelten Männern vielleicht, aber sie war voller Männer, die ihre Frauen dabeihatten und ihre Kinder, vielleicht fuhren sie auch ins Museum, je eher man Kinder an die Kunst heranführt, desto besser.

Dafür war der Bus ziemlich leer, es saßen nur wenige Fahrgäste darin, alles Frauen. »Er hat solche Angst vorm Fliegen«, sagte die Frau, die vor mir saß, zu ihrer Nachbarin. Ich mußte an Erica Jong und ihre Angst vorm Fliegen denken, aber die war wohl nicht gemeint. »Ich weiß gar nicht mehr, was ich machen soll«, sagte die Frau, und ihre Nachbarin gab einen mitfühlenden Ton von sich. Fahrt mit dem Zug oder dem Schiff, dachte ich, man muß ja nicht fliegen. »Er kommt kaum noch durchs Wohnzimmer«, sagte die Frau. Dann braucht er einen Rollstuhl und keine Urlaubsreise, dachte ich, schon gar nicht mit dem Flugzeug. »Dabei habe ich so viel für den Tierarzt bezahlt«, sagte die Frau, »und das arme Tier sitzt immer noch im Käfig und traut sich nicht raus.«

Ich war froh, daß ich aussteigen konnte, denn es fiel mir schwer, das Lachen zu unterdrücken. Du denkst auch nur an das eine, Agnes, dachte ich, nur an Männer denkst du, dabei gibt es noch so viel anderes auf der Welt, Kanarienvögel zum Beispiel, und so, wie die Frau über ihren Kanarienvogel spricht, braucht sie keinen Mann. Vielleicht solltest du auch mal in Betracht ziehen, dir einen Kanarienvogel anzuschaffen.

Ich schob diesen Gedanken wieder beiseite, als ich das Museum betrat. Es war voller Männer, es gab kaum Kinder und nur wenige Frauen. Und dann waren auch noch die Bilder da, die so schön und aufregend waren, daß man darüber fast die Männer vergessen konnte. Es war fast wie das Paradies, ein Ort, der übervoll war mit aufregenden, interessanten, schönen Dingen.

Ich wanderte behaglich durch die Säle, von Bild zu Bild, ich war noch nie alleine im Museum gewesen, ich hatte es mir ziemlich schrecklich vorgestellt, so ganz allein zwischen all den Menschen und Bildern. Aber es war schön, ich könnte gut und gerne mal wieder alleine ins Museum gehen, auch wenn ich einen Mann für alles haben würde.

Ich versank in die Betrachtung eines Frauenportraits von Picasso, ich kam kaum davon weg. Was war der Mann doch für ein gräßliches Ekel, aber was hat er für Bilder gemalt, er ist wirklich ein Genie, und vielleicht müssen Genies ekelhaft sein, weil sie sonst das Genialsein nicht aushalten. Mein Blick streifte den Mann neben mir, er war groß, blond und jünger, das muß nicht unbedingt sein, dachte ich, hier gibt's noch so viele andere, außerdem hat er eine Frau dabei, glaube ich, ja, hat er, eine zierliche, dunkelhaarige –

»Lea!« sagte ich. »Ich dachte, du –«

»Agnes«, sagte Lea.

Ja, natürlich, dachte ich, sie hat ja Besuch, darum hatte sie keine Zeit. Das ist sicher wieder eines von Gerdas Kindern, so groß und blond und Georg so ähnlich. Gerda ist Georgs Schwester, sie und ihr Mann lieben es, Kinder zu kriegen, besonders das Zeugen und Gebären lieben sie, erst nach dem siebten Kind haben sie widerstrebend Schluß gemacht, weil es allmählich eng wurde, und wann immer es geht, schicken sie nun Lea eines oder zwei auf den Hals, damit es nicht ganz so eng ist bei ihnen.

»Agnes«, wiederholte Lea, »das ist Christoph. Das ist Agnes.«

»Hallo«, sagte Christoph, ich sagte auch hallo und sah zu Lea, die einen etwas leeren Blick hatte, wahrscheinlich ging ihr der Besuch inzwischen auf die Nerven, und dann sah ich zu Christoph, der zwischen Lea und mir hin und her sah.

»Ich gehe dann mal«, sagte er.

»O ja«, sagte Lea und wurde wieder lebendig, und wir verabschiedeten uns, nachdem wir uns gerade begrüßt hatten, und er gab Lea einen Kuß auf die Wange und sagte »bis dann« und verschwand.

»Warum ist er denn so plötzlich gegangen?«

»Er mußte weg.«

»Aber wir sehen uns noch ein bißchen die Bilder an, ja?« fragte ich. »Jetzt hast du doch Zeit?«

»Natürlich«, sagte sie, und ich schob meinen Arm in ihren und zog sie zum nächsten Bild.

»Er sieht Georg unglaublich ähnlich«, sagte ich, während wir einen Matisse betrachteten, der nicht besonders schön war.

»Wer?« fragte sie.

»Na, Christoph.«

»Findest du wirklich?«

»Ja, sicher. Das tun sie doch alle.«

»Wer? Alle?«

»Gerdas Kinder natürlich«, sagte ich, »man möchte meinen, daß die beiden Zwillinge sind, Georg und Gerda. Sind sie das?«

»Ich weiß es nicht.«

»Aber hör mal, Lea. Du wirst doch noch wissen, ob Georg und seine Schwester Zwillinge sind.«

Sie sah mich wieder mit leerem Blick an, und dann schüttelte sie den Kopf, als versuche sie, etwas in seinem Inneren geradezurücken. »Ich kann mich heute überhaupt nicht konzentrieren, Agnes. Auch nicht auf die Bilder. Können wir nicht hier raus und in den Park, ein bißchen spazierengehen?«

»Ja, sicher«, sagte ich, »komm.« Es waren nur wenige Schritte zum Park, wir gingen am Fluß entlang, sahen auf die Enten und Schwäne, die darin schwammen oder am Ufer gefüttert wurden, und atmeten tief, und ich blickte hin und wieder zu Lea, ob es ihr schon besserging. Sie sah müde aus, aber auch sehr schön, die Augen waren ganz groß und der Mund weich und klar, und die grauschwarzen Locken, die sie sonst immer glattfönt und mit Kämmen zurücksteckt, kringelten sich ganz ohne Kämme. Darauf hat sie sich heute wahrscheinlich auch nicht konzentrieren können, dachte ich.

Sie blieb plötzlich stehen und wandte sich zu mir: »Ich muß dir was sagen, Agnes. Christoph ist nicht Georgs Neffe.«

»Ach so«, sagte ich, »aber das macht doch nichts«, was eine blöde Bemerkung war, aber sie sah mich so bedrängt an, daß ich das Gefühl hatte, ich müsse sie trösten, »das ist doch nicht schlimm, ich meine, das ist doch kein Problem –«

»Er ist –« Sie seufzte.

»O Gott, Lea, seufz nicht schon wieder, das halte ich nicht aus. Wer ist er denn?«

»Er ist –« Sie sah sich um, aber es war niemand in der

Nähe außer den Enten und Schwänen. »Er ist mein Geliebter.«

»Lea!«

»Ach, Agnes«, sagte sie, und nun war sie an der Reihe, ihren Arm in meinen zu schieben und mich fortzuziehen, zur nächsten Bank, und mich zum Sitzen zu nötigen. Ich saß da und sah auf die Enten und die Schwäne und wußte nicht, was ich sagen sollte. Mein Geliebter. Wie das klang. Kein Wunder, daß sie aussieht wie Anna Karenina, dachte ich. Lea Karenina und Christoph Wronski, du lieber Himmel, aber keine halsbrecherischen Galopprennen bitte und vor allem kein Sich-vor-den-Zug-Werfen, wenn ich bitten darf.

»Agnes«, sagte sie.

»Ach, Lea«, sagte ich, »ich weiß gar nicht, was ich sagen soll.«

»Ist es denn so schlimm?«

»Nein, nein, es ist doch nicht schlimm, ich meine, es ist doch kein Problem –« Das hatte ich schon mal gesagt, vor nicht allzulanger Zeit. »Ich muß mich nur erst daran gewöhnen.«

»Ich weiß«, sagte sie, »das ist mir auch nicht leichtgefallen.«

Ich wußte immer noch nicht, was ich sagen sollte, aber ich konnte nicht die ganze Zeit dasitzen und nicht wissen, was ich sagen soll, also fragte ich: »Wie ist das denn passiert?«, aber das klang so, als sei es tatsächlich etwas Schlimmes, und ich nahm noch einen Anlauf: »Wie hast du ihn denn kennengelernt?«

»Da warst du gerade in Hamburg.« Kaum bin ich ein paar Tage weg, schon geht hier alles drunter und drüber. »Es war in der Apotheke, weißt du, ich mußte lange warten, Christoph war auch da, er hat mich immer so angesehen, ich dachte schon, ich hätte einen Fleck auf der Nase oder so, weil er mich so ansah. Und dann fiel mir das ein mit dem

Anlächeln, das du üben wolltest, und ich dachte, ich könnte es auch mal probieren, damit ich weiß, wie das ist, und da habe ich ihn angelächelt, und er hat auch gelächelt, und dann haben wir angefangen, miteinander zu reden, und dann haben wir unsere Sachen besorgt, du weißt schon, in der Apotheke, und sind rausgegangen, und dann hat er mich gefragt, ob ich eine Tasse Kaffee mit ihm trinken will.«

Die gute alte Tasse Kaffee, dachte ich. »Und dann?«

»Und nach dem Kaffeetrinken hat er gesagt, daß er mich gerne wiedersehen würde.«

»Und du?«

»Ich habe gesagt, daß ich ihn auch gern wiedersehen würde.«

»Und dann?«

»Dann haben wir uns verabredet, für den nächsten Tag.«

»Und dann?«

»Ach, Agnes«, sagte sie, »das kann ich dir doch jetzt nicht in allen Einzelheiten erzählen. Dann – ging alles sehr schnell.«

Mit anderen Worten, ihr seid sofort miteinander ins Bett gegangen, dachte ich, Apotheke, Kaffeetrinken, Verabredung, bums, ins Bett. Wunderbar. Toll. Nicht, daß ich was dagegen habe. Grundsätzlich jedenfalls nicht. Ich würde es wahrscheinlich auch so machen. Aber Lea? Wo kommen wir hin, wenn Lea so was macht?

»Ich habe so ein schlechtes Gewissen«, sagte sie.

Na also, dachte ich, genau, was ich meine, so was ist eben nichts für dich.

»Ich wollte schon die ganze Zeit darüber reden –«

»Du hast es ihm gesagt?«

»Wem?«

»Na, Georg«, sagte ich.

»Nein, natürlich nicht.«

»Aber du hast doch gerade gesagt, du wolltest mit ihm reden, weil du so ein schlechtes Gewissen hast.«

»Aber doch nicht wegen Georg«, sagte sie, »ich habe ein schlechtes Gewissen wegen dir.«

»Nicht wegen Georg?«

»Nein, natürlich nicht«, sagte sie, »Georg geht es gut. Wegen dir mache ich mir Sorgen.«

»Aber wir sind doch nicht verheiratet.«

»Das hat damit doch nichts zu tun, Agnes«, sagte sie. »Georg ist richtig glücklich, seit ich Christoph kenne, und ich könnte auch richtig glücklich sein, wenn es nicht wegen dir wäre.«

»Das verstehe ich nicht.«

»Das ist doch ganz einfach«, sagte sie, »du suchst einen Mann, weil du keinen hast, jedenfalls keinen richtigen, und ich habe einen, und sogar einen richtigen, und nun habe ich noch einen. Nun habe ich zwei, und du hast keinen. Das ist nicht fair.«

Das stimmt, dachte ich, fair ist das nicht.

»Aber du wolltest ja keinen jüngeren», sagte sie, »und große Blonde magst du auch nicht. Du hättest ihn bestimmt nicht gewollt.«

Da bin ich gar nicht so sicher, dachte ich, so viel jünger ist er ja nicht, und an meinen Vorurteilen gegen große und blonde Männer arbeite ich gerade.

»Aber auch wenn er dein Typ gewesen wäre – was hätte ich denn machen sollen?«

Du hättest sagen können, Ihr Antrag ehrt mich, mein Herr, aber ich habe schon einen Mann, ich brauche gerade keinen, dagegen meine Freundin, die sucht ganz dringend, hier ist ihre Adresse, rufen Sie unbedingt an, sie ist eine tolle Frau.

Ich mußte lachen. »Lea, hör auf«, sagte ich, »natürlich ist es nicht fair, aber was kannst du denn dafür? Das ist doch albern. Und wenn du wegen Georg kein schlechtes Gewissen hast, dann schon gar nicht wegen mir.«

»Ach, Gott sei Dank«, sagte sie, »jetzt kann ich mich richtig freuen.«

Ich sah auf die Enten und die Schwäne, sie schienen auch richtig glücklich zu sein, so wie Lea und Georg und Christoph. Schwäne sollen sehr treue Tiere sein, sie haben nur einen Partner pro Leben, und wenn der stirbt, dann legen sie sich auch hin und sterben. Wenn ich sterbe, dann legt sich keiner hin, um auch zu sterben. Wenn Lea stirbt, gäbe es immerhin zwei, die dafür in Frage kommen.

»Ohne dich wäre das alles nicht passiert«, sagte Lea fröhlich. »Wenn wir nicht die ganze Zeit darüber geredet hätten, wäre ich nie auf die Idee gekommen, ihn anzulächeln. Und ich hätte mich bestimmt auch nicht getraut, mich mit ihm zu verabreden. Aber so erschien es mir fast selbstverständlich.«

»Na wunderbar. Ich rede dauernd davon, und du tust es. Einfach so. Ganz selbstverständlich.«

»Ach, Agnes«, sagte sie, und ich sagte: »Jetzt fang nicht wieder mit deinem schlechten Gewissen an. Weißt du was? Wir kaufen Kuchen, einen ganzen Berg, und fahren zu mir und trinken Kaffee. Oder willst du lieber wieder zu deinem Christoph? Der ist doch wegen mir so schnell verschwunden, oder? Und jetzt sitzt er wahrscheinlich zu Hause und wartet auf dich.«

»Ach, Agnes! Ich rufe ihn nur kurz an und sage ihm, daß alles in Ordnung ist, daß ich es dir gesagt habe.«

»Aber du hast ihm doch nicht gesagt, daß ich –«

»Was denkst du von mir?« sagte sie. »Ich habe ihm nur gesagt, daß du meine beste Freundin bist und daß ich dich beschwindelt habe wegen heute, wegen der Ausstellung, und daß mir das auf der Seele liegt. Deswegen ist er gleich gegangen, er ist nämlich sehr sensibel, weißt du? Ich rufe ihn an, und dann haben wir den ganzen Sonntag für uns.«

Jetzt sah sie nicht mehr aus wie eine müde Anna Karenina, schön, aber müde, sondern wie eine glückliche Anna Karenina, schön und glücklich. Und sensibel ist er auch noch. Ein sensibler Mann, ein ganz seltenes Exemplar. Scheiße.

Ich kaufte den Kuchen, ich lehnte es ab, Lea den Kuchen

kaufen zu lassen, ich wollte Berge davon, Mohnkuchen und Käsesahne und Fruchtschnitten und Tortenstücke in Dunkelbraun und Hellbraun und Beige mit klingenden Namen, Schwarzwälderkirsch und Zuppa Romana und Prinzregenten, ich esse sonst keine Torte, aber von irgendwas muß einem ja warm werden. Nur das Taxi, das wir nahmen, ließ ich sie bezahlen, schließlich war sie schuld daran, daß wir mit dem Taxi fuhren, hätte ich sie nicht getroffen in der Ausstellung, mit ihrem Geliebten, dann wäre ich wieder mit dem Bus gefahren und der U-Bahn und hätte vielleicht einen Mann gefunden.

»Was ich immer noch nicht verstehe, ist das mit Georg«, sagte ich, nachdem ich Mohnkuchen und Käsesahne und eine halbe Schwarzwälderkirsch gegessen hatte, während vor Lea immer noch die andere Hälfte ihrer Fruchtschnitte lag. »Warum ist Georg so glücklich?«

»Ja, das ist sonderbar«, sagte sie, »ich glaube, er ist so glücklich, weil er jetzt seine Ruhe hat. Weißt du, er hat immer getan, um was ich ihn gebeten habe, ins Kino gehen oder Laub harken oder ins Gartencenter fahren, er hat sich auch nicht beklagt, aber er wollte es eigentlich nicht wirklich tun. Und jetzt mache ich es alleine, das macht mir nichts mehr aus, oder mit Christoph, und kann Georg in Frieden lassen. Und weißt du was? Jetzt kommt er manchmal sogar freiwillig. Letzte Woche hat er mich gefragt, ob wir nicht ins Gartencenter fahren sollten, es wäre doch Frühling. Seltsam, nicht?«

»Wundersam«, sagte ich.

»Ja, wirklich. Weißt du, ich denke jetzt manchmal, man sollte überhaupt zwei Männer haben, das ist richtig praktisch. Es müssen natürlich nette sein, wenn es ekelhafte Kerle sind, dann ist einer schon zuviel.«

»Du hast leicht reden. Es ist schwierig genug, einen zu finden.«

»Ja, schon«, sagte sie, »aber denk mal drüber nach. Vielleicht findet man gar keinen Mann für alles, einer schafft das wahrscheinlich nicht, vielleicht braucht man zwei dafür. Um alles zu haben, meine ich.«

»Da könnte was dran sein.«

»Du könntest zum Beispiel Rainer wieder nehmen«, sagte sie lebhaft, »für einiges ist er ja wirklich gut zu gebrauchen. Und dann suchst du dir noch einen, das wäre sicher nicht so schwierig, weil er kein Mann für alles sein müßte. Wie wäre das, Agnes?«

»Ich weiß nicht recht«, sagte ich, »mit zwei Männern ins Bett zu gehen, das wäre mir ein bißchen viel, glaube ich, und irgendwie auch irritierend, oder? Was meinst du?«

Lea wurde rot, man konnte zusehen, die Röte kroch bis über die Ohren und in den Blusenausschnitt. Anna Karenina, dachte ich: »Sie besaß noch die Fähigkeit, rot zu werden.« Den Satz hatte ich mir gemerkt, als ich das Buch für die Schule gelesen hatte, er war so tröstlich gewesen, ich war damals immer so furchtbar rot geworden.

Ich richtete den Blick auf den Kuchenteller und betrachtete eingehend die Zuppa Romana, die langsam in sich zusammensank. Wahrscheinlich ist sie seit langem nicht mal mehr mit *einem* Mann im Bett gewesen, dachte ich, das gehört vielleicht auch zu den Dingen, die Georg nicht wirklich will.

Ich sah vorsichtig wieder auf. Ihr Gesicht war jetzt nur noch rosa, ein hübsches Rosa, und sie lächelte mich an. »Es wird mir nicht zuviel«, sagte sie, »ich bin endlich mal richtig ausgelastet.«

»Du meinst, weil es mit Georg nicht mehr so –«

»O nein! Da siehst du Georg falsch. Das ist etwas, was ihm wirklich wichtig ist, und wenn ihm etwas wichtig ist, dann ist er ganz konzentriert, dann vergißt er alles andere, wie am Computer, weißt du? Und deswegen ist es auch sehr schön mit ihm, bloß –« das Rosa wurde wieder dunkler. »Bloß kommt er nur zwei- oder höchstens dreimal die Woche dazu, und oft gar nicht, wenn er zuviel zu tun hat, und – und –« das Rosa war nun richtig rot, aber sie holte tief Luft und sprach weiter: »Und das hat mir eigentlich nicht gereicht, aber jetzt kann ich soviel davon kriegen, wie ich will, jetzt werde ich richtig satt, weißt du?«

Ich weiß, dachte ich, und sah auf die halbe Fruchtschnitte. Aber wer hätte das nun wieder gedacht? Der deutsche Mensch hat zwei- bis dreimal Geschlechtsverkehr im Monat, so ungefähr, das habe ich irgendwo gelesen, und Georg hätte ich es vielleicht zwei- bis dreimal im Jahr zugetraut. Und nun bringt er es auf zwei- bis dreimal in der Woche, aber Lea ist das nicht genug, sie fühlt sich nicht ausgelastet, sie braucht noch einen Mann, einen großen, blonden, jungen, um sich richtig ausgelastet zu fühlen. Du lieber Himmel.

Ich wußte wieder nicht, was ich sagen sollte. *Alle Achtung* vielleicht oder *Das hätte ich aber nicht von dir gedacht*? »Wie alt ist er eigentlich?«

»Dreißig.«

Und sie ist fünfundfünfzig und Professorengattin und kann es nicht leiden, wenn man grobe Worte gebraucht, vögeln zum Beispiel, und dann lernt sie einen jungen Mann kennen, in einer Apotheke, und vögelt nur so durch die Gegend, mit ihm und ihrem Ehemann. Das hätte ich wirklich nicht von ihr gedacht. Ich schüttelte den Kopf.

»Hätte ich dir das nicht erzählen sollen, Agnes?«

»Doch, doch«, sagte ich, »es ist nur alles so neu, so – so ungewohnt.«

Sie seufzte zufrieden und sah auf die halbe Fruchtschnitte: »Die schaffe ich nicht mehr.«

Keine Sorge, dachte ich, ich schon. Du vögelst dich satt und warm, und ich fresse mich satt und warm. Von irgendwas muß der Schornstein ja rauchen. Sie saß da und lächelte selbstvergessen die Fruchtschnitte an. Herrgott noch mal, bist du gemein, Agnes, sagte meine innere Stimme, sie ist einer deiner liebsten Menschen, sie täte alles für dich, sie tut alles für Georg, und jetzt tut sie auch mal was für sich, sie liebt sich satt und warm. Und was tust du? Du hast böse Gedanken und mäkelst und krittelst.

»Lea«, sagte ich und legte meine Hand auf ihre. »Ich freue mich für dich.«

Sie seufzte wieder, erleichtert, und lächelte zur Abwechslung mich an: »Jetzt bin ich richtig glücklich.«

Jetzt sind sie alle richtig glücklich, dachte ich, während ich das Tablett mit dem Kaffeegeschirr und dem Kuchenberg in die Küche trug. Jessica und Daniel und Lea und Georg und Christoph und Ellen und Dieter, die sind besonders glücklich, und Achim, na, ich weiß nicht, ob der richtig glücklich ist, aber richtig zufrieden ist er bestimmt, mit seiner Arbeit und seiner Frau und seinen Kindern, und Gertraud ist auch richtig zufrieden, mit den Kindern und der Praxis und den Frauen, mit denen sie Feste feiert und Urlaub macht, und den Männern, die sie hier und da in der Sauna findet. Und was ist mit mir? Was zum Teufel ist mit mir?

Ich besah mir die Zuppa Romana, die schon ziemlich unansehnlich war. Wenn sie weiter herumliegt, wird sie noch unansehnlicher, dachte ich, und aß sie auf. Und es lohnt sich auch nicht, die halbe Fruchtschnitte aufzuheben, die nimmt bloß Platz weg im Kühlschrank, überlegte ich und aß sie auf. Ich war kurz davor, auch die Prinzregententorte und die halbe Schwarzwälderkirsch aufzuessen, damit gar nichts herumlag oder Platz einnahm im Kühlschrank, aber ich hielt mich zurück. Wenn du dich so vollfrißt, wirst du dick und häßlich und findest überhaupt keinen Mann mehr.

Ich stellte den Kuchen in den Kühlschrank und räumte das Geschirr in die Spülmaschine, und dann stand ich am Fenster und sah in den Hinterhof, auf die Fliederbüsche und Jasminsträucher, und dachte an Lea, die vielleicht wieder zu ihrem Geliebten geeilt war, der sie sehnsüchtig erwartete, oder vielleicht war sie auch heimgeeilt zu ihrem Mann, der sie glücklich begrüßte, sofern er nicht gerade am Computer saß. Und was ist mit mir?

Du wirst dick, dachte ich und öffnete den Knopf der Hose, die über meinem gewölbten Bauch spannte. Du wirst dick und häßlich und findest überhaupt keinen Mann mehr. Du solltest wieder öfter schwimmen gehen, das hast du auch vernachlässigt, aber dieses Scheißschwimmen in diesem Scheißschwimmbad mit seinem Chlorgeruch und seinen Umkleideräumen und dem mürrischen Bademeister und den Greisen und den kreischenden Knaben!

Vielleicht sollte ich es doch noch mal mit Rainer probieren, überlegte ich. Lea hat ja recht, für manches eignet er sich wirklich gut, und dann hätte ich wenigstens einmal in der Woche einen Mann an meinem Tisch und in meinem Bett. Das reicht natürlich nicht ran an ihre Quote mit Georg und schon gar nicht an die mit Georg und Christoph zusammen, aber es ist wenigstens etwas. Besser als nichts.

Ich machte mich auf den Weg zum Telefon. Er wird sich zieren, und ich werde mich ins Zeug legen müssen, das wollte ich eigentlich nicht mehr, dieses Sichmühen und Sichanstrengen, damit er aus seiner Höhle herauskommt, dieses Rackern und Ringen, nach dem Motto *Wann fängt Beton an zu blühen?* Er wird sich auch wundern, daß ich plötzlich anrufe, wann haben wir zuletzt telefoniert, irgendwann im Februar und dann nach Ostern, und immer wurde nichts daraus, weil ich mich nicht mehr mühte und anstrengte, weil ich es nicht mehr wollte, aber na gut, jetzt muß es sein, damit ich wenigstens etwas habe. Ach je.

»Ja, Göhre?«

»Hallo, Rainer«, sagte ich. Er sagte nichts. »Hier ist Agnes.«

»Ach, du bist es.« Das war sehr ermutigend. Das sah nach Großkampftag aus. Na gut.

»Wie geht es dir denn so?«

»Ach, gut«, sagte er, »sehr gut.« Er machte eine Pause, als

müsse er nachdenken, was er noch sagen könnte. »Und dir?«

»Auch gut«, sagte ich, »sehr gut.« Wieder war Schweigen. Großkampftag, Schwierigkeitsstufe vier. Ich schwieg eine Weile mit, dann hielt ich es nicht mehr aus. Ich rang mich durch: »Wollen wir uns nicht mal wiedersehen? Vielleicht nächste Woche?« Mein Stolz gab einen jammernden Ton von sich. Halt die Klappe, es hilft nichts, es muß sein.

»Ich weiß nicht«, sagte er. Schweigen. Ich hielt durch. »Ich glaube, es geht nicht«, fuhr er fort, »fürs erste jedenfalls nicht.« Wieder Schweigen.

»Was meinst du damit, fürs erste? Wann geht es denn wieder?«

Pause. Er schien stark nachzudenken. Ich konnte es beinahe hören, das Geräusch, das beim Denken entsteht.

»Es ist nämlich so«, sagte er, »ich habe eine Beziehung, das heißt, wir sind noch sehr in den Anfängen, das muß sich noch stabilisieren, und im Moment – ich glaube, es wäre schwierig, ich glaube, wir sollten ein bißchen Zeit verstreichen lassen. Später natürlich, das ist ganz klar, daß wir uns da wiedersehen, als alte Freunde –«

Aber jetzt, sagte mein Stolz.

»Ach, Rainer, natürlich«, sagte ich, »warum sagst du das denn nicht gleich? Auf keinen Fall, wenn es dir Probleme macht, das wäre mir richtig unangenehm, das muß ja nicht sein. Um Gottes willen.«

Ich konnte hören, wie erleichtert er war, noch bevor er etwas sagte. Das Geräusch der Erleichterung.

»Ja, nicht wahr? Das verstehst du.«

»Aber sicher«, sagte ich, »das ist doch klar.« Was klar war und was ich verstand, wußte ich eigentlich nicht, und ich hätte auch gerne erfahren, mit wem er in diesen Beziehungsanfängen steckte und wie sie zustande gekommen waren, aber ich wollte nicht fragen, denn ich würde den Aber-das-verstehe-ich-doch-Ton nicht mehr lange durchhalten.

»Gut, gut«, sagte ich, »dann laß uns mal Schluß machen, ich habe noch zu tun. Und wir hören voneinander.« Schön hatte ich das gesagt.

»Gut«, echote er, aber er meinte es wirklich, »sehr gut, Agnes. Ich melde mich. Und vielleicht lernt ihr euch dann auch mal kennen, wenn du Lust hast.«

Ich kann es kaum erwarten, dachte ich. »Aber gerne. Sag du nur Bescheid, wenn du glaubst, daß es geht. Tschüs.«

»Tschüssi, Servus«, sagte er, eine ganz neue Grußformel, die ich noch nie von ihm gehört hatte und die ich ziemlich widerlich fand.

Gut gemacht, sagte mein Stolz. Großkampftag, Schwierigkeitsstufe zehn. Hiermit wird Ihnen die Tapferkeitsmedaille überreicht, Frau Geben. Am roten Band. Mit Eichenlaub und Schwertern und Tralala. Bitte sehr, Frau Geben.

Ich saß da und starrte auf das Telefon. Es starrte zurück, dumm und grau, mit seinen Zahlenaugen. Rainer ist jetzt auch richtig glücklich. Er hat auch jemanden gefunden. Alle finden jemanden. Oder haben jemanden. Manche haben sogar zwei. Und was ist mit dir? Was ist mit dir, Agnes?

9. *Kapitel*

Ich stand auf der Plattform, hielt mich am Geländer fest und versuchte, die Stange mit dem Polster am unteren Ende mit der Ferse nach hinten zu schieben. »Gut, Frau Geben«, sagte die Trainerin, »aber das Knie durchdrücken, sonst macht es keinen Sinn.« Ich schob wieder, mit durchgedrücktem Knie. »Sehr gut«, sie machte eine Notiz, »zwanzig beim ersten Durchgang, zwanzig beim zweiten. Wir wollen auf Ausdauer gehen.«

Gut, gut, dachte ich, ein bißchen Ausdauer kann mir sicher nicht schaden. Ich versuchte, nicht in den Spiegel zu sehen, was schwierig war, weil alle Wände mit Spiegeln bedeckt waren. Ich hatte mir schwarze Leggings gekauft und ein schwarzes T-Shirt, Schwarz macht schlank, aber ich sah aus wie eine schwerfällige Krähe, und das wollte ich mir nicht öfter vor Augen führen als unbedingt nötig.

»Und nun die Armarbeit.« Die Trainerin nötigte mich dazu, mich mit gespreizten Beinen auf eine schmale Bank zu setzen und an zwei Griffen zu ziehen, sagte »den Rücken gerade« und »zwanzig beim ersten Durchgang, zwanzig beim zweiten« und machte eine Notiz.

Sie war klein und zierlich und dennoch muskulös, sie hatte schon einiges an Armarbeit hinter sich gebracht und auch alle anderen Arbeiten gut erledigt, sie trug etwas Enges, tief Ausgeschnittenes in fröhlichem Gelb und war frisch und duftig. Ich hockte in meiner schwerfälligen Krähentracht auf dem Bänkchen und schwitzte stark und hätte nichts dagegen gehabt, wenn das Gestell, an dem ich zog, nach vorne gefallen wäre und mich unter sich begraben hätte.

Wir machten noch mehr Armarbeit, ich zog und hob und stemmte und tat lauter Dinge, die ich bei klarem Verstand eher nicht getan hätte und die sonderbar anmuteten, und schließlich saß ich auf einem Hocker vor der Theke, schwitzte so sehr, daß ich mich schämte, und trank ein sportliches Getränk, das grün schillerte.

»Gut«, sagte die Trainerin und vollendete ihre Notizen. »Das ist Ihr Trainingsplan, den holen Sie sich anfangs bei mir ab, nachher können Sie es im Schlaf. Und wenn Sie regelmäßig kommen, wird sich bald was tun.« Das hoffe ich doch sehr, dachte ich, in mehrfacher Hinsicht. »Wir waren jetzt im Frauentrainingsraum«, fuhr sie fort, »drüben ist der gemischte. Sie können natürlich trainieren, wo Sie wollen.« Das will ich hoffen, daß ich das kann, dachte ich, Armarbeit und Beinarbeit und Sucharbeit, drei Fliegen mit einer Klappe. »Schön, daß Sie bei uns sind«, sie lächelte mich an. Ich weiß noch nicht genau, wie schön ich das finden soll, dachte ich und lächelte zurück.

Ich warf noch einen Blick in den gemischten Trainingsraum, bevor ich mich auf den Weg zu den Umkleideräumen machte. Er war größer als der andere, die Polster der Geräte waren rot, nicht lila, und es war keine einzige Frau darin, dafür aber vier Männer.

Nicht schlecht, dachte ich, trat ein Stück näher und tat so, als ob ich die Geräte prüfend betrachtete. Zwei große, schlanke, die um die Dreißig waren, ein junger, der die letzten Spuren der Pubertätspickel noch im Gesicht trug, und ein kräftiger, untersetzter in meinem Alter, mit dunklen Haaren und Bart. Gar nicht schlecht. Obwohl, Männer mit Bart mag ich eigentlich nicht, Bärte kratzen, und man muß sich fragen, was der dunkle Grund dafür ist, daß einer sich das antut, all die Haare um Mund und Kinn und Hals. Aber ich will keine Vorurteile mehr haben, auch nicht gegen Männer mit Bart, also runter mit euch von meiner Vorurteilsliste. Und für den gemischten Trainingsraum kaufe ich mir was Schickeres als mein Krähenkostüm, etwas Enges, Ausgeschnittenes in einer lebensvollen Farbe, Rot zum Beispiel. Wer A sagt, muß auch B sagen, und nur wer wagt, gewinnt.

Sachen machst du, dachte ich, als ich nach Hause ging. Ich nahm den Umweg über Karstadt, ich mußte ohnehin in die Lebensmittelabteilung, ich konnte auch gleich mal nachsehen, wie es um die Abteilung für Sportbekleidung bestellt war. Hanteln, Hüftmaschine, Pomaschine und nun noch so ein alberner Fitneßfummel, wie ihn die Damen in den Fernsehserien tragen, und das nur, um einen Mann zu finden, genau wie die Damen in den Fernsehserien.

Das darfst du niemandem erzählen, daß du solchen Unsinn treibst, Lea schon, Lea versteht alles, aber Gertraud würde wahrscheinlich die Augenbrauen hochziehen und sich fragen, wie es um mein inneres Gleichgewicht bestellt ist. Gar nicht zu reden von den Kollegen. Eine anständige Psychologin und Psychotherapeutin tut so was nicht. Das ist Körperkult und Schönheitswahn. Wegen der Midlife-Crisis wahrscheinlich, die Tochter ist aus dem Haus, das vierzigste Jahr überschritten. Nimm dich an, wie du bist, was wirklich zählt, ist die innere Schönheit. Stimmt ja auch, aber was hilft es, wenn keiner sie sieht?

Ich stand vor einem Ständer mit roten Kleidungsstücken und schob unentschlossen die Bügel hin und her. Und das auch noch in Rot, dachte ich, so aufdringlich, so marktschreierisch. Bist du verrückt, Agnes? Wenn du dich schon lächerlich machst, dann tue es wenigstens in dezentem Schwarz.

»Kann ich Ihnen helfen?« fragte eine Verkäuferin. »Ach, nein«, sagte ich, »ich wollte mich nur mal umsehen.« Sie drehte schwungvoll an dem runden Ständer, so daß er herumwirbelte wie ein rotes Karussell. »Besonders günstig«, sagte sie, »Markenware, um die Hälfte reduziert. Morgen ist das alles weg.« Die Vorstellung, daß morgen alles weg sein würde, hielt mich fest, sie hatte etwas erschreckend Endgültiges, dem ich mich entgegenstellen mußte. Ich trat näher.

»Und die Farben. Besonders in der Crash-Kombination, das ist jetzt sehr *in*, immer zwei Farben zusammen, die sich beißen, so zum Beispiel, Stringbody in Koralle und Hot pants in Karmesin«, sie hielt ein knappes Leibchen, dessen Unterteil kaum existierte, neben ein ebenso knappes Höschen, »schön, nicht?«

»Lieber keine Hot pants«, sagte ich. »Sie können natürlich auch Leggings haben«, sie zog einen anderen Bügel hervor. »Und Rot ist genau Ihre Farbe, besonders dieser Korallenton, den kann kaum eine Frau tragen, wissen Sie, da sind Sie eine der ganz wenigen.« Nun war ich gefangen, es war keine Frage von Lust und Laune mehr, ob ich die Sachen anprobierte, ich mußte es tun, ich war eine der wenigen Auserwählten, die sie überhaupt tragen konnten, ich durfte nicht achtlos daran vorübergehen. Ich folgte ihr zu den Umkleidekabinen.

»Paßt es?« rief sie, nachdem sie die Anstandsfrist hatte verstreichen lassen. »Ich weiß nicht«, sagte ich dumpf. Auserwählt hin, auserwählt her, konnte es richtig sein, drei überzählige Kilo in Koralle und Karmesin zu stopfen? »Darf ich?« Sie schlug den Vorhang zurück und betrachtete mich prüfend. »Ich weiß nicht«, wiederholte ich.

»Genau richtig«, sagte sie. »Sie haben genau die Figur dafür. An diesen dünnen Frauen sieht das gar nicht gut aus, und klapperdürr ist ja auch passé, weibliche Formen sind wieder *in*, Sie sind genau der Typ, der *in* ist.« Ich war nicht nur auserwählt, ich war auch *in*. »Aber ich will Ihnen nichts aufdrängen, worin Sie sich nicht wohl fühlen«, fuhr sie fort. »Ich kann nur sagen, perfekt. Überlegen Sie es sich gut. Lassen Sie sich Zeit.« Sie zog sanft den Vorhang zu.

Die Frau ist gefährlich gut, dachte ich. Wenn sie so weitermacht, kaufe ich den ganzen Laden leer, und sie kriegt das Bundesverdienstkreuz, Abteilung Kaufhäuser. Besser, ich kaufe die Sachen und mache, daß ich fortkomme, ich habe sowieso keine andere Wahl, es ist genau meine Farbe, ich bin genau der Typ, was soll ich tun, es gibt Verpflichtungen, denen man sich nicht entziehen kann.

Ich ging in der Frühlingsdämmerung nach Hause, eine Amsel schnatterte unentwegt. Vielleicht wird es ja doch noch was, dachte ich, in Rot und mit meiner Figur, vielleicht habe ich doch eine Chance.

»Rot?« sagte Gertraud, »Rot ist gut, das ist Kraft und Dynamik, wenn du von dir aus nach Rot greifst, weiß dein Inneres genau, was es braucht. Aber Fitneßstudios?« Sie ließ den Blick seitwärts gleiten und wiegte den Kopf. »Ich weiß nicht. Daß die Sauna nichts für dich ist, ist klar. Deine Schwingungen waren kaum auszuhalten. Warte mal, du bist doch Feuerzeichen, nicht wahr? Natürlich, kardinales Feuerzeichen. Was ist dein Aszendent?«

Ich schüttelte den Kopf. Ich vergesse immer meinen Aszendenten.

»Ich habe dein Horoskop doch hier«, sie blätterte in meiner Patientenmappe, »auch Feuerzeichen, labil, aber Feuer bleibt Feuer. Die Sauna ist Gift für dich, geh da bloß nie wieder hin. Aber Wasser wäre gut. Warum willst du nicht mehr ins Schwimmbad?«

»Das Chlor«, sagte ich klagend, »und die Umkleideräume. Und es gibt praktisch keine Männer dort, nur Pensionäre und Schulkinder.«

»Das mit dem Chlor leuchtet mir ein«, sagte sie, »das ist überhaupt nicht gut für deinen Organismus, für keinen, aber für deinen besonders. Also Fitneßstudio, na gut. Aber sieh zu, daß du bei dir bleibst, konzentriere dich auf die Bewegungen, achte nicht auf die Maschinen und sieh nicht in diese Spiegel, die sie da haben. Gibt's da Musik?«

Ich nickte.

»Was für welche?«

»Dröhnmusik«, sagte ich, »Techno oder so.«

»Schlecht«, sie wiegte den Kopf, »ganz schlecht. Dann ist es praktisch ausgeschlossen, bei sich zu bleiben. Steck dir auf jeden Fall Ohropax in die Ohren.«

Und wenn ein Mann kommt und mich anspricht, dachte ich, könnte ja passieren, theoretisch zumindest, dann verstehe ich ihn nicht und muß erst die Pfropfen aus den Ohren ziehen. Den Teufel werde ich tun.

»Aber es hilft wirklich«, sagte ich, »ich mache das jetzt vier Wochen, und man sieht schon was.« Ich war gerade von Schwarz in Koralle und Karmesin und vom Frauentrainingsraum in den gemischten übergewechselt.

»Ich finde dich sehr schön so, wie du bist«, sagte sie, »und jeder Mann, der einigermaßen was drauf hat, würde das auch tun.«

Du hast leicht reden, dachte ich, dich finden alle Männer schön, auch die, die gar nichts draufhaben.

»Gibt's da wenigstens Männer, die in Frage kommen?«

»Ich glaube schon«, sagte ich, »bis jetzt kann ich das nur aus der Ferne beurteilen, aber von nun an sitze ich mittendrin. Im gemischten Übungsraum, weißt du?«

»Na, dann alles Gute und viel Glück. Und hier –« sie zog ein Glasröhrchen aus dem Ledermäppchen, das vor ihr lag, und zählte ein paar Kügelchen ab, die sie in meine Handfläche schüttete, »nimm das, und keinen Kaffee trinken, sonst wirkt es nicht so gut.« Sie klappte das Mäppchen zu, legte es auf den Hefter und rückte beides zurecht, bis es ganz gerade lag. »Hast du Lust, mit rüber zu kommen und mit uns zu Abend zu essen? Du hast die Kinder ewig nicht gesehen. Und dann machen wir uns einen gemütlichen Abend, nur wir beide, Claudia hat frei.«

»Sehr gut«, sagte ich, und dann dauerte es noch eine Weile, bis sie die Sessel im Behandlungszimmer geradegerückt und den Teppich glattgezogen hatte und die Stühle und Zeitschriften im Wartezimmer geordnet und einen prüfenden Blick in Bad und Küche geworfen und Handtücher gewechselt und eine Ersatzrolle Toilettenpapier geholt hatte, und dann konnten wir über die Straße gehen in ihre Wohnung.

»He, Agnes!« rief Laura, die uns die Tür geöffnet hatte, und fiel mir um den Hals. Sie ist vierzehn und fängt an, ihre Mutter sehr kritisch zu sehen, dafür ist sie um so netter zu mir, was mir an diesem Abend sehr recht war, denn wann fällt mir schon mal jemand um den Hals? Sie ließ mich gar nicht richtig los, sie hielt weiter den Arm um mich und zog mich in die Küche, wo der Tisch gedeckt war und zwei Töpfe auf dem Herd standen.

»Ist Claudia schon weg?« fragte Gertraud.

»Mhm«, machte Laura.

»Claudia ist wunderbar«, sagte Gertraud, »sieh dir das an. Alles fix und fertig. Laura, sag Lukas Bescheid, daß es Essen gibt, und wascht euch die Hände.«

Laura löste sich widerstrebend von mir und verließ mit finsterem Gesicht die Küche. Ich lächelte Gertraud zu, sie lächelte zurück und wiegte den Kopf.

»Hallo, Agnes«, sagte Lukas, gab mir auf seine ernsthafte Art einen Kuß auf die Wange und hielt mir seine hin. »Wie geht es dir?« Er liebt die formelle Höflichkeit und beherrscht sie perfekt.

»Gut, danke«, sagte ich, »und dir?«

»Auch gut«, erwiderte er, »was macht die Praxis?«

»Die läuft«, sagte ich, und nun war er zufrieden und setzte sich an den Tisch und schlug das Buch auf, das er unter dem Arm getragen hatte. »Was ist das?« fragte ich und setzte mich neben ihn. »Ein Buch über Höhlen«, sagte er, »ich werde nämlich Höhlenforscher. Sieh mal hier, das ist die Höhle von Lascaux, die haben zwei Jungen entdeckt, die waren so alt wie ich, neun Jahre.« Er fuhr mit dem Finger die Bildunterschrift entlang: »Der Höhepunkt der eiszeitlichen Felsbildkunst um fünfzehntausend vor Christi«, las er vor. »Ich wünschte, ich würde auch eine Höhle entdecken. Aber hier in der Gegend habe ich wenig Chancen.«

»Ich fürchte auch«, sagte ich, »in Schwabing gibt es keine Höhlen, soweit ich weiß.«

»Laura!« rief Gertraud, »Essen! Leg das Buch weg, Lukas.«

Wir aßen Nudeln mit Tomatensauce, die außer Tomaten auch viele verschiedene Körner enthielt. »Alles drin, was der Organismus braucht«, sagte Gertraud zufrieden, »Claudia ist wunderbar.« Das fand ich auch, denn ich hätte mir nie vorstellen können, Nudeln mit Tomatensauce und allen diesen Körnern zu essen, aber es schmeckte gut, und ich aß zufrieden und hörte zu, wie die drei über die Schule sprachen und Lauras Selbstverteidigungskurs und darüber, ob man unbedingt aufs Gymnasium gehen muß, wenn man Höhlenforscher werden will, und betrachtete sie und bestaunte zum hundertsten Mal die Wunder der Vererbung. Laura und Lukas sind dünn und langnasig und haben helle Augen und helle Haare und gar nichts von Gertrauds dunkler Schönheit und ihren runden Formen.

»Daran werde ich mich nie gewöhnen«, sagte ich, nachdem wir es uns mit Wein und Mineralwasser im Wohnzimmer gemütlich gemacht hatten, »daß die beiden aussehen wie Zwillinge. Und daß sie von dir überhaupt nichts haben.«

»Ihre Väter sehen ja auch aus wie Zwillinge«, sagte sie, »Bernhard kennst du doch, oder? Und Lukas' Vater sieht genauso aus. Ich weiß nicht, Agnes.« Sie schüttelte den Kopf. »Ich glaube, das ist Karma. Da muß mal was gewesen sein mit so einem Mann, etwas Unerfülltes, Nichtbeendetes, weißt du? Immer, wenn ich diesen Typ treffe, so dünn und blond und mit der langen Nase, kriege ich den Drang, schwanger zu werden. Gott sei Dank gibt es nicht so viele von der Sorte. Aber kürzlich ist mir wieder einer begegnet, der neue Filialleiter in der Bank, der sieht auch so aus. Ich wollte eigentlich etwas über Geldanlagen wissen, Investmentfonds und so, aber dann kam dieser Drang. Ich hätte mich am liebsten sofort mit ihm hingelegt.« Sie lachte. »Und das in der Bank. Das kann nur Karma sein, da hatte ich bestimmt was aufzuarbeiten. War ja auch schön, es aufzuarbeiten. Und es ist was Schönes dabei rausgekommen. Aber nun ist Schluß, zwei Kinder reichen.« Sie überlegte. »Wegen der Investmentfonds muß ich noch mal hin. Ich habe überhaupt nicht verstanden, was er mir erklärt hat.«

Gut, daß wir schon beim Thema sind, dachte ich. »Gertraud«, sagte ich, »ich habe ein Problem. Ich suche jetzt seit über zwei Monaten und finde einfach keinen.«

»Investmentfonds?«

»Nein, natürlich nicht. Mann.«

»Ach so«, sagte sie, »ja, da muß man oft lange suchen.«

»Ich dachte, du gehst einfach ins Kaufhaus oder sonstwohin und findest einen.«

»Das kann mal passieren«, sagte sie, »das ist Glück. Aber im allgemeinen muß man suchen. Ich habe manchmal monatelang gesucht.«

Und das bei ihrem Aussehen, dachte ich, da muß ich jahrelang suchen. Gut, daß ich jetzt im gemischten Trainingsraum bin, da kommen die Männer wenigstens hin, da muß ich nicht suchend durch Straßen und Kaufhäuser streifen.

»Noch was«, sagte ich, »du hast mal gesagt, es gibt Anhaltspunkte, woran man frühzeitig merkt, ob es mit einem Mann klingt, ich meine, ob es funktioniert, ob man ihn richtig lieben kann, später, im Bett, und überhaupt.«

»Auch nicht einfach, besonders, wenn man sucht und bedürftig ist. Da wird man leicht blind.« Sie seufzte. »Also: Schau dir den Mann an und überlege dir, ob du ihn auch interessant finden würdest oder attraktiv oder aufregend, wenn du schon einen hättest, wenn du keinen brauchtest, wenn du alles hättest, was du brauchst, Sex, Liebe, Wärme, was weiß ich.« Ihr Ton war der einer etwas genervten Dozentin. »Das stellst du dir vor, ja? Und wenn er dich dann noch interessiert oder anmacht, dann sieht es nicht schlecht aus. Keine Garantie, natürlich.« Sie seufzte wieder. »Agnes, ich habe keine Lust mehr, über Männer zu reden. Ich habe überhaupt keine

Lust mehr auf Männer. Können wir nicht über etwas anderes reden?«

»Ohne Bart gefallen Sie mir besser«, sagte ich.

»Na, sehen Sie«, sagte er, »was für eine gute Idee, daß ich mich rasiert habe.«

Ich hätte dich auch mit Bart genommen, dachte ich, darüber waren wir uns schon einig, meine Vorurteile und ich. Ich sah auf seinen Mund und sein Kinn, beide wohlgeformt, es war gut, daß sie wieder zum Vorschein gekommen waren. »Wenn ich ehrlich sein soll«, sagte ich, »verstehe ich sowieso nicht, warum Sie einen Bart getragen haben. Sie haben doch nichts zu verstecken.«

»Ach, wissen Sie«, sagte er, »ich glaube, es ist ein Vorurteil, daß Männer mit Bart etwas verstecken wollen. Die einen finden es schön, einen Bart zu tragen, so wie Frauen eine bestimmte Frisur tragen, und die anderen sind einfach zu faul, sich zu rasieren. Das war bei mir der Fall.« Er lachte.

Ich glaubte ihm nicht, aber es war nicht wichtig. Ich sah in seine Augen und auf seinen Mund und dachte: Würde ich ihn auch wollen, wenn ich schon einen Mann hätte? Wenn ich alles hätte, Sex, Liebe, Wärme und so? O ja, sagte meine innere Stimme, den würdest du auch wollen, wenn du schon einen hättest, dann würdest du vorsichtig sein und die Finger von ihm lassen, aber da du keinen hast, sei kühn und sieh zu, daß du ihn in die Finger kriegst.

Wir saßen an der Theke und tranken das grünlich schillernde Getränk, aber diesmal schwitzte ich nicht stark, sondern duftete nach Maiglöckchen und Flieder, denn seit ich in den gemischten Trainingsraum ging, kam ich nicht nur frisch gewaschen zum Training, sondern auch frisch geschminkt und frisch parfümiert. Ich kam nun auch jeden Tag, die Trainerin freute sich, als sie es bemerkte. »Es hat Sie gepackt, nicht wahr?« sagte sie, »wenn man draufkommt, wie gut das tut, kann man nicht mehr ohne«, und ich lächelte und nickte. Recht hast du, dachte ich, als ich weiterging und sah, daß er schon auf dem Stepper stand, wenn man wieder draufkommt, wie gut es tut, daß einen jemand anlächelt und hinter einem hersieht, dann kann man nicht mehr ohne.

Ich trank sehr langsam von meinem grünen Getränk, während ich ihm zuhörte, ich wollte die Zeit mit ihm verlängern, wenn das Glas leer war, mußte ich vom Hocker rutschen und sagen: »Ich muß los, also bis dann, auf Wiedersehen«, und den Eindruck von Beschäftigtsein und Eile erwecken, das geboten der Anstand und die Vorsicht und die Vernunft. Aber was gebot die Kühnheit? Wir saßen das vierte Mal hier zusammen, auf dem Flaschenetikett stand, man solle das grüne Getränk mit Maßen konsumieren, es könne die Nieren überfordern, so, wie die Dinge lagen, tat es das bereits, aber in Gottes Namen, ich war bereit, meinen Nieren einiges zuzumuten, wenn es nur irgendwohin führte.

Viermal, dachte ich und sah von seinem Mund zu seinen Augen, viermal, da wäre es nicht vorschnell und übereilt, wenn man daran dächte, mal was anderes zu trinken als das grüne Getränk und mal woanders zu sitzen als an dieser Theke und womöglich auch mal was zu essen.

Ich trank das Glas aus, nahm die Flasche und tat so, als studiere ich das Etikett. »Wenn ich das hier noch oft mit Ihnen trinke«, sagte ich, »ruiniere ich mir die Nieren. So geht das nicht weiter.« Mein Herz klopfte, auch da, wo ein Herz eigentlich nicht zu klopfen hat, in meinem Kopf, meinem Bauch und meinen Füßen.

»Tatsächlich?« sagte er und griff nach der Flasche. »Ah ja. Dann trinken Sie doch was anderes, Orangensaft oder Mineralwasser. Wäre das besser?«

»Nicht sehr.«

»Was machen wir denn da?« fragte er und tat immer noch so, als ob er nicht verstünde.

O Gott, ist das anstrengend, dachte ich. Mein Herz

klopfte so, daß ich das Gefühl hatte, es beule rhythmisch meinen Busen aus. Was soll ich denn noch tun? Kann er nicht mal was tun?

Er lächelte. Ich lächelte zurück, aber das Lächeln geriet schief und angestrengt. Ich holte tief Luft: »Wir könnten mal ganz was anderes trinken. Ein gutes Glas Wein zum Beispiel.«

»Das ist eine gute Idee. Fragt sich nur, wo.«

Mistkerl, dachte ich. Du bist nicht nur zum Rasieren zu faul. »Lassen Sie sich doch mal was einfallen«, sagte ich, und mein Herz tat einen überraschten Extraschlag.

Er lachte. »Okay. Wie wäre es mit dem Italiener vorne am Wertherplatz? Der ist sehr gut, da esse ich oft.«

Sieh mal an, dachte ich, er wohnt also in der Gegend.

»Und wann?« fragte ich.

»Wie wäre es mit heute abend?«

Anstand und Vorsicht hätten geboten, daß ich nun sagte, heute abend könne ich leider nicht, und morgen abend sei es auch schlecht, aber wie wäre es mit übermorgen? Doch die Kühnheit sagte, laß die Faxen, sieh zu, daß du ihn in die Finger kriegst, und die Vernunft fügte hinzu, du hast dich so weit vorgewagt, daß es albern wäre, jetzt einen damenhaften Rückzieher zu machen. Was soll er dann von dir denken?

»Gut«, sagte ich, »wann?«

»Wie wäre es mit halb acht?«

»Gut«, wiederholte ich, und nun konnte ich endlich vom Hocker rutschen und wirklich beschäftigt und eilig sagen: »Ich muß los, bis nachher, auf Wiedersehen«, und davoneilen in den Umkleideraum, denn es war noch viel zu tun bis halb acht.

Du kaufst dir nicht noch schnell was Neues zum Anziehen, dachte ich, während ich heimging. Das, was du hast, muß reichen. Und du gehst auch nicht noch schnell zum Friseur. Waschen und Fönen muß reichen. Und du ziehst dich ganz schlicht und damenhaft an, und du benimmst dich auch ganz schlicht und damenhaft, du hast dich undamenhaft genug benommen, das muß ein bißchen ausgeglichen werden. Was soll der Mann von dir denken? Der denkt doch, du wärest leicht zu haben. Aber das bist du ja auch, Agnes, du bist leicht zu haben, nichts leichter als das.

Nicht zu damenhaft, dachte ich, als ich vor dem geöffneten Kleiderschrank stand. Bluse und Hose und Jackett, aber die Bluse mit dem tiefen Ausschnitt und die Hose, die so figurnah sitzt, wie die Verkäuferin gesagt hat. Und Lippenstift statt Lipgloss und Eroica statt Maiglöckchen und Flieder, nicht zuviel davon, und für die Kniekehlen ist es noch zu früh, aber Eroica. Oder doch lieber Maiglöckchen und Flieder? Und keine flachen Schuhe, sondern die mit dem kleinen Absatz, auch nicht zu hoch, sonst bist du größer als er, so ist es gerade richtig, auf gleicher Höhe, bequem und praktisch.

Er war schon da, er saß an einem der Tische, er lächelte mich an, stand auf, sah anerkennend an mir herunter, schüttelte mir die Hand und lächelte noch mehr, mein Gott, kann der Mann lächeln.

»Wie wäre es erst mal mit Prosecco?« fragte er, nachdem wir uns gesetzt hatten. »Oder diese neue Mischung, Prosecco mit Zitronenlikör? Schmeckt sehr gut, besonders Frauen.«

Klar doch, dachte ich, und nach zwei Gläsern von dem Zeug geht einem auch der letzte Rest von Zurechnungsfähigkeit verloren, wenn man überhaupt je zurechnungsfähig war angesichts deines Lächelns. Kommt gar nicht in Frage. Was immer ich heute abend tue, ich tue es mit klarem Kopf.

»Auf keinen Fall«, sagte ich. »Ich nehme einen trockenen Weißwein.« Der Ober reichte mir die Karte. »Wenn Sie öfters hier sind, kennen Sie doch wahrscheinlich einen guten.«

»Aber ja.« Er wandte sich an den Ober: »Bringen Sie uns eine Flasche Uciello. Wie wäre es mit einem gemischten Vorspeisenteller?«

Ich nickte.

»Und die gemischten Vorspeisen für zwei.« Der Ober ging.

Er wandte sich mir zu und lächelte mich an. Mir wurde warm, warm und schwach. »Eines zuallererst«, sagte er mit scherzhafter Strenge in der Stimme. »Wir müßten längst du zueinander sagen, in Sportstudios ist das eigentlich üblich. Es ist also höchste Zeit.«

An mir soll's nicht liegen, dachte ich und lächelte zurück. Ich war nicht so gut im Lächeln wie er, bei weitem nicht, aber jeder nach seinen Kräften, und vielleicht konnte ich hier noch was lernen.

»Ich heiße Stefan«, sagte er.

»Agnes.«

»Agnes«, sagte er, »was für ein schöner Name.«

Jetzt findet er auch noch meinen Namen schön. Der Mann macht mich fertig.

Der Kellner kam mit der Weinflasche, hielt sie ihm hin, entkorkte sie und goß ein. Wir stießen an. »Auf uns«, sagte er und lächelte. »Auf uns«, wiederholte ich und lächelte zurück, während mein Herz einen schweren, protestierenden Schlag tat. Es ging ihm alles zu schnell, es kam nicht mit, und es hatte nicht unrecht mit seinem Protest. Aber meine Knie waren weich, mein Bauch war warm und mein Kopf leer und luftig, und sie alle waren der Meinung, daß wir den einmal eingeschlagenen Weg weiterverfolgen sollten.

Ich wußte nicht, was ich sagen sollte, aber ich konnte nicht einfach dasitzen, ihn anstarren und auf die Vorgänge in meinem Innenleben horchen.

»Es ist wirklich schön hier«, sagte ich und sah mich um, »komisch, daß ich noch nie hiergewesen bin. Dabei wohne ich um die Ecke.«

»Tatsächlich?« sagte er. »Ich auch.«

»Wirklich? Wo denn?«

»Gleich hier in der Fontanestraße, in dem Altbau, mit dem Vorgarten, weißt du?«

Es war schön, wie er du sagte. Mir wurde noch wärmer. »Der mit den lila Fensterrahmen?«

»Genau der.«

»Der mit den Blumenornamenten an der Fassade?«

»Ja, der.« Er lächelte.

»Ach ja, der«, sagte ich, »jetzt weiß ich, welchen Altbau du meinst.« Mein Herz stolperte, weil ich du gesagt hatte.

Er muß dich für schwachsinnig halten, so wie du redest, dachte ich. Oder für sehbehindert, es gibt nur diesen Altbau in der Straße, er fällt ins Auge, und du kommst jeden Tag daran vorbei, das Fitneßstudio ist im Haus nebenan. Ich versuchte darüber nachzudenken, worüber wir noch reden könnten, ein Thema vielleicht, das mehr Stoff bot und mehr Gelegenheit, etwas Intelligentes oder sogar Geistreiches zu sagen, aber mir fiel nichts ein. Mein Kopf war leer und luftig.

Er sah mich lächelnd an.

»Der Vorgarten ist sehr schön«, sagte ich, »besonders jetzt, mit den Rosen.«

»Das finde ich auch.«

»Ich liebe Rosen«, sagte ich. Was redest du denn da? Noch alberner geht es wohl nicht? Wie in einem Peter-Alexander-Film aus den Fünfzigern. »Ich liebe Rosen«, sagt die Dame im Petticoatkleid auf der Hotelterrasse am Gardasee, und Peter Alexander fängt an zu singen, ein Lied über Rosen, Rosen und die Liebe, welches zum Beispiel, es gibt doch so viele Lieder über Rosen. Und die Liebe. Mir fiel keines ein.

»Und Maiglöckchen und Flieder«, sagte Stefan.

»Wie kommst du darauf?«

»Du duftest danach«, sagte er, »schön.«

Mein Herz klopfte unbeteiligt weiter, es ließ sich nun nicht mehr stören, aber dafür wurde ich rot, die Hitze in meinem Bauch stieg in meinen Kopf und brachte ihn zum Glühen. Ich konnte nichts dagegen machen, ich konnte nichts sagen, ich konnte nicht so tun, als ob ich nicht rot würde, ich konnte nur dasitzen und ihn ansehen und rot werden. Er sah mich auch an, er lächelte nicht mehr, wir saßen da und sahen einander an, und dann gab es einen Moment der stummen Verständigung, über den Zweck unseres Hierseins. Wir waren nicht hier, um hier zu sein, sondern um nachher woanders zu sein, an einem Ort, wo wir alleine sein würden. Ich atmete auf, mein Kopf wurde kühler, die Hitze kroch zurück in meinen Bauch. Er lächelte wieder.

Nun war es nicht mehr schwer, miteinander zu reden, wir aßen und tranken und sprachen, über Italien zum Beispiel, er liebte Italien, das tat ich auch, er hatte ein Haus dort, nein, nicht in der Toskana, in Umbrien, Umbrien war ebenso schön, nicht so lieblich, wilder, waldiger, aber mindestens so schön.

Ein Haus in Umbrien, dachte ich. Mhm.

Es war nichts Großartiges, nur ein kleines, altes Bauernhaus, er hatte es renoviert, es war viel Grund dabei, bestanden mit Olivenbäumen, ein Pappelwäldchen war da, ein kleiner Fluß, im Frühsommer gab es Unmengen von riesengroßen, helleuchtenden Glühwürmchen, und nachts konnte man unten am Fluß die Nachtigallen singen hören.

Nachtigallen, dachte ich. Mhm.

Und ich erzählte von der Villa Mandri, wo ich mit Lea und Jessica ein paarmal gewesen war, ein altes Herrschaftshaus, vergangene und ein bißchen verfallene Pracht, der Park voller Pinien und Zypressen und weinbewachsener Laubengänge, und an unserer Terrasse alte Walnußbäume, deren schwere Blätter auf eine besondere, verzauberte Weise rauschten, wenn der Wind durch sie hindurchfuhr.

»Das klingt, als ob es sehenswert wäre«, sagte er, »wo liegt das denn?«

»In der Toskana. Im Süden, nahe Umbrien.«

»Aha«, sagte er, und wir sahen einander in die Augen und lächelten.

»Es ist halb zwölf«, sagte er schließlich, nachdem er auf

die Uhr gesehen hatte, »und morgen ist nicht Sonnabend. Sollen wir gehen?«

»Ja«, sagte ich.

Er hielt mir seinen Arm hin, als wir auf der Straße standen, und ich hakte mich ein und ging neben ihm her und spürte seine Schulter und seinen Arm und fühlte, wie die Wärme aus meinem Bauch wieder heraufstieg.

»Deine Rosen«, sagte er und zeigte auf den Vorgarten seines Hauses. Sie fielen über das Gitter, dunkelrote, weiße und solche, deren Farbe von Orange zu Rosa überging und die stark dufteten. Ich stand darunter und sog die Luft ein und dachte, wie schön, wenn er mich jetzt küssen würde, unter den Rosen. Allerdings ziemlich *Peter Alexander*, und Peter Alexander wäre wahrscheinlich auch nicht so blöd, in einer hellen Juninacht direkt vor der Nase seiner Nachbarn herumzuknutschen.

Ich sah am Haus hinauf. Neben der Haustür war ein Schild angebracht, die Aufschrift war gut zu lesen. Stefan Bergmeier, Steuerberater und Wirtschaftsprüfer.

»Bist du das?«

Er nickte.

Ein Steuerberater, dachte ich. Du lieber Gott. Ich hätte nie geglaubt, daß ein Steuerberater so aufregend sein kann. Oder daß ich je mit einem Steuerberater ins Bett gehen würde. Hoffentlich gehen wir bald ins Bett, sonst laufe ich über und platze und verglühe hier zwischen den Rosen seines Vorgartens

Er streckte mir die Hand hin. »Kommst du?«

»Ja«, sagte ich. Das »gerne« ließ ich weg. Es wäre eine alberne Untertreibung gewesen.

10. Kapitel

Es war Sommer, mit warmen Nächten und leuchtenden Tagen, mit Gewittern und Regengüssen an manchen Abenden, und am nächsten Morgen begann wieder ein leuchtender Tag. Die Leute sagten nicht, es sei ein Jahrhundertsommer, aber ich fand, es war einer.

Ich war verliebt, als wäre ich zwanzig, aber ich war nicht zwanzig, und das war gut so, denn wenn man mit zwanzig verliebt ist, denkt man sich nichts dabei, man weiß nur, daß es schön ist, aber nicht, wie schön.

Ich wußte, wie schön es war, daß ich die warmen Nächte mit ihm verbrachte, daß wir an den Abenden beim Italiener saßen oder im Biergarten oder das Theaterfestival besuchten. Daß ich frühmorgens sein Haus verließ und durch die frischen, leeren Straßen ging und vor meinem Haus die Zeitungsfrau traf, die mich erst überrascht und, wie mir schien, mißbilligend musterte, sich dann aber daran gewöhnte und mich ebenso fröhlich grüßte wie ich sie.

»Oh, wie schön, Agnes«, sagte Lea, »jetzt hast du auch einen! Ich wußte doch, daß du einen finden würdest. Und im Fitneßstudio. Wie gut, daß du ins Fitneßstudio gegangen bist. Das bringt eben doch mehr als das Schwimmbad.«

Ich stand nicht an einzugestehen, daß sie recht gehabt hatte, als sie mir das Fitneßstudio empfohlen hatte.

»Und Steuerberater ist er. Sonderbar, ich hätte nicht gedacht, daß Steuerberater so – wie soll ich sagen, so –«

»So aufregend und umwerfend sind«, sagte ich, »das hätte ich auch nicht gedacht. Sie geben sich so still und unauffällig, dabei sind sie eine unentdeckte Goldmine. Gut, daß ich das jetzt weiß. Falls man mal wieder sucht, braucht man bloß auf den Steuerberaterball zu gehen, der findet jedes Jahr statt, hat Stefan mir erzählt.«

»Und er ist geschieden, sagst du?«

»Ja«, sagte ich, »er hat nicht viel darüber gesagt, er hat nur von seinen Kindern gesprochen, die besucht er öfters, in der Nähe von Augsburg, glaube ich, und die großen Ferien verbringt er auch mit ihnen. Und weißt du was?«

»Nein, was?«

»Im September fahren wir in sein Haus in Umbrien. Olivenbäume, weißt du, und Pappeln am Fluß, für die Glühwürmchen ist es leider zu spät, und ob die Nachtigallen dann noch singen? Egal! Oh, Lea!«

»Sehr schön«, sagte sie, im Ton eines Menschen, der die Details nicht ganz erfaßt, Pappeln und Glühwürmchen und so, das Wesentliche der Botschaft aber durchaus begreift.

»Und wie alt ist er?«

»Sechsundvierzig«, sagte ich, »fünf Jahre älter als ich, genau richtig, und fünf Zentimeter größer, auch genau richtig! Und weißt du was?«

»Nein, was?«

»Ich finde es so toll, mit vierzig so verliebt zu sein, es ist irgendwie viel toller als früher, ich weiß auch nicht, warum. Viel schöner und aufregender. Ach, Lea –«

»Wem sagst du das«, sagte sie, »das finde ich auch, und jetzt kann ich es dir ja erzählen, jetzt mache ich dich nicht mehr traurig damit. Es heißt immer, die ersten Lieben wären die schönsten, aber ich weiß nicht, ich finde, die letzten sind schöner. Besonders, was das – das, du weißt schon, das Körperliche angeht. Das ist jetzt irgendwie so ... konzentriert. Ich genieße jede Minute. Früher habe ich mich viel leichter ablenken lassen, es war nicht so wichtig, wichtig schon, aber nicht so wichtig, weißt du?«

»Ich weiß«, sagte ich, »und wie ich weiß. Liebe ab vierzig. Sehr empfehlenswert. Fünf Sterne. Oskarverdächtig. Komisch, daß die in den Frauenzeitungen nichts darüber schreiben, die schreiben doch sonst soviel über Liebe und Sex, aber darüber nicht.«

»Das wissen die vielleicht gar nicht. Die sind wahrscheinlich alle erst höchstens dreißig, die Frauen, die da schreiben.«

»Die armen Dinger«, sagte ich.

»Ja, nicht wahr? Aber wenn wir es ihnen sagen würden, würden sie es uns bestimmt nicht glauben.«

»Selber schuld«, sagte ich, »dann müssen sie eben warten, bis sie es selbst herausfinden.«

»Genau«, sagte Lea zufrieden.

Ich hätte nun gerne Gertraud angerufen, um ihr alles ausführlich zu erzählen, ich hatte wieder Zeit für ausführliche Erzählungen, Stefan war gestern mit seinen Kindern in die Ferien gefahren. Aber Gertraud war auch weggefahren, mit den Kindern und einer Frau aus der Frauensauna, in ein Ferienhaus in Südfrankreich. Und morgen würde Lea wegfahren, in ein kleines Hotel an der ligurischen Küste, zusammen mit Christoph, während Georg an einer amerikanischen Eliteuniversität einen Sommerkursus hielt.

»Aber was machst du, wenn er dich fragt, mit wem du fährst?« hatte ich gefragt. »Das tut er nicht«, hatte sie gesagt, »er stellt niemals überflüssige Fragen, das ist Zeitverschwendung. Wenn ich sage, ich fahre nach Italien, dann nimmt er es als notwendige und hinreichende Information. Aber wenn er mich fragen würde, könnte ich nicht fahren. Denn lügen kann ich nicht. Obwohl ..., etwas nicht sagen, ist das nicht auch schon lügen?« Sie hatte geseufzt. »Was meinst du, Agnes?«

Was bist du doch für eine blöde Kuh, Agnes, hatte ich gedacht, mach das sofort wieder gut, sonst fährt sie vor übergroßer Ehrlichkeit nicht in Urlaub. »Ganz und gar nicht«, hatte ich gesagt, »das ist ein himmelweiter Unterschied, das weiß ich genau. Ich hatte doch Philosophie im Nebenfach, vor allem Moralphilosophie, nicht sagen und lügen sind zwei völlig verschiedene Dinge.« Ich hatte in den Philosophievorlesungen nie zugehört, weil ich sie schrecklich langweilig fand, aber Lea war mit meiner Auskunft sehr zufrieden gewesen, und vielleicht war die Moralphilosophie ja auch der Ansicht, daß es gerechtfertigt ist zu lügen, wenn es darum geht, der besten Freundin den Urlaub mit dem Geliebten zu retten.

Auch Jessica war fort. Sie war mit Daniel auf eine Reise durch Indonesien gegangen, drei Monate sollte sie dauern, sämtliche Inseln wollten sie besuchen, sie hatte mir gesagt, wie viele es waren und wie sie hießen, aber ich hatte es vergessen, nur Bali war mir im Gedächtnis geblieben. Und das alles ganz sparsam und mit kleinem Gepäck, jeder nur mit einem Rucksack auf dem Rücken, und ich fragte mich, wie man das wohl machte, drei Monate lang nur mit dem leben, was in einen Rucksack paßt? Bei Männern war es denkbar, die leben jahrelang mit einer Hose und einem T-Shirt, manche tun das ja auch dann, wenn sie nicht auf einer Reise durch Indonesien sind. Aber bei Frauen? Bei meiner Jessica, die so penibel und genau ist und bei der alles, was nicht blütenweiß und faltenfrei ist, in die Waschmaschine kommt? Und wohin mit den Cremetuben und Tampons und all dem, was auch die bescheidenste Frau nun mal braucht? Ich hatte Jessica gefragt, aber sie hatte gesagt, *kein Problem*, immer sagt sie *kein Problem*, wenn ich sie was frage.

Alle fuhren weg, nur ich blieb da, zusammen mit denjenigen meiner Klienten, die keine Kinder hatten oder andere Gründe, in der Ferienzeit nicht in Ferien zu fahren, und die froh waren, daß sie wenigstens zu ihren Therapiestunden kommen würden. Vor allem Frau Koch hatte sich gefreut. Sie fuhr nie in Urlaub, schon ihr Mann war nicht dafür zu haben gewesen, sie hatte ihr Häuschen mit Garten, sie war in Rente, was brauchte sie Urlaub? »Wie schön, daß Sie dableiben, Frau Doktor«, hatte sie gesagt, »da können wir in aller Ruhe weitermachen mit der Therapie. Aber was ist mit Ihnen? Sie brauchen doch Erholung. Fahren Sie denn gar nicht weg?«

»Doch, doch«, hatte ich gesagt und versucht, nicht zu stolz und freudig zu wirken, »im September, nach Umbrien.«

Die Vorfreude auf die Ferien mit Stefan machte mich fröhlich und zufrieden, und die Erinnerung an ihn und an die Tage und Abende und Nächte mit ihm tat ihr übriges. Man muß ja den Mann für alles nicht ständig an seiner Seite haben, das wird einem zuzeiten sogar ein bißchen viel, manchmal ist es ebenso schön, allein zu sein und zu wissen, daß es ihn gibt und daß er wiederkommt. Ich schlief ein mit dem Gedanken an ihn und wachte auf mit dem Gedanken an ihn, und wenn ich durch die Straßen ging oder über den Wertherplatz und an seinem Haus vorbei, dann dachte ich daran, wie wir hier gegangen waren und daß wir hier wieder miteinander gehen würden.

Aber irgendwann wurde mir der August doch zu lang, und daß ich es nur mit meinen Klienten zu tun hatte, erschien mir allmählich etwas eintönig. Nicht daß Therapiestunden nicht auch eine anregende, interessante und lebendige Form menschlicher Kommunikation sind, aber wenn sie die einzige Art menschlicher Kommunikation sind, die man hat, dann ist es ein bißchen wenig.

Irgendwer muß doch noch dasein, dachte ich, irgend jemand, mit dem ich reden kann, es können doch nicht alle weggefahren sein. Ellen vielleicht, überlegte ich und griff nach dem Telefonverzeichnis, vielleicht ist Ellen da. Wir haben lange nicht mehr miteinander geredet, warum eigentlich nicht? Sonderbar. Wir sind so weit weg voneinander. Das war auch bei ihrer Geburtstagsfeier wieder so. Die alte Zuneigung ist da, aber sonst? Vielleicht ist es der Unterschied im Verhältnis zur Taube. Sie hält ihre in der Hand, sie richtet sich ein mit ihr, genüßlich, zufrieden, glücklich, und ich bin auf Taubensuche, um nicht zu sagen auf Taubenjagd, obwohl ich ja nun vielleicht eine gefunden habe.

Das Telefon läutete. Sieh mal an, dachte ich, es ist also doch noch jemand da, und nahm den Hörer ab.

»Hallo, Agnes«, sagte Ellen, »wie schön, daß du da bist. Damit hatte ich gar nicht gerechnet. Alle sind doch weg.«

»Ich auch nicht«, sagte ich, »ich meine, ich hätte auch nicht gedacht, daß du da bist.«

»Wie schön«, wiederholte sie.

»Warum seid ihr denn nicht weg?«

»Dieter schon«, sagte sie, »er macht Selbsterfahrung in der Toskana, nicht selbst, du weißt schon, er leitet sie.«

»Aber warum bist du denn nicht mitgefahren? Nicht wegen der Selbsterfahrung, sondern wegen der Toskana?«

»Ach, das geht nicht so gut mit uns beiden, mit diesen Gruppen ... Sag mal, hast du nicht Lust rauszukommen? Am Freitag vielleicht? Und du bleibst bis Samstag oder bis Sonntag? Ich habe doch so ein schönes Gästezimmer.«

»Wunderbar«, sagte ich, »das machen wir, Ellen. Ich komme Freitagabend.« Doch noch eine da, dachte ich, eine mit Gästezimmer und Bibliothek und Haus und Garten auf dem Land. Wunderbar.

Die Eichenallee stand in schwerem Hochsommergrün vor den abgeernteten, dunkelgelben Feldern. Ich fuhr langsam hindurch, langsam und zufrieden, und dachte daran, wie ich sie dem Industriemann hatte zeigen wollen und wie es nicht mehr dazu gekommen war. Nun würde ich sie Stefan zeigen, im Oktober, wenn die Blätter sich färbten. Dann war sie eigentlich am schönsten.

Ellen war schlanker geworden, seit ich sie zuletzt gesehen hatte, und ihr Gesicht war sehr schmal. Sie war braungebrannt, kein Wunder, wenn man Haus und Garten auf dem Land hat, und sie hatte sich die Haare gefärbt, in einem satten Blond. Sie umarmte mich fest und herzlich.

»Gut siehst du aus«, sagte ich, »und so braun. Aber was hast du mit deinen Haaren gemacht?« Sie hatte schon mit Mitte Dreißig die ersten grauen Strähnen gehabt, und ich hatte es immer besonders schön gefunden, das Silbergrau in ihren dunkelblonden Haaren.

»Ach«, sagte sie, »man kann doch heutzutage nicht mehr mit grauen Haaren herumlaufen, findest du nicht auch? Aber der Ton ist vielleicht nicht ganz der richtige, oder?«

»Laß es dir beim nächsten Mal unbedingt dunkler färben. Eher so wie deine eigene Farbe.« Und ein paar graue Strähnchen rein, hätte ich fast gesagt.

»Mal sehen«, sagte sie unentschlossen, »Dieter gefällt es so.«

Dieter hat nicht alle Tassen im Schrank, wenn ihm das gefällt, dachte ich.

»Aber du bist umwerfend elegant«, sagte ich. Sie trug einen leuchtend rosafarbenen Rock, eine buntgemusterte Seidenbluse und gelbe Ballerinas, alles von schlichter Schönheit, von der schlichten Schönheit, die es nur für sehr viel Geld zu kaufen gibt.

»Ja, nicht wahr? Wir haben hier in Marlberg eine Boutique, da kommt die ganze Maximilianstraße nicht mit. Allerdings auch nicht mit den Preisen. Ich finde es ja ein bißchen teuer, aber –«

Aber Dieter gefällt es, dachte ich. Na, dann.

»Wir schauen da morgen mal rein«, sagte sie, »wenn ich dir die Stadt zeige oder, besser gesagt, das Städtchen. Die Klamotten, die sie haben, sind wirklich sehenswert.«

»Klar doch. Solange ich mir die Edelfetzen nicht kaufen muß.«

»Ach, es ist schön, daß du da bist, Agnes«, sie umarmte mich schon wieder. »Komm, laß uns essen. Ich habe uns was Kaltes gemacht, damit wir uns in Ruhe unterhalten können. Erzähl mal, wie geht es dir denn so?«

Das war mir gerade recht zu erzählen, wie es mir denn so ging, ich erzählte und erzählte, während wir die guten Sachen aßen, die sie vorbereitet hatte, und sie lauschte aufmerksam.

»Ja, das kenne ich, was du da sagst mit Liebe ab vierzig«, sagte sie, »daß es viel aufregender ist. Und schöner. Mir ist das auch so gegangen, mit Dieter. Aber hat es wirklich was damit zu tun, daß man vierzig ist? Oder fünfunddreißig, wie ich damals? Liegt es nicht eher daran, daß man nicht mehr erwartet hat, daß es einem passiert, wie man das mit zwanzig oder fünfundzwanzig tut?«

»Aber man weiß das Wunder zu schätzen in diesem Alter«, sagte ich. »Und vielleicht ist es ja immer ein Wunder, wenn man sich so verliebt, auch wenn es einem mit zwanzig passiert. Aber weiß man da wirklich schon, daß es ein Wunder ist?«

Sie lachte. »Du hast recht. Eher nicht, außer man ist mit zwanzig schon so klug, wie es viele andere mit vierzig immer noch nicht sind. Aber egal, ich freue mich jedenfalls sehr für dich. Besonders nach dieser scheußlichen Erfahrung mit diesem – wie hieß er noch mal?«

»Vergiß ihn. Er ist der Mann, dessen Namen wir nicht mehr nennen wollen, wie Lea sagt.«

Ellen stand auf. »Ich räume jetzt nur schnell ab – nein, du bleibst sitzen, Agnes, du bist mein Gast, du tust gar nichts. Und dann hole ich uns einen guten Wein, einen sehr guten, einen ganz exzellenten. Dieter legt sich nämlich gerade einen Weinkeller an, weißt du?« Sie kicherte. »Er wird sich ärgern, der sollte eigentlich noch liegen. Aber wann bist du schon mal hier draußen?«

Ich sah ihr nach. Der schlichte, schöne Rock saß viel zu locker. Sie war wirklich sehr schlank geworden.

»Sag mal«, sagte ich, als sie zurückkam, »du bist so schlank geworden. Ich meine, es steht dir gut, aber –«

»Ja, ich weiß«, sagte sie, »ich sollte ein bißchen zunehmen. Das sagt der Arzt auch immer.«

»Welcher Arzt? Ist irgendwas nicht in Ordnung, Ellen?«

»Nein, nein. Ich bin ganz gesund, geradezu übermenschlich gesund. Dieter hat kürzlich noch ein Blutbild gemacht, es war das schönste Blutbild, das er seit langem gesehen hat, sagt er. Aber wir wollen doch so gerne ein Kind, weißt du?

Und es ist auch alles in Ordnung, die Hormone und so, und bei Dieter auch. Und der Gynäkologe sagt immer, ich soll ganz locker sein und mich entspannen und ein paar Pfund zunehmen und die Dinge auf mich zukommen lassen.« Sie schnaubte. »Ich möchte mal wissen, wie locker und entspannt der wäre, wenn er vierzig wäre und seit über einem Jahr versuchen würde, schwanger zu werden.«

Sie zog den Korken so heftig aus der Flasche, daß sie fast vom Stuhl fiel. »Wenn er jeden Morgen seine verdammte Basaltemperatur messen würde und an diesen verdammten fruchtbaren Tagen so oft er nur kann mit seinem Mann schlafen würde. Wenn ihm alles, was mit Lust und Liebe zu tun hat, zum Hals heraushängen würde, weil einem die Lust dabei vergeht, und zwar gründlich!« Sie stellte die Flasche auf den Tisch und fing an zu weinen. »Und wir wollen doch so gerne Kinder. Dieter freut sich schon so darauf.«

Dieter, dachte ich. Verdammt noch mal. Ich kann den Namen nicht mehr hören. Dieter gehört in die Garage gesperrt, in seine Super-Doppel-de-Luxe-Garage, bis er wieder zu Verstand kommt. Wenn er je bei Verstand war, so gut kenne ich ihn ja nicht. Wie kann man auch seine gute alte Freundin einen Mann heiraten lassen, den man nicht so gut kennt. Unverantwortlich. Das hat man nun davon.

Ich sah auf ihren gesenkten Kopf, auf die blonden Haare, die teure Bluse, den Platinring an ihrer Hand mit den glitzernden Diamanten. Ach ja. Sie gehört auch in die Garage gesperrt, ein bißchen wenigstens. Wenn das einer ihrer Klientinnen passieren würde, wüßte sie sofort, was los ist. Was wollen Sie denn selber, würde sie fragen. Was sind Ihre Bedürfnisse? Schaffen Sie Klarheit für sich. Und sprechen Sie mit Ihrem Mann. Beziehung bedeutet immer auch Sichauseinandersetzen, nur so kann man sich wieder näherkommen.

»Ach, Ellen«, sagte ich und legte meine Hand auf ihre, auf die glitzernden Diamanten. Soll ich dir das nun sagen? Und springst du mir dann ins Gesicht? Weil ich an deinem Dieter kratze und an dir und an eurem großen Glück? Obwohl du weißt, daß ich recht habe, oder gerade deshalb? Wahrscheinlich nicht, dafür bist du zu klug. Na dann. Nicht, daß ich scharf darauf wäre. Ich habe heute abend eigentlich frei. Aber was tut man nicht alles für eine gute alte Freundin.

Ich wartete, bis sie nicht mehr schluchzte und nur noch leise weinte. »Komm, Meisterpsychologin«, sagte ich. So hatten wir uns immer genannt, als wir in den Vorbereitungen zur Prüfung steckten und uns gar nicht sicher waren, ob wir es überhaupt je zur Psychologin bringen würden.

Sie hatte mich gehört. Sie schluchzte noch mal, aber es war auch ein bißchen Lachen dabei. »Jetzt trinken wir erst mal ein Glas Wein«, sagte ich, »und dann reden wir darüber, ja?«

Er war braungebrannt, hatte sich wieder einen Bart stehen lassen und sah wunderschön aus.

»Agnes«, sagte er und nahm mich in die Arme. »Himmel, hast du mir gefehlt.« Sein Körper war warm und verschwitzt, er roch nach Salz und Meer und Kräuterwiesen, wie man danach riechen kann, weiß ich nicht, aber er tat es, und er roch wunderbar.

»Ich muß erst mal unter die Dusche«, sagte er nach einer Weile, »ich habe dich gleich angerufen, als ich da war, und dann kurz in die Post geschaut –«

»Wegen mir brauchst du nicht zu duschen, wegen mir kannst du so bleiben, für immer und ewig. Aber wenn es sein muß, dann nimm mich mit. Ich bin auch gleich losgegangen, als du angerufen hast.«

Wir gingen zusammen unter die Dusche, wir blieben ziemlich lange dort, obwohl wir nur einen Bruchteil der Zeit auf das Duschen an sich verwendeten, es war eine schreckliche Wasserverschwendung, aber danach waren wir sehr sauber und richtig glücklich.

»Ich habe dir was mitgebracht«, sagte er, als wir wieder angezogen waren, und wühlte in seiner Reisetasche. »Komm«, er zog mich vor den Spiegel, »mach die Augen zu.« Er legte mir etwas Schweres, Kaltes um den Hals und nestelte lange am Verschluß. »Jetzt kannst du die Augen wieder aufmachen.«

Es war eine dicke Silberkette, an der ein leuchtendroter Stein hing.

»Nicht gerade typisch portugiesisch«, sagte er, »aber sie gefiel mir so. Der Stein hat genau die Farbe der Bluse, die du am ersten Abend beim Italiener getragen hast.«

»Oh, Stefan«, sagte ich.

»Da gehen wir jetzt hin, ja? Ich habe wahnsinnigen Hunger. Und danach möchte ich bald ins Bett mit dir. Ich war so lange nicht mehr im Bett mit dir.«

»Oh, Stefan«, sagte ich.

Wir gingen Hand in Hand zum Italiener, es war ungewohnt, Hand in Hand mit einem Mann zu gehen, zuerst genierte ich mich ein bißchen, es war lange her, daß ich Hand in Hand mit einem Mann gegangen war, und da war ich wesentlich jünger gewesen, aber dann war es mir egal, was die Leute dachten, sie schienen ohnehin nichts dagegen zu haben, die Fitneßtrainerin, der wir begegneten, lächelte uns zu, und auch der würdige ältere Herr, dessen Wohnung gegenüber der von Stefan liegt, grüßte und lächelte, auf seine würdige Art.

»Ah, la Signora«, sagte der Kellner und betrachtete uns lächelnd, »ed il Signore Bergmeier. Sie waren lange nicht mehr da.«

»Urlaub«, sagte Stefan, »aber wir hatten schon große Sehnsucht nach Ihnen.«

Der Kellner legte die Speisekarten auf den Tisch, ging und kehrte mit zwei Gläsern Prosecco zurück. »Vom Chef«, sagte er und wies auf die Theke, hinter der der Besitzer stand und uns lächelnd zunickte.

Wie schön ist doch die Welt, dachte ich, und wie freundlich sind die Menschen.

»Eine Flasche Uciello«, sagte Stefan zum Kellner, »und die gemischte Vorspeisenplatte.« Er sah mich fragend an. »Alles wie damals, ja?«

Ich nickte.

»Ravioli ai piselli und dann Kaffee und – Grappa oder Sambuca?«

»Sambuca.«

Er legte seine Hand auf meine. »Erzähl. Wie geht es dir? Was hast du gemacht?«

»Mir geht es wunderbar«, sagte ich, »besonders seit du wieder da bist. Und ich habe nicht viel gemacht, es war ziemlich langweilig hier, ohne dich und alle die anderen. Nie wieder bleibe ich im August zu Hause. Alle sind weg, und man ist ganz alleine. Nur Ellen war da. Und ein paar Klienten. Erzähl du lieber. Bei dir war es doch bestimmt nicht langweilig, in diesem teuren Ferienclub.«

»Auch nicht gerade aufregend. Dafür zahlt man ja das ganze Geld, damit man seine Ruhe hat und sich erholen kann, während die Kinder versorgt sind und unterhalten werden.«

»Aber wird man denn nicht dauernd animiert?« fragte ich.

»Eben nicht. Dafür blechst du, daß du nicht dauernd animiert wirst. Natürlich kannst du dich animieren lassen, vierundzwanzig Stunden am Tag, mit allem, was es gibt, sogar Segelfliegen. Aber wenn du nicht willst, lassen sie dich in Ruhe. Ich wollte nicht.« Er lächelte. »Ich bin auch so animiert genug.«

Der Kellner stellte die Vorspeisenplatte zwischen uns.

»Für die Kinder war es ideal. Das Kinderprogramm war wirklich gut. Sie haben Tauchen gelernt und Bogenschießen und Steppen und was weiß ich. Annina steppt schon fast so gut wie Josephine Baker und ist wahnsinnig stolz darauf. Sie sind ganz begeistert. Sie wollen nächstes Jahr unbedingt wieder hin.« Er verzog das Gesicht. »Dafür werde ich eine Extraschicht einlegen müssen.«

»Ich fresse dir all die guten getrockneten Tomaten weg, wenn du nicht aufpaßt«, sagte ich kauend.

»Mach du nur«, sagte er lächelnd. Seine Augen waren ganz dunkel.

»Aber wie ist es mit Umbrien?« fragte ich. »Kannst du dir das überhaupt noch leisten?«

»Natürlich, was denkst du denn? Ab dem zwanzigsten, mindestens zwei Wochen. Dabei bleibt es.«

Ich spießte zufrieden die letzte Tomate auf. Die Hintergrundmusik, die bisher italienische Weisen gespielt hatte, wechselte über zur *Schönen blauen Donau.* »Walzer«, sagte ich, »o Stefan, ich liebe Walzer. Irgendwann müssen wir mal Walzer tanzen, ganz viele, ohne Ende.« Auf dem nächsten Steuerberaterball vielleicht, dachte ich, lauter wunderbare Steuerberater und lauter wunderbare Walzer.

»Warum nicht? Damit können wir nachher gleich anfangen. Ich glaube, ich habe noch eine alte Walzerplatte da.«

Als wir das Lokal verließen, legte er den Arm um meine Schultern, ich legte den Arm um seine Hüfte, und so gingen wir nach Hause. Ich kam mir vor wie Sterntaler. Das ganze Schürzchen voller Gold, fast zu schwer zum Tragen.

Vor dem Vorgarten blieben wir stehen. Die Rosen blühten noch, aber sie dufteten nicht mehr so stark. »Küß mich«, sagte ich. Es war schrecklich *Peter Alexander*, das zu sagen, aber ich konnte nicht anders. »Auch wenn uns deine Nachbarn dabei zusehen.«

Er küßte mich kurz, zog mich zur Haustür, und wir gingen Hand in Hand die Treppe hinauf. »Komm ins Bett, Agnes«, sagte er, als wir oben waren.

Ich stand im Flur und sah verträumt auf die Reisetasche, aus der er vorhin die Kette gekramt hatte. Sterntaler zieht jetzt sein Schürzchen aus, dachte ich, und geht mit seinem

Liebsten ins Bett. Hemden und T-Shirts und Unterwäsche lagen neben der Tasche am Boden. »Du trägst aber kleine Hemden«, sagte ich. Das Hemd war grau, hatte Spaghettiträger und einen Spitzeneinsatz. »Und mit Spitze?«

»Das ist nicht von mir«, sagte er.

Zu der Erkenntnis gelangte ich allmählich auch.

»Das ist von Karla.«

»Karla? Aber war Karla denn auch in Portugal?«

»Natürlich«, sagte er. »Es war ein Familienurlaub. Das habe ich dir doch gesagt.«

Ich konnte mich nicht daran erinnern. Vielleicht hatte ich es vergessen.

»Aber wieso –« Wieso ist Karlas Hemd in deiner Tasche, weil es ein Familienurlaub war? Gehört es zu einem Familienurlaub, daß man zum Schluß Wäschestücke austauscht, so wie es die Fußballspieler nach den Fußballspielen tun? Ich finde das bei den Fußballspielern schon so sonderbar.

»Habt ihr in einem Zimmer geschlafen?«

»Ja, natürlich. Das tun wir immer, wegen der Kinder.«

Natürlich. Das tun sie immer. Wegen der Kinder. Ah ja.

»Agnes«, sagte er, »wir haben nicht miteinander geschlafen. Wir hatten getrennte Betten, und wir haben uns nicht angerührt, ich schwöre es dir.«

So, wie er mich ansah, glaubte ich ihm. Aber ich verstand es nicht.

»Warum schlaft ihr wegen der Kinder in einem Zimmer?«

»Weil ... weil –«

»Ich meine, ihr seid doch geschieden, da ist es doch ganz normal, wenn ihr in getrennten Zimmern schlaft. Auch für die Kinder.«

So, wie er mich ansah, wußte ich die Antwort schon, bevor er etwas sagen konnte. »Ihr seid nicht geschieden.«

»Agnes«, sagte er, »komm. Komm erst mal hier rein und setz dich hin. Laß uns nicht im Flur rumstehen. Das kann ich dir alles erklären. Ich wollte es dir sowieso sagen.«

Ich ging hinter ihm her ins Wohnzimmer und setzte mich in den großen, buntkarierten Sessel. Er knipste umständlich die Lampen an und zog die Vorhänge zu. »Magst du was trinken?« fragte er.

Ich schüttelte den Kopf.

»Also«, er setzte sich in den anderen Sessel. »Es ist so. Wir sind seit fünf Jahren getrennt, wir schlafen nicht mehr miteinander und leben auch nicht mehr zusammen. Tisch und Bett, du weißt schon. Ich hatte meine Kanzlei sowieso in München und habe mir dann was Größeres gesucht, auch als Wohnung. Aber wir wollten uns nicht scheiden lassen, wegen der Kinder, weißt du, Annina war erst fünf und Johannes sieben, und eine Scheidung käme auch verdammt teuer, und, ach, wir mögen uns immer noch sehr, besonders, seit wir nicht mehr zusammenleben, wir wollten das nicht auseinanderdividieren. Wir sind wirklich gute Freunde, weißt du, gute Freunde, die Kinder zusammen haben und ein Haus und so. Das ist etwas sehr Schönes. Und die Kinder wissen gar nicht, daß wir getrennt sind. Ich wohne eben in der Stadt, weil ich da arbeite. Das ist für sie ganz normal. Sie haben nie einen Bruch in ihrem Leben gehabt. Und darüber bin ich sehr froh.«

Es war sehr überzeugend, wie er das sagte, und ich hätte ihm fast zugestimmt, daß ich auch froh war, daß die Kinder keinen Bruch in ihrem Leben gehabt hatten. Es ist sehr schön, wenn Kinder keinen Bruch in ihrem Leben haben. Aber was war mit mir? Wie es aussah, würde ich bald einen Bruch in meinem Leben haben.

»Und was ist mit mir?«

»Ich weiß ja, es ist gewöhnungsbedürftig. Aber sieh mal, Karla hat ihren festen Freund, seit vier Jahren. Und ich habe eine feste Freundin, hoffentlich auch jahrelang.« Er versuchte ein vorsichtiges Lächeln. »Und das ist keine halbe Sache, Agnes, bestimmt nicht. Gut, Weihnachten und Ostern und ein paar Wochenenden, da bin ich bei den Kindern. Und an ihren Geburtstagen. Und in den großen Ferien. Aber sonst bin ich hier. Du hast mich ganz, da kannst du sicher sein. Ich will dich doch auch ganz haben.«

Nichts Ganzes, nur was Halbes. Der Spatz in der Hand.

»Und du?« fragte ich. »Hast du keine Freundin gehabt?«

»Doch«, sagte er, »die letzten drei Jahre. Aber dann hat sie einen Mann kennengelernt, der sie heiraten will und Kinder mit ihr haben, und da hat sie sich von mir getrennt. Das konnte ich verstehen.«

Ich auch, dachte ich, und wie.

»Und das mit dem gemeinsamen Zimmer im Urlaub können wir ändern, wenn du willst. Die Kinder würden sich gar nichts dabei denken, wenn wir ihnen zum Beispiel sagen würden, daß ich so schnarche, daß ihre Mutter nicht schlafen kann. Ich kann verstehen, wenn dich das stört.«

»Und was ist mit dem Steuerberaterball?« fragte ich.

»Was ist damit?«

»Wenn du da hingehst, nimmst du mich dann mit?«

»Da gehe ich nie hin«, er versuchte wieder ein Lächeln, »der ist schrecklich langweilig.«

»Aber wenn du hingehen würdest. Wen würdest du mitnehmen?«

Er überlegte. »Karla vermutlich. Obwohl sie bestimmt auch keine Lust hätte. Aber wir sind nicht offiziell getrennt, und da würde es komisch aussehen, wenn ich mit meiner Freundin käme.«

»Ach, Stefan«, sagte ich.

»Warum denn gerade der Steuerberaterball? Er ist wirklich furchtbar langweilig. Ich gehe mit dir auf jeden anderen Ball, auf alle, wenn du willst. Und dann tanzen wir Walzer, so viele du willst, ohne Ende, ja?«

»Ach, Stefan«, sagte ich.

11. Kapitel

Ich lag in Leas Wohnzimmer und weinte. Es war ein schöner Ort zum Weinen, mit den blumengemusterten Chintzvorhängen und den blumengemusterten Chintzsofas, den Kirschholztischen und dem weichen Teppich. Diesmal weinte ich nicht Leas Bluse voll, sondern das Polster des blumengemusterten Chintzsofas, auf dem ich lag.

»Ach, Agnes«, sagte Lea, »wein doch nicht so. Das ist ja schrecklich.«

»Ich weiß«, weinte ich, »du kannst es nicht leiden, wenn ich weine. Soll ich woanders hingehen, um zu weinen? Ich will dich nicht stören.«

»Du störst mich doch nicht. So ein Unsinn. Wein weiter, solange du willst.« Sie setzte sich zu mir aufs Sofa und streichelte meine Schulter.

Die Tür öffnete sich. »Komm jetzt nicht rein, Georg«, sagte Lea. »Agnes weint gerade.«

»Ach so«, sagte Georg, und die Tür schloß sich wieder. Er nahm es für eine notwendige und hinreichende Mitteilung. Er fragte nicht, warum ich weinte und warum ich das ausgerechnet in seinem Wohnzimmer tat. Wie gut, daß es Menschen gibt, die überflüssige Fragen für Zeitverschwendung halten.

Lea seufzte. »Ich mache uns jetzt was zu essen«, sagte sie. »Das wird dir guttun. Glaubst du, du kannst ein bißchen Gemüse schneiden?« Ich weinte. »Na gut. Aber Georg können wir heute nicht unten lassen. Er ist bestimmt raufgekommen, um zu fragen, wann es was zu essen gibt.« Ich weinte. »Reg dich nicht auf, Agnes. Es ist ihm egal, wie du aussiehst, und er wird dich auch nicht fragen, was los ist.«

Ich weinte.

»Rinderfilet«, murmelte sie, »ich habe Rinderfilet im

Kühlschrank. Und dazu Erbsen und Kartoffelpüree. Und Vanillepudding mit Himbeeren. Hoffentlich sind noch welche in der Tiefkühltruhe.« Ich weinte. »Du mußt was essen, Agnes. Du bist schrecklich dünn geworden.«

Ich hatte drei Wochen lang versucht, mich daran zu gewöhnen, daß der Mann, in den ich verliebt war, eine Frau hatte, von der er nicht geschieden war und die außerdem sein wirklich guter Freund war. Stefan hatte gesagt, es sei gewöhnungsbedürftig, und ich hatte es versucht. Ich hatte dabei drei Kilo abgenommen, und ich fand, es stand mir gut, aber das war auch das einzige, was ich gut fand.

Es hatte lange Gespräche gegeben, tränenreiche und weniger tränenreiche, und Essen beim Italiener, das heißt, Stefan hatte gegessen, und ich hatte eine eingelegte getrocknete Tomate oder drei Ravioli auf meinem Teller hin und her geschoben, und der Kellner hatte gesagt, »mangia niente, la Signora«, und den Teller abgeräumt und wissend gelächelt, und es war klar gewesen, woran er dachte, er dachte an l'amore und so.

Es hatte auch lange Nächte gegeben. Es hatte schon immer sehr schön geklungen, wenn ich mit Stefan geschlafen hatte, und es hörte nicht auf, so zu klingen, obwohl ich nun wußte, daß seine Frau sein wirklich guter Freund war. Im Gegenteil, es klang fast noch stärker und schöner. »Siehst du«, sagte er dann, »es ist einfach richtig mit uns. Das merkst du doch auch, oder?« Das ist es ja, dachte ich, es ist richtig, und es ist falsch, es ist beides, und mir kamen die Tränen, aber nach einer Weile sagte ich nichts mehr und weinte auch nicht mehr, denn es mußte ihm allmählich auf die Nerven gehen, es mit einer Frau zu tun zu haben, die nichts aß, dafür um so mehr weinte und noch mehr mit ihm schlief, und kaum, daß sie mit ihm geschlafen hatte, schon wieder weinte.

»Komm, Agnes«, sagte Lea und strich über meine Schulter, »das Essen ist fertig. Geh dir das Gesicht waschen.«

In der Toilette lagen ein frisches Handtuch mit eingestickten Maiglöckchen und eine frische Seife, die nach Maiglöckchen duftete. »Warum hast du denn lauter Sachen mit Maiglöckchen?« fragte ich, als ich in die Küche kam.

»Ach, die habe ich irgendwann für dich gekauft«, sagte sie, »schon mal für Weihnachten oder deinen Geburtstag.«

»Ach, Lea«, sagte ich.

Georg begrüßte mich, gelassen und freundlich, und tat so, als sei es ganz üblich, daß ich mit roter Nase, geschwollenen, blutunterlaufenen Augen und tränendicker Stimme an seinem Tisch saß und Rinderfilet mit Erbsen aß. Er sah wesentlich besser aus als ich, er war braun und hatte sonnengebleichte Haare, er hatte seinen Sommerkursus nicht nur im Hörsaal, sondern auch auf dem Rasen abgehalten, und er erzählte davon mit der anregenden Unbefangenheit und echten Komik eines Menschen, der die Dinge und die Menschen genauso sieht, wie sie sind, weil ihn, in aller Unbefangenheit, nur eines wirklich interessiert, er selber. Ich hörte ihm gespannt zu, seine Haltung färbte auf mich ab, ich fing plötzlich auch an, mich mehr für ihn als für mich zu interessieren, und das tat gut.

»Es ist manchmal richtig angenehm mit Georg, nicht?« sagte Lea, als wir wieder alleine am Tisch saßen. »Man hat das Gefühl, gar nicht so wichtig zu sein, und das ist ganz hilfreich, nicht?«

»Stimmt«, sagte ich und rührte in meinem Vanillepudding.

Sie kratzte die letzten Himbeeren aus der Schüssel und tat sie auf meinen Teller. Ich protestierte. »Iß das auf, Agnes«, sagte sie, »und zwar alles. Ich mag keine Reste im Kühlschrank.«

Ich aß es auf.

»Gut«, sie stand auf. »Ich mache hier noch ein bißchen Ordnung, und du kannst wieder aufs Sofa gehen und weinen. Ich komme dann auch.«

Wenn man so direkt dazu aufgefordert wird, muß man nicht unbedingt weinen. »Ich helfe dir«, sagte ich.

»Gut. Und nachher gehe ich in den Garten, Obst pflükken, da kannst du mir auch helfen, wenn du willst.«

Es machte Spaß, in der weichen Septembersonne mit dem Obstpflücker zu hantieren und auf der Leiter in die Baumkronen zu klettern und die Boskop und Red Dawn in die Körbe zu füllen. Man brauchte nicht so sehr an sich zu denken, und man brauchte auch nicht unbedingt zu weinen.

»Es geht nicht«, sagte ich, als der dritte Korb voll war. »Es geht einfach nicht. Oder? Was meinst du, Lea?«

»Es ginge schon«, sagte sie, »für andere. Aber nicht für dich.«

»Er hat seiner Frau von mir erzählt, und sie hat gesagt, sie kann gut verstehen, daß ich damit Schwierigkeiten habe, und sie hofft sehr, für ihn und für mich, daß ich damit fertig werde. Er kann ruhig auch mal ein Wochenende mit den Kindern ausfallen lassen, wenn es nötig ist, hat sie gesagt, sie haben ihn jetzt die ganzen Ferien gehabt, sie wird es ihnen schon erklären.«

»Das ist doch ganz vernünftig«, sagte Lea, »und nett.«

»Alle sind so nett und vernünftig. Bloß ich nicht.«

»Eben. Darum geht es ja auch nicht.«

Ich kletterte die Leiter ganz hinauf und pflückte die oberen Zweige leer und kam wieder herunter, und wir füllten den vierten Korb. »Ich wollte einen Mann, mit dem ich wohne und schlafe und fernsehe und Ausstellungen anschaue und einkaufen gehe – oder auch nicht einkaufen gehe – und Ferien mache und Weihnachten und Silvester feiere«, sagte ich. Ich schob die Äpfel hin und her, so daß sie ordentlich nebeneinander lagen. »Also: Weihnachten und die großen Ferien, das geht nicht, und Ostern geht auch nicht, aber Ostern wollte ich sowieso nicht. Dafür geht Silvester, und alles andere geht auch, außer Zusammenwohnen.«

»Weihnachten kommst du zu uns und Ostern auch«, sagte

Lea. »Und im August fahren wir beide zusammen weg, das ist doch auch schön, oder?«

»Ach, Lea, natürlich. Du bist so lieb.«

»Gar nicht. Ich fahre gerne mit dir in Urlaub. Es wäre ja nicht das erste Mal.«

»Wenn wir wenigstens zusammen wohnen könnten«, sagte ich, »er hat darüber nachgedacht, aber er sieht es nicht, sagt er. Die Kinder rufen ihn oft an, und sie besuchen ihn auch manchmal. Das mit dem Anrufen wäre ja machbar, wir könnten verschiedene Nummern haben, und bevor sie ihn besuchen, könnte ich gehen, aber was würden sie sagen, wenn sie meine Möbel sehen würden und meine Zahnbürste im Badezimmer und Eroica und Maiglöckchen und Flieder? Das könnte ich natürlich auch wegräumen, bevor sie kommen.«

»Agnes«, sagte Lea.

»Du hast ja recht. Es geht nicht. Gut. Wo ist der fünfte Korb?«

»Hier.«

»Und ich darf kein einziges Mal mehr mit ihm schlafen, sonst fange ich nur wieder an, darüber nachzudenken, ob es nicht doch geht. Am besten sehe ich ihn gar nicht mehr. Denn wenn ich ihn sehe, dann will ich mit ihm schlafen.«

»Das finde ich ja auch so schade«, sagte sie.

»Was?«

»Daß ich ihn nun gar nicht zu sehen kriege. Ich kriege alle diese Männer in deinem Leben nie zu sehen. Kannst du den nächsten nicht gleich mit mir bekannt machen, am Anfang, bevor etwas Schreckliches passiert?«

»Es wird keinen nächsten geben«, sagte ich und fing an zu weinen.

»Wein du nur. Solange du willst.«

Ich dachte die nächsten zwei Tage darüber nach, ob es nicht doch ginge. Dann traf ich mich mit Stefan, um ihm zu sagen, daß es nicht ging, und dabei sah ich ihn, und also schliefen wir miteinander, und danach fing ich wieder an, darüber nachzudenken, ob es nicht doch ginge.

Das ist ein Teufelskreis, sagte ich mir, als ich am nächsten Morgen nach Hause ging. Du mußt ihn durchbrechen. Du mußt Stefan sagen, daß es nicht geht. Ruf ihn an und sag es ihm.

Wenn ich ihn anrufe und seine Stimme höre, überlegte ich, komme ich doch nur auf die Idee, daß es besser wäre, persönlich mit ihm zu sprechen, und wenn ich das tue, sehe ich ihn, und dann –

Schreib ihm. Schreib ihm, daß es nicht geht und daß es besser ist, wenn ihr euch nicht mehr seht, und daß er bitte nicht vorbeikommt und bitte auch nicht anruft, sondern allenfalls schreibt, aber das besser auch nicht. Wie ich ihn kenne, wird er sich daran halten, wenn ich ihn darum bitte. O Gott, wird das schrecklich, wenn er nie mehr vorbeikommt und nie mehr anruft und nicht mal schreibt!

Heute abend schreibe ich, beschloß ich, nach der Arbeit. Ich muß es auch deswegen tun, denn lange halte ich es nicht mehr durch, von meinem persönlichen Unglück ganz und gar zu abstrahieren, um mich völlig dem meiner Klienten zuzuwenden. Lange halte ich es auch sonst nicht mehr durch, denn Größe achtunddreißig zu haben ist ja ganz schön, aber wenn das so weitergeht, muß ich mir sämtliche Klamotten neu kaufen, und ich hasse es, Klamotten zu kaufen.

Und ich höre auf, einen Mann zu suchen. Daher kommt doch das ganze Unglück. Vielleicht ist es Chuzpe, vielleicht ist es Hybris, einen Mann zu suchen, so, wie man ein Auto oder einen Wintermantel sucht. Manches kann man nicht suchen, manches kann man nur finden. Ein Auto oder einen Wintermantel kann man suchen, und alles mögliche andere auch, einen Mann nicht. Einen Mann kann man nur finden.

Ich schrieb den Brief am Abend und brachte ihn gleich zum Briefkasten. Der Weg zum Briefkasten war fast so lang, wie es der Weg zu Stefans Haus in der Fontanestraße gewesen wäre, aber ich wollte es nicht riskieren, hinüberzugehen und den Brief in seinen Briefkasten zu stecken, denn dabei hätte ich ihn treffen können, und dann würde ich ihn sehen, und dann –

Da kann ich nun nie wieder hingehen, dachte ich. Nie wieder Fontanestraße, nie wieder Wertherplatz, nie wieder Italiener, nie wieder Fitneßstudio. Überall dort könnte ich Stefan treffen, und dann würde ich ihn sehen –

Ich suchte den Fitneßfummel aus dem Schrank und warf ihn in den Mülleimer. Koralle und Karmesin waren etwas verblichen, aber immer noch schön. Jetzt würdest du gut aussehen darin, dachte ich, so schlank, wie du jetzt bist. Schade. Zu spät. Und nie wieder Crash-Kombinationen. Du siehst ja, was dabei herauskommt.

Und nie wieder Stefan, dachte ich und fing an zu weinen. Wein nicht schon wieder, Agnes, das ist ja nicht auszuhalten. Hör auf damit, sieh nach vorne, denk daran, der Weg ist das Ziel. Und keine Männer zu suchen heißt ja nicht, keine Männer zu finden. Und um einen Mann zu finden, mußt du genau dasselbe tun, wie wenn du einen suchst, die Augen offenhalten, wach und konzentriert sein, an Orte mit hoher Kennenlernquote gehen. Im Grunde ändert sich nicht viel. Nur, daß du ab jetzt nicht mehr suchst, sondern findest.

Doch, eines hat sich geändert. Ich will keinen Mann mehr suchen und auch keinen finden. Ich will nur Stefan. Und den brauchte ich nicht zu suchen und nicht zu finden, den könnte ich einfach haben. Wenn ich könnte. Ich weinte. Na gut. Wein du nur, Agnes. Solange du willst.

Stefan antwortete nicht auf meinen Brief, er rief nicht an und kam nicht vorbei, genau, wie ich es gewollt hatte. Ich wußte, es war richtig und anständig und fair, daß er es nicht tat, aber ich wünschte mir oft, er wäre nicht fair und anständig. Wann immer es klingelte und es keiner von meinen Klienten sein konnte, hoffte ich, er wäre es, aber es war immer nur der Briefträger oder einer von diesen Menschen, die Werbematerial in Briefkästen stecken. Und wann immer das Telefon läutete, hoffte ich, er wäre es, aber er war es nie.

Vielleicht sollte ich doch warten, überlegte ich, wenn ich abends nicht einschlafen konnte oder morgens um vier aufwachte und nicht wieder einschlafen konnte. Annina (was für ein sonderbarer Name, wo haben sie den bloß her?) ist jetzt zehn, und Johannes ist zwölf, und in fünf Jahren sind sie fünfzehn und siebzehn, da wäre es ihnen ja wohl zuzumuten zu erfahren, daß ihre Eltern von Tisch und Bett getrennt sind und daß ihre Mutter einen Freund hat und ihr Vater eine Freundin, mit der er nun zusammenzieht und die womöglich ans Telefon geht, wenn sie anrufen, oder womöglich da ist, wenn sie ihn besuchen kommen.

Ich hatte mit Stefan darüber gesprochen, ob wir nicht in fünf Jahren zusammenziehen könnten und daß ich vielleicht darauf warten würde, und er hatte gesagt, ja, das sei bedenkenswert, aber lieber sieben Jahre, dann sei Annina siebzehn, und er hatte mit Karla darüber gesprochen, sie hatte es auch bedenkenswert gefunden, und Stefan hatte gesagt, ja, warum nicht, in sieben Jahren, vielleicht auch schon in fünf, das ließe sich denken, aber versprechen kann ich es dir nicht, Agnes.

Sieben Jahre oder fünf, und versprechen kann er es nicht, dachte ich und drehte mich auf die andere Seite. Glauben die eigentlich wirklich, daß die Kinder das nicht merken? Daß sie erwachsen werden und nicht merken, daß mit Mami und Papi etwas nicht stimmt? Wenn die das von ihren Kindern glauben, dann müssen sie ihre Kinder für verdammt blöd halten. Das glauben die doch selber nicht, daß sie das glauben.

Ich drehte mich auf den Rücken und stopfte das Kopfkissen zurecht. Ich kann es nicht, dachte ich, ich kann nicht warten, nicht sieben Jahre lang diese halbe Sache, oder meinetwegen fünf, und dann nur ein Vielleicht, ein Versprechenkann-ich-es-dir-nicht. Das kann ich nicht. Das will ich nicht. Das halte ich nicht aus.

Aber irgendwann kommt eine, die kann es. Die hält es aus, die macht erst mal alles mit, gerade so, wie er es will. Und wie Karla es will. Und nach zwei oder drei Jahren, wenn er nicht mehr ohne sie kann, macht sie Druck, leise und vorsichtig, und klopft ihn weich, und er ist einer, den man weichklopfen kann, und dann wird es doch gehen, dann sind die Kinder zwölf und vierzehn oder dreizehn und fünfzehn, dann wird man ihnen doch sagen können, was mit Mami und Papi los ist und daß Papi eine Freundin hat, mit der er nun zusammenzieht und mit der er auch mal Weihnachten und Ostern feiert und mit der er auf den Steuerberaterball geht.

Und es wird nicht lange dauern, bis eine andere kommt. Er ist viel zu anziehend. Noch ist er frei. Noch will er nur dich. Noch wartet er wahrscheinlich darauf, daß du es dir vielleicht doch anders überlegst. Aber nicht mehr lange. Und er geht jeden Tag in dieses verdammte Fitneßstudio. Und du bist bestimmt nicht die einzige Frau, die in ein Fitneßstudio geht, um einen Mann zu suchen. Oder zu finden. Verdammt.

Ich drehte mich wieder auf die Seite und fing an zu weinen.

Das Telefon klingelte. Das ist er bestimmt nicht, dachte ich. Ich ließ es läuten, trocknete mir sorgfältig die Hände ab und ging langsam hinüber ins Wohnzimmer. Wenn ich fest daran glaubte, daß er es nicht war, und mich auch so benahm, dann war er es vielleicht.

»Hallo, Agnes«, sagte eine Männerstimme. Komisch, er klingt so anders, dachte ich.

»Hier ist Rainer.«

»Ach, du bist es.«

Schweigen. Er räusperte sich. »Wie geht es dir denn so?«

Darüber mußte ich erst nachdenken. Wie ging es mir denn so? Beschissen. »Gut, danke. Und dir?«

»Auch gut«, sagte er, »bißchen viel zu tun in der Schule. Aber das ist ja immer so um diese Zeit.«

Und, dachte ich.

Er räusperte sich wieder. »Wie ist es? Wollen wir uns nicht mal wieder sehen?«

Es hatte irgendeinen Grund gegeben, warum wir uns nicht sehen konnten. Ich überlegte. Ach ja, die neue Beziehung. »Geht es wieder?« fragte ich.

»Wieso?«

»Es ging doch nicht, wegen deiner neuen Beziehung.«

»Ach so.« Er schwieg. Er räusperte sich. »Das hat sich zerschlagen.«

Ach ja. Zerschlagene neu begonnene Beziehungen, wohin man blickt.

»Ja«, sagte ich, »warum nicht?« Nicht, daß ich mich danach dränge, dachte ich. Ein Abend mit Rainer, ach ja. Eine Beziehung, die sich nicht mal zerschlagen hat. Die einfach irgendwie versickert ist, nach sieben Jahren, nur weil ich unbedingt Weihnachten mit ihm feiern wollte und Silvester. Aber na gut. Besser als nichts, so ein Abend mit Rainer. Nur der Abend natürlich, nicht die Nacht. Immerhin etwas. Lieber der Spatz in der Hand als die Taube auf dem Dach. O Gott, Agnes! Bist du schon soweit?

»Wann?« fragte er. »Ich könnte morgen oder auch übermorgen.«

Was hat der Mann plötzlich Zeit und Raum. »Morgen wäre mir recht.«

»Schön«, sagte er, »um halb acht im Elefantengarten?« Das war ein Lokal, in das wir früher öfters gegangen waren. »Ist mir recht«, sagte ich. Es war mir sehr recht. Es war weit genug entfernt vom Wertherplatz.

Doch nicht schlecht, mal wieder mit einem Mann essen zu gehen, dachte ich, als ich den Elefantengarten betrat, der so gemütlich war wie immer, mit seinen Bistromöbeln und den Stichen an den Wänden und den altmodischen Lampen, die warm leuchteten. Wenn es auch nur der Elefantengarten ist. Und nur Rainer.

Rainer war schon da, er stand sogar auf und kam mir entgegen und küßte mich auf die Wange. »Gut siehst du aus«, sagte er, »und so schlank. Richtig gut.«

Ich zuckte mit der Achsel. Ich tat es nicht absichtlich, nicht, um ihn zu brüskieren, es passierte einfach. Es war mir egal, ob Rainer fand, daß ich richtig gut aussah.

Wir vertieften uns in die Speisekarte. Es standen immer noch dieselben Gerichte darauf, auch dieselben Weine, und ich brauchte nicht lange nachzudenken. »Und?« fragte Rainer, nachdem wir bestellt hatten. »Erzähl mal. Was machst du denn so?«

Was mache ich denn so, dachte ich. Ich warte darauf, daß das Telefon klingelt. »Ach, das Übliche«, sagte ich, »nichts Besonderes. Und du?«

»Na ja«, sagte er und überlegte. Vielleicht wartete er ja auch darauf, daß das Telefon klingelte. »Auch das Übliche, was sonst?«

Ich raffte mich auf. Wir konnten nicht die ganze Zeit hier sitzen und »Ach, das Übliche« murmeln, das würde verdammt langweilig werden. »Wie war das denn nun mit deiner neuen Beziehung?« fragte ich. »Das würde mich interessieren. Oder willst du nicht darüber reden?«

»Na ja«, er überlegte wieder. O Gott, dachte ich, das ist ja nicht auszuhalten, dieses ständige lange Nachdenken, wie habe ich das nur all die Jahre ertragen? »Doch, doch«, sagte er schließlich, »da würde ich schon drüber reden wollen.«

Es ergab sich, daß es eine Kollegin gewesen war, im jugendlichen Alter von einunddreißig Jahren, die neu an die Schule gekommen war und Gisela geheißen hatte, das heißt, so hieß sie immer noch, sie hatten sich sofort ineinander verliebt, aber dann hatte sich gezeigt, daß sie auch sonst von der schnellen Sorte war, sie hatte bald gewußt, was sie wollte, nämlich ihn, und das für immer, sie hatte davon gesprochen, zusammenzuziehen und Kinder zu haben und zu heiraten, denn sie selber fand gar nicht, daß ihr Alter so jugendlich war, sie war vielmehr der Ansicht, daß es nun allmählich Zeit wurde für sie.

»Und das ging mir einfach zu schnell«, sagte Rainer, »ich meine, ich hätte mich schon bemüht darum, daß wir uns näherkommen in unseren Vorstellungen, ich hätte daran gearbeitet –«

Aber das hat sie nicht abwarten wollen, dachte ich. Wie klug von ihr. Was für eine wache Person, diese Gisela. Da hätte sie lange warten können, bis du dir das erarbeitet hast, ein ganzes Leben lang.

»Und so –« er sah mich auf eine sehr dezente Weise mitleidheischend an. Er sieht unglaublich gut aus, dachte ich, er wird immer schöner. Er ist einer von diesen Männern, die nie erwachsen werden und deswegen lange zu jung aussehen und zu glatt, aber wenn sie endlich Falten kriegen und graue Haare, dann sehen sie umwerfend aus, und immer umwerfender, je älter sie werden.

»Das tut mir leid für dich«, sagte ich mechanisch und stopfte mir den Mund mit Eichblattsalat und Putenbruststreifen voll. Nach meinem Appetit zu schließen, tat es mir nicht so furchtbar leid.

Er wechselte das Thema und sprach von der Schule, von seinem Chef und den Kollegen, die ich alle aus seinen Erzählungen kannte, er erzählte lebendig und witzig, das kann er gut, wenn er sich Mühe gibt, und ich hörte interessiert zu und konnte auch mal wieder lachen.

»Wie ist es mit Nachtisch?« fragte er dann. »Ich lade dich ein. Hier gibt's doch das Vanilleeis mit heißer Schokolade, das du so gerne magst.«

Joi, dachte ich.

Er schwieg und dachte nach, während wir auf das Eis

warteten, und er schwieg weiter und dachte, während ich das Eis aß. Ich konnte es fast hören, wie er dachte.

Als ich die letzten Reste aus dem Eisbecher gekratzt hatte, räusperte er sich. »Wie wäre es denn, Agnes ... Ich meine, wie wäre es denn wieder mit uns beiden? Ich meine, wir haben uns doch immer gut verstanden, oder?« Er sah mich so hoffnungsvoll an, daß ich nun doch fast Mitleid mit ihm bekam. So hatte er mich noch nie angesehen.

Ich brauchte nicht zu überlegen. »Nein, Rainer«, sagte ich, »das geht nicht mehr. Wirklich nicht.«

Er sah mich weiter an, und ich wußte, daß er gerne gefragt hätte, warum, sich aber nicht so weit entäußern wollte. Er wartete darauf, daß ich es ihm von selber sagen würde. Das hatte ich bisher immer getan.

Diesmal nicht, dachte ich. Diesmal kriegst du nichts frei Haus, auch keine Erklärung. Dabei wäre es ganz einfach zu erklären. Für eine halbe Beziehung habe ich ein weit besseres Angebot vorliegen. Von einem viel interessanteren und aufregenderen Spatzen. Einem Steuerberater- und Wirtschaftsprüferspatzen. Einem mit warmen Händen und weichen Lippen, der nach Kräuterwiesen riecht, wenn er geschwitzt hat. Ach ja, Agnes. Denk nicht daran.

Er sah mich immer noch fragend an. Ich schüttelte den Kopf. »Nein, Rainer«, wiederholte ich, »wirklich nicht. Aber weißt du was? Laß uns gute Freunde sein. Das fände ich schön.«

Es klang blöd, dieses *Laß uns gute Freunde sein*. So banal. Aber warum eigentlich nicht? Ich fand, es war eine gute Idee. Wenn es Männer gab, deren getrennte, aber nicht geschiedene Frau ihr wirklich guter Freund war, warum sollte ich dann nicht einen Ex-Geliebten haben, der mein wirklich guter Freund war? Und wenn ich schon keinen Mann für alles haben konnte, dann wenigstens einen wirklich guten Freund.

Er sah mich immer noch an und dachte schon wieder

nach. »Gut«, sagte er nach einer Weile. Es war sonderbar, aber er wirkte eigentlich nicht enttäuscht, eher erleichtert. »Warum nicht? Laß uns gute Freunde sein. Das ist mal was anderes. Ich glaube, das fände ich auch schön.« Er streckte seine Hand über den Tisch, und wir schüttelten uns ernsthaft die Hände. »Wir bleiben noch ein bißchen, ja? Darauf müssen wir noch was trinken.«

Wir blieben noch länger und tranken noch mehr. Ich fing an, von Jessica und Daniel zu erzählen, von ihrer Wohnung und wie sie sich darin eingerichtet hatten, vom Kauf des Himmelbetts und daß sie gerade auf ihrer Rucksackreise durch Indonesien waren und wie zweifelnd ich dieser Art des Reisens gegenüberstand.

Rainer lauschte aufmerksam, er fragte nach, er lachte, und ehe wir es uns versahen, kramten wir in Erinnerungen an Jessica, zum Beispiel daran, wie sie sich mit fünfzehn die Haare gefärbt hatte, das leuchtende Blond zu einem stumpfen Dunkelrot, und wie entsetzt ich gewesen war und wie sie mich gehaßt hatte deswegen, nie fand ich etwas gut, was sie tat, nie ließ ich sie sein, wie sie war, und wie Rainer kam und es auch entsetzlich fand, aber sagte, sie sei trotzdem das schönste Mädchen, das er kenne, und ob wir aufhören könnten, uns zu streiten, das sei ja hier wie in der Schule, das hielte er nicht aus, und wie es dann wieder gut war.

Wir kramten weiter, auch in anderen Erinnerungen, wir redeten über Gott und die Welt. Er war lebendig und aufmerksam und hatte ganz offene Augen. So würde er Gertraud gefallen, dachte ich. Gertraud hielt sonst nicht viel von Rainer. Komisch, so haben wir noch nie miteinander geredet, so war er ja auch nie, früher, nur ganz selten war er so, manchmal im Bett, wenn wir miteinander geschlafen hatten, oder wenn er sehr müde war. Aber er blieb nie lange so, er machte immer ganz schnell wieder zu und vergrub sich im Sand. Zack, weg. Wie diese Muscheln.

Spät verließen wir das Lokal, und er brachte mich noch

nach Hause. Ich hatte mich schon etwas an seine wunderbare Veränderung gewöhnt, sonst wäre ich vor Überraschung in Ohnmacht gefallen, als er mir vorsichtig den Arm um die Schultern legte. Vorsichtig legte ich den Arm um seine Hüfte, und so gingen wir, und vor meiner Haustür küßte er mich auf die Wange und sagte: »Mach's ganz gut, Agnes. Bis bald. Ich melde mich«, und es war deutlich, daß er es so meinte.

Merkwürdig, dachte ich, während ich die Treppe hinaufstieg, höchst merkwürdig. Was das Leben so mit sich bringt. Diese ganze große Suche nach dem Mann für alles, diese Taubenjagd, all dies Machen und Mühen, und was kommt dabei heraus? Nichts. Gar nichts. Und dann geht man mal eben in den Elefantengarten und denkt sich nichts dabei, und was fällt einem in den Schoß? Ein wirklich guter Freund. Merkwürdig.

12. *Kapitel*

»Gertraud«, sagte ich, »was ist denn mit dir los? Wie du aussiehst! Noch schöner als sonst.«

»Ach was«, sagte sie, »wieso denn?«

Ich wußte auch nicht, wieso, aber es war so, man sah es ja.

»Du hast bestimmt jemanden kennengelernt. Einen Mann, einen für länger, nicht wahr?«

»Ach was«, sagte sie, »überhaupt nicht.«

Na gut, dachte ich, dann eben nicht. Vielleicht gibt es ja auch andere Gründe, warum jemand plötzlich so unerträglich schön ist.

»Und du, was ist mit dir?« fragte sie. »Du bist so schlank geworden.« Sie besah mich von allen Seiten.

»Ach, gar nicht«, sagte ich, »nur zwei Kilo oder so. So viel ist es nicht.« Toll. Wunderbar. Wir hatten gute Aussichten, uns den Oscar für Offenheit und Ehrlichkeit im Umgang miteinander zu verdienen.

»Aber es steht dir«, sagte sie.

Wir hatten uns lange nicht gesehen. Gertraud macht immer Ferien, so lange es nur geht, und wenn sie dann wieder nach Hause kommt, braucht sie einige Zeit, um sich zurechtzufinden und dem Rad ihres alltäglichen Lebens den notwendigen Stoß zu geben. Dabei störe ich sie nie, und diesmal war es mir sehr recht gewesen, sie nicht zu stören, denn ich hatte den Moment hinauszögern wollen, da ich ihr von Aufstieg und Fall meiner Beziehung zu Stefan berichten mußte.

Sie wußte nichts davon, auch nicht vom Aufstieg, ich hatte ihr nichts erzählt, ich hatte warten wollen, bis es sicher war und ich ihr beweisen konnte, daß die Suche nach dem Unmöglichen Erfolg haben konnte, daß es möglich war, das Unmögliche zu finden. Es war mir schwergefallen, nicht mit ihr darüber zu reden, denn wenn die Dinge des Lebens nicht mit beiden, mit Lea und Gertraud, besprochen und von allen Seiten beleuchtet werden, dann behalten sie etwas Unfertiges und Unverdautes und können dem Leben nicht wirklich einverleibt werden. Und jetzt würde sie nicht nur gekränkt sein, weil ich es ihr verschwiegen hatte, ich würde ihr auch von meinem tiefen Fall berichten müssen. Das hatte ich nun davon.

»Wo sind denn die Kinder?« fragte ich.

»Lukas ist bei seinem Vater, und Laura übernachtet bei einer Freundin. Wir haben den Abend für uns.«

»Und wo gehen wir hin?«

»Wir bleiben hier«, sagte sie, »ich habe gekocht.«

Was ist denn los, dachte ich, sie kocht doch sonst nie, außer im Notfall? Hoffentlich ist es etwas, das meinem Organismus auch insofern nicht schadet, als es mir schmeckt.

»Ein französischer Gemüseeintopf. Ich habe ihn ein bißchen angereichert, damit alles drin ist, was der Organismus braucht, besonders jetzt im November. Der November ist ein furchtbarer Monat, da kann man gar nicht genug für sich tun.«

Sie stellte einen großen Topf auf den Tisch und goß Rotwein in die Gläser.

»Seit wann trinkst du Wein?« fragte ich.

»Rotwein gehört zu den besten Heilmitteln, die es überhaupt gibt. Nicht zuviel natürlich, das ist klar. Aber in der richtigen Dosis ist er geradezu unverzichtbar.«

Aha, dachte ich. Sehr interessant. Was ist los?

Der Eintopf ließ sich essen, wenn er auch so stark mit Kräutern und Körnern versetzt war, daß man ständig auf Rosmarinzweiglein oder Sonnenblumenkernen herumkaute und sonst nicht viel schmeckte. Dafür war der Wein sehr gut.

»Ja, nicht wahr?« sagte Gertraud. »Den habe ich mitgebracht. Er schmeckt hier natürlich nicht so wie dort, wenn man abends auf der Terrasse sitzt, unter den Pinien, in dieser wunderbaren Luft. Ach, es war so schön.«

Sie erzählte von dem Haus, von der Landschaft, von den Städten, und ich hörte ihr zu und sah sie an und war schon wieder erstaunt. Gertraud ist immer gelassen und ausgeglichen, sie tut ja auch eine Menge dafür, aber heute war sie von einer so satten Gelassenheit und ruhigen Zufriedenheit, daß ich ganz unruhig und unzufrieden wurde. Was war ich doch für eine hektische und aufgeregte Person! Unausgeglichen und unharmonisch und immer auf dieser dummen Männersuche, bei der ich ständig stolperte und auf die Nase fiel und nur noch unzufriedener und unruhiger wurde.

Sieh dir Gertraud an, sagte ich mir, sie nimmt, was da ist, sie hält sich an die Wirklichkeit und achtet auf ihren Organismus und ihre innere Harmonie. Das würde dir auch nicht schaden, ein bißchen ein Auge zu haben auf deinen Organismus und deine innere Harmonie. Sieh dir an, wie schön sie ist, da sieht man es mal wieder, Schönheit kommt eben von innen, na gut, bei ihr ist außen auch schon eine Menge da, aber trotzdem, die wahre Schönheit... Und du erzählst ihr auch nichts von deinem Unglück mit Stefan, du störst ihr die ruhige Gelassenheit nicht. Schau dir lieber an, wie schön sie in sich ruht, und nimm dir ein Beispiel daran, versuch auch, in dir zu ruhen, ein bißchen wenigstens.

»Was ist, Agnes?« fragte Gertraud. »Du bist so ruhig geworden. Magst du noch was?«

»Nein, danke. Ich bin ganz satt.«

»Dann komm mit rüber ins Wohnzimmer.«

Ich folgte ihr ruhigen Schrittes durch die Diele, sah zu, wie sie mit sanften Bewegungen die Kerzen anzündete, und wurde schon etwas gelassener. Das Kerzenlicht und die warmen Farben des Zimmers und die Mandalas an den Wänden mit ihren symmetrischen Kreisen und Quadraten würden mich bald noch ausgeglichener machen.

»Ich wollte dir was erzählen, Agnes«, sagte sie, »in aller Ruhe. Deswegen habe ich gekocht, damit wir nicht weggehen müssen.«

Aha, dachte ich.

»Ich habe doch jemanden gefunden.«

»Na also«, sagte ich, »ich hab's doch gesagt.«

»Es ist aber kein Mann.«

»Ach so«, sagte ich, »eine neue Freundin. Wie schön. Ist es die Frau aus der Frauensauna, mit der du in Ferien warst?«

»Ja«, sagte sie, »Margaret.«

»Schön«, wiederholte ich. Und, dachte ich. Noch eine gute Freundin. Was ist daran so Besonderes?

Sie trank einen ganz kleinen Schluck Wein. Sie war immer noch beim ersten Glas. »Sie ist nicht einfach eine Freundin«, sagte sie. »Sie ist eine Frau für alles.«

»Wie meinst du das?«

»Für alles eben.«

Ich schüttelte den Kopf.

»Wir haben doch darüber gesprochen«, sagte sie, »du hast gesagt, du willst einen Mann für alles, und ich habe gesagt, das findest du nicht. Und daß man mit Frauen fast alles machen kann, arbeiten und einkaufen gehen und Ferien und so, außer zwei Dingen: umziehen und ins Bett gehen.«

»Und das kannst du mit dieser Frau nun auch?«

»Also, das Umziehen würde ich immer noch die Männer machen lassen, das können sie einfach besser. Aber das Insbettgehen, das geht auch mit Frauen, das weiß ich jetzt.«

»Das hast du doch vorher auch gewußt, oder?«

»Ja, natürlich«, sagte sie, »ich wußte, daß es geht, aber nicht, daß es funktioniert. Jetzt weiß ich auch, daß es funktioniert. Und wie es funktioniert, Agnes!«

Aha, dachte ich. Sie hat mit dieser Frau geschlafen, und es hat funktioniert. Es hat geklungen. Daher das Leuchten, das von ihr ausgeht. Es ist die Liebe und die Leidenschaft, nicht die innere Harmonie. Aber die Liebe kann sich natürlich segensreich auswirken auf die innere Harmonie. Und die Leidenschaft auch. Ach ja.

Ich hielt an mich, um nicht wieder den Kopf zu schütteln. Es sah ja albern aus, wenn ich nur dasaß und mit dem Kopf wackelte. Ich überlegte, was ich sagen könnte, denn von selber fiel mir nichts ein. Ich dachte daran, wie Lea mir erzählt hatte, daß sie nun einen Geliebten hatte, und von daher hatte ich noch ein paar Sätze in meinem Vorrat, *Alle Achtung* oder *Das hätte ich aber nicht von dir gedacht* oder *Wie ist das denn passiert?*, aber sie schienen hier auch nicht besser zu passen als damals bei Lea.

»Du willst damit sagen, daß du eine Geliebte hast?« fragte ich.

»Ja, genau«, sagte sie und sah nun so zufrieden aus, daß es kaum noch auszuhalten war. »Eine Geliebte – das klingt so schön. Eine Frau für alles. Es ist wunderbar, Agnes. Und genau das, wovon du immer gesprochen hast. Ist das nicht ulkig?«

Wahnsinnig ulkig, dachte ich. Zum Wahnsinnigwerden ulkig. Ich spreche davon, und ihr findet es. Alle anderen finden das, was ich suche, nur ich nicht. Irgendwas läuft hier falsch.

»Und sie heißt Margaret, sagst du?«

»Ja.«

Margaret, dachte ich. Kein besonders schöner Name, wenn man mich fragt. Aber wer fragt mich schon?

Gertraud nahm vorsichtig noch ein Schlückchen Wein. Und sie trinkt offenbar gerne Wein, diese Margaret. Daher die plötzliche Begeisterung für Rotwein als Heilmittel. Sonst trinkt sie keinen Tropfen, Heilmittel hin, Heilmittel her. Was die Liebe so alles ausrichtet. Oder anrichtet.

»Und wie alt ist sie?«

»Einundvierzig.«

Gegen das Alter konnte ich nichts sagen, ich war auch einundvierzig, und es paßte gut, Gertraud war neununddreißig. Und wenn sie vierzig wurde, im Januar, dann würde sie schöner sein als je zuvor, und sie würde alles haben, eine

Frau für alles, überhaupt alles. Und was würde ich haben, wenn ich zweiundvierzig wurde, im April?

Ich schüttelte doch wieder den Kopf. Was sollte ich sonst tun?

»Du schüttelst dauernd den Kopf, Agnes«, sagte Gertraud. »Findest du es so irritierend?«

Irritierend, dachte ich. Finde ich es irritierend? Ich glaube, ich weiß gar nicht, wie ich es finden soll. Ich glaube, ich weiß gar nichts mehr. Mir war, als ob sich Kopf und Herz mit zähem Schleim füllten. Bald würde ich überhaupt nichts mehr wissen oder fühlen.

»Ich weiß nicht«, sagte ich, »aber wie ist es denn mit dir? Findest du es nicht irritierend? Ich meine, ist es kein Problem für dich, daß es eine Frau ist? Das ist doch irgendwie nicht das ... das Normale, ich meine, das Übliche?«

»Nein, nein, ich habe kein Problem damit. Ich wußte sofort, daß es richtig ist, das einzig Wahre, weißt du?«

Klar, dachte ich. Wenn Gertraud weiß, daß es richtig ist, dann hat sie kein Problem. Kann sein, daß die Welt dann ein Problem hat. Mit Gertraud. Aber Gertraud hat keines. Ach, ich wünschte, ich wüßte auch mal so genau, was richtig ist.

»Dieses Gefühl hier drin«, sie klopfte auf ihren schönen, fülligen Busen und lächelte ein leuchtendes Lächeln, »daß etwas einfach gut und richtig ist, wenn ich das habe, dann ist alles in Ordnung, weißt du?«

Ich sah auf den Busen und das Lächeln. Wenn das die Männer wüßten, dachte ich. Es würde ihnen das Herz im Leibe umdrehen, wenn sie wüßten, daß diese Frau zur Frauenliebe übergewechselt ist. Ausgerechnet diese. Was für eine Verschwendung. Nicht, daß ich mich beklage, Gott behüte, ganz im Gegenteil. Wenn Gertraud ausfällt, werden so viele Männer frei, für uns, fürs Fußvolk, die wir ganz nett aussehen und allenfalls mit ein bißchen innerer Schönheit prunken können, und nicht mal darauf kann man sich verlassen.

»Das einzige, was schwierig ist, ist das mit den Kindern«,

fuhr sie fort. »Nicht die Kinder selber, denen ist es egal, ob ich mit jemandem, den ich liebe und den sie mögen, ins Bett gehe, ob es nun ein Mann oder eine Frau ist. Kinder sind ja klug. Aber die anderen sind es nicht. Und ich will nicht, daß irgendwer ihnen was Blödes über mich erzählt oder ihnen angst macht. Darüber muß ich noch sehr genau nachdenken, wie das gehen soll. So lange kann ich es ihnen nicht sagen. Und Margaret kann nicht hier schlafen. Aber das ist nicht so schlimm.«

»Und nun bist du richtig glücklich, nicht wahr?« fragte ich.

»Richtig glücklich?« Sie lächelte. »Ich weiß es nicht. Darüber habe ich noch gar nicht nachgedacht.« Sie dachte nach. »Doch«, sagte sie nach einer Weile. »Ich bin richtig glücklich. Ja, das kann man so sagen.«

Richtig glücklich, dachte ich, richtig glücklich.

»Und weißt du, was auch schön ist?« sagte sie nach einer weiteren Weile. Ich schüttelte den Kopf. »Ich spare das ganze Geld für den Steuerberater. Margaret macht das jetzt für mich. Ich wollte es erst nicht, aber sie meint, es wäre doch blöd, dafür Geld auszugeben, wenn ich's nur in ihre Kanzlei zu schicken brauche. Das sind fünfzehnhundert Mark im Jahr. Und weißt du, was ich mir dafür kaufe?« Ich wußte es nicht. »Margaret trägt immer so schöne Armani-Anzüge, wirklich schön. So was kaufe ich mir auch, allerdings nur ein Jackett, das gibt es schon für fünfzehnhundert Mark. Natürlich erst nachstes Jahr, wenn ich das Geld wirklich eingespart habe. Oder ist das zu verschwenderisch? Was meinst du, Agnes?«

»Wieso macht Margaret deine Steuersachen?«

»Weil sie Steuerberaterin ist, natürlich.«

»Sie ist Steuerberaterin?« Der zähe Schleim in meinem Kopf und Herzen löste sich mit einem Ruck, und ich fing an zu weinen.

»Aber warum weinst du denn, Agnes?«

Zwischen Schluchzen und Tränen quetschte ich das Wort Steuerberater heraus.

»Aber das ist doch kein Grund zu weinen«, sagte Gertraud.

Und ob es einer war.

Der November ist wirklich ein furchtbarer Monat. Ich wachte am nächsten Morgen auf und wußte genau, was ich sehen würde, wenn ich die Vorhänge öffnen würde. Graues Licht, in dem die Häuser häßlich und traurig aussahen, halbentblätterte Bäume und Büsche und nasses braunes Laub auf der Straße. Eine schöne Aussicht.

Das wollte ich nicht sehen. Ich wollte überhaupt nichts sehen und machte die Augen wieder zu. Ich stopfte das Kissen unter meinem Kopf zurecht und versuchte weiterzuschlafen. Aber ich war schon so wach, daß ich nun einen Blick auf meine innere Aussicht tun konnte, und die war noch grauer und trüber als die, die vor meinem Fenster lag. Aber ohne Vorhänge. Und ohne daß man die Augen davor verschließen konnte. Ich drehte mich auf den Rücken und machte die Augen wieder auf. Dann schon lieber nach außen sehen.

Wenn ich wenigstens ein Himmelbett hätte, dachte ich. Dann ginge es mir bestimmt viel besser. Warum habe ich mir damals eigentlich kein Himmelbett gekauft? Das wollte ich doch? Ach so, weil ich mir gesagt habe, daß ich einen Mann brauche, kein Himmelbett. Daß ich den Himmel im Bett habe, wenn ich einen Mann im Bett habe, und daß mich das keine fünfzehnhundert Mark kostet. Damit hatte ich eigentlich recht. Andererseits, jetzt, wo ich keinen Mann habe, hätte ich wenigstens ein Himmelbett. Und das für fünfzehnhundert Mark. Wo kriegt man schon einen Mann für fünfzehnhundert Mark?

Aber man kriegt dafür ein Armani-Jackett, was immer das genau ist. Ich dachte an Gertraud, die gestern abend, obwohl wir lange miteinander geredet hatten, noch zu Margaret gefahren war. Die liegt jetzt mit Margaret im Bett und merkt wieder, daß es funktioniert, und spürt, daß es klingt. Und Lea liegt mit Christoph im Bett. Oder mit Georg. Lea ist nie allein. Wenn der eine nicht da ist, ist der andere da. Und Gertraud ist auch nie allein. Wenn Margaret nicht da ist, sind die Kinder da. Nur ich bin allein. Ganz und gar. Wenn kein Mann da ist, ist auch sonst niemand da.

Wenn wenigstens Jessica da wäre. Wenn sie nicht nach Hamburg gegangen wäre. Damit hat der ganze Ärger angefangen. Wenn sie in München studiert hätte, hätte sie weiter bei mir gewohnt, und ich wäre weiter glücklich und zufrieden gewesen, mit ihr und Rainer und damit, wie die Dinge nun mal waren. Na, vielleicht nicht glücklich, aber sehr zufrieden. Und nun? Was bin ich nun? Ach, wenn bloß Jessica noch da wäre!

Jetzt hörst du aber auf, Agnes, sagte ich mir. Das ist überflüssiges Gejammere. Steh auf und tu was.

Ich stand auf und öffnete die Vorhänge und sah nicht nach draußen und ging unter die Dusche und duschte sogar kalt und cremte mich ausgiebig ein und besprühte mich mit Maiglöckchen und Flieder, bevor ich den Morgenrock anzog. Es war immer noch der alte, abgeschabte mit seinem verwaschenen Grün. Ich hatte mir eigentlich einen neuen kaufen wollen, aber ich war nie dazu gekommen, und nun war ich froh darüber. Wenigstens einer, der noch da war.

Ich machte mir ein reiches Frühstück und deckte einen schönen Tisch, die Butter auf ein frisches Tellerchen und den Schinken schön gerollt und drapiert, und dazu Kerzen und eine Serviette. Auch wer alleine ißt, soll das mit Stil und Schönheit tun, heißt es in den Frauenzeitschriften, dann schmeckt es besser und ist ein richtiger Genuß. Das fand ich nicht, es schmeckte nicht anders, und genußvoll war es auch nicht, mit Kerzen und Servietten kann man sich nicht unterhalten, im Gegenteil, ich fand es eher komisch, wie wir dasaßen, die beiden Kerzen und ich. Aber ich hatte es wenigstens probiert.

Alleinlebende sind auch gehalten, diszipliniert zu sein und sich nicht gehenzulassen. Sie sollten nicht den ganzen Tag in abgeschabten, grünen Morgenröcken in ihrer Wohnung herumschlurfen. Ich öffnete die Kleiderschranktür. Ich hatte zugenommen, die Auswahl war wieder größer geworden, ich konnte wieder jede Hose anziehen, ohne daß sie mir bis auf die Hüftknochen herunterfiel. Und du nimmst weiter zu, sagte ich mir, du nimmst jetzt nicht wieder ab, bloß weil Gertraud eine Geliebte hat und richtig glücklich ist. Reiß dich zusammen, Agnes.

Ich zog die teure braune Hose an, die ich sonst für gute Gelegenheiten aufspare, und den rosafarbenen Kaschmirpullover mit Seide, den ich sonst auch für gute Gelegenheiten aufspare. Ich sah in den Spiegel in der Innenseite der Kleiderschranktür. Blaß und mager und Schatten unter den Augen und zwischen den Augenbrauen eine dicke Falte. Bezaubernd, wirklich bezaubernd. Das hast du nun davon. Eine Kombination aus Welthungerhilfe und Sorgentelefon. Ab ins Bad und Farbe drauf und Kajal und Lipgloss. Bleiben Sie nie zu Hause ohne ein bißchen Kajal, Lipgloss und getönte Tagescreme. Auch ein guter Tip. Müßte ich der *Brigitte* mal sagen.

Und nimm die Kügelchen, die Gertraud dir mitgegeben hat, erinnerte ich mich. Sie sind gut gegen Verzweiflung und Verlassenheit und geben wieder Kraft und Mut. Dreimal täglich drei. Auf der Zunge zergehen lassen. Los, Agnes.

Und nun? Was mache ich nun, dachte ich, nachdem ich die Küche aufgeräumt und das Bett gemacht hatte. Du könntest deine Buchhaltung machen, es sieht gar nicht gut aus in deiner Buchhaltung. Deine Klienten freuen sich sicher, wenn sie keine Rechnungen bekommen, aber dein Konto nicht. Ich setzte mich also, schön und duftend und in Kaschmir und Seide, an den Schreibtisch und machte meine Buchhaltung, es ging schnell, viel schneller, als ich erwartet hatte, aber als ich damit fertig war, war es immerhin schon Zeit fürs Mittagessen.

Ich ließ die Kerzen und die Serviette weg, aber ich kochte richtig und unter Beachtung der Tatsache, daß es November war, der furchtbare Monat. Ich suchte Kräuter und Körner zusammen, soweit ich sie fand, und dann aß ich langsam und kaute gründlich, es wurde Zeit, daß ich mal was für meinen Organismus tat, und ich vergaß auch nicht, die drei Kügelchen zu lutschen, und hatte gleich das Gefühl, daß sie wirkten, ich fühlte mich sofort ein bißchen kräftiger und mutiger.

Und was nun, dachte ich, als die Küche wieder ordentlich war. Ich könnte vielleicht jemanden anrufen, aber wen? Gertraud fällt aus, die liegt in Margarets Bett, da kann ich sie schlecht anrufen, selbst wenn ich sie erreichen könnte. Und Lea fällt auch aus, die kocht gerade für Georg, und wenn sie nicht für Georg kocht, dann ist sie wahrscheinlich auch nicht zu erreichen. Und Ellen? Wie wäre es mit Ellen? Nein, Ellen hat Wochenende mit Dieter, da haben sie endlich mal Zeit miteinander, da telefoniert sie nicht gerne.

Jessica. Ich könnte Jessica anrufen. Sie ist endlich zurück aus Bali, und wir haben lange nicht mehr ausführlich miteinander geredet. Dafür ist heute genau der richtige Tag. Ich wählte Jessicas Nummer.

»Ja?« sagte Daniel.

»Hallo, hier ist Agnes. Wie geht es euch denn?«

»Gut«, sagte er, »danke.«

Ich zögerte. Ich fand es irgendwie unhöflich, jetzt ohne weitere Umschweife Jessica zu verlangen, aber was sollte ich anderes tun? Ich wollte nun mal nicht mit ihm reden, sondern mit ihr.

»Gibst du mir mal Jessica?«

»Moment.« Ich hörte Gemurmel, und es dauerte einige Zeit, bis Jessica an den Apparat kam. »Hallo, Mama.«

»Hallo, mein Liebes. Ich wollte mal hören, wie es dir so geht.«

»Gut«, sagte sie, aber ihre Stimme klang schwach.

»Wirklich? Du klingst so müde.«

»Doch, doch. Wir waren nur gestern auf einem Fest, und da ist es spät geworden.«

»Ach, so«, sagte ich, »und –«

»Mama? Kann ich dich nachher noch mal anrufen, oder morgen? Jetzt geht es gerade so schlecht.«

»Natürlich. Und leg dich bloß noch mal hin, du klingst wirklich ganz erschöpft.«

»Ja«, sagte sie, »das mache ich. Tschüs, Mama, bis bald.«

Rucksackreisen, dachte ich, diese verdammten Rucksackreisen. Das kann ja nicht gutgehen. Fast drei Monate mit diesem schweren Ding auf dem Rücken, und das in Indonesien, wo es heiß und feucht ist und wo man nur Mineralwasser trinken darf oder Coca Cola, aus geschlossenen Flaschen, wegen dieser verdammten Keime, und mit dem Essen muß man auch achtgeben, wegen dieser verdammten Keime. Wo man sich Fußpilz holen kann und andere schreckliche Infektionen. O Gott, womöglich hat sie so was. Sie hat sich angehört, als wäre sie zu Tode erschöpft. So habe ich sie noch nie erlebt!

Ich hätte sie am liebsten sofort wieder angerufen, um genau herauszufinden, was sie vielleicht hatte, und dafür zu sorgen, daß sie gleich zum Arzt ging. Aber ich wußte, daß ich es nicht durfte. Ich durfte mich nicht einmischen. Sie war alt genug, sie studierte Medizin, obwohl diese exotischen Infektionskrankheiten wahrscheinlich noch nicht drangewesen waren, aber trotzdem. Und Daniel war auch alt genug, und beide waren sie gescheit genug, um selbst das Richtige zu tun. Hoffentlich. Ich konnte nur warten, bis sie wieder anrief, und sie dann vorsichtig fragen.

Und was nun, dachte ich. Du hast nicht nur keinen, der da ist, du hast auch keinen, den du anrufen kannst. Ich schluckte probehalber, aber mir war nicht danach zu weinen. Anscheinend hatte ich genug geweint, gestern abend hatte ich es noch mal ausgiebig getan, und nun war ich leer. Mir war viel mehr danach, mit dem Kopf gegen die Wand zu rennen, gegen jede Wand, die es gab, so lange, bis das da war, was ich haben wollte. Ein Mann für alles. Zwei Männer für alles. Eine Frau für alles. Ein Kanarienvogel für alles. Was auch immer. Aber für alles.

Moment mal, dachte ich. Eine Frau für alles? Was war noch mal mit dieser Frau für alles? Gertraud hat jetzt eine Frau für alles, aber das meine ich nicht. Ich will ja keine Frau für alles. Aber jemand anders wollte eine Frau für alles. Wer war das?

Ich grub in meinem Gedächtnis, es dauerte eine Weile, aber dann fiel es mir ein. Dieser Mann in der Zeitung, der mit der Bekanntschaftsanzeige, der suchte eine Frau für alles. Wann war das noch mal? Im Frühjahr. Ob er sie gefunden hat? Wohl kaum, dachte ich. Es ist anscheinend unmöglich, einen Mann für alles zu finden. Es ist bestimmt auch nicht viel leichter, eine Frau für alles zu finden.

Ich habe die Anzeige doch aufgehoben, überlegte ich. Wo ist sie nur? Er hat bestimmt noch keine gefunden, und vielleicht sitzt er jetzt auch zu Hause und denkt, was nun, und fragt sich, wie es weitergehen soll, so alleine. Der war doch genau richtig, das Alter, das, was er sich wünscht, so, wie er sich beschrieben hat. Genau richtig, der Mann. Wo ist sie nur, die Anzeige? Bestimmt in der Ablage.

Ich durchsuchte meine Ablage, ein schmales Fach im Bücherregal, in das ich alles hineinstopfe, von dem ich denke, ich sollte es aufheben, oder von dem ich nicht weiß, wo ich es sonst hintun soll. Ich blätterte dreimal durch den Papierstapel und fand viel Interessantes, die Anzeige einer Ayurveda-Farm (was ist das bloß, eine Ayurveda-Farm?), die Adresse des Fahrradreparaturgeschäfts, die ich im Frühjahr so lange gesucht hatte, eine Visitenkarte von Stefan, auf deren Rückseite etwas aufregend Mehrdeutiges stand und die ich sofort in den Papierkorb warf, aber die Anzeige fand ich nicht. Ich suchte weiter, mit zunehmender Hektik durchstöberte ich alle Plätze und Winkel der Wohnung, die auch nur entfernt dafür in Frage kamen, eine Bekanntschaftsanzeige zu beherbergen, aber ich fand sie nicht.

Dann eben nicht, dachte ich trotzig und warf mich auf den Küchenstuhl, dann gibt es eben keinen Mann für alles. Ich legte die Füße auf den Tisch. Eigentlich legt man die Füße ja nicht auf den Küchentisch, aber die Zeitung lag darunter. Moment mal, die Zeitung. Die ist doch voll von Bekanntschaftsanzeigen. Vielleicht findet sich ja noch so einer, einer, der paßt, der mir gefällt, der richtig sein könnte. Ich nahm die Füße wieder vom Tisch und zog die Zeitung zu mir her.

Aber willst du wirklich auf so eine Anzeige antworten, fragte ich mich. Hast du das nötig? Muß das sein? Ich begann vorsichtig zu blättern. Politik, Vermischtes, Kultur. Heiraten und Bekanntschaften. Eine Heiratsvermittlerin lächelte mich an. Modern, diskret, erfolgreich, stand in dicken, schwarzen Lettern unter ihrem Foto. Ach je. Ächz, würg, stöhn, wie Jessica oft sagte, wenn sie ihre Hausaufgaben machen sollte. Muß das sein, Mama? Doch, es muß sein. Mach schon, Agnes. Reiß dich zusammen. Lies.

Er stand vor dem Café und hielt die Zeitung in der Hand, wie wir es verabredet hatten. Ich stand neben dem Wartehäuschen der Bushaltestelle und versteckte meine hinter dem Rücken. Ich wollte erst mal sehen, was mich erwartete, ehe ich mich zu erkennen gab.

Er sah gut aus, erstaunlich gut für einen Mann, der über eine Anzeige eine Frau sucht. Blödsinn, Agnes. Was heißt hier erstaunlich? Wen hast du erwartet? Quasimodo? Außerdem siehst du auch erstaunlich gut aus für eine Frau, die über eine Anzeige einen Mann sucht. Er war groß und schlank, trug eine Lederjacke und einen schöngemusterten

Schal und hatte dichtes, dunkles Haar, wahrscheinlich, so genau war es von hier aus nicht zu erkennen, und wie sein Gesicht aussah, konnte ich auch nicht richtig sehen auf die Entfernung.

Vielleicht gehst du mal näher ran, sagte ich zu mir, dann könntest du alles ganz wunderbar erkennen, jede Einzelheit. Ich zögerte. Noch konnte ich zurück. Wenn ich jetzt einfach davonging, konnte ich vor mir und der Welt vorgeben, daß es nicht passiert war, daß ich nie auf eine Bekanntschaftsanzeige geantwortet hatte. Na los. Mach schon, Agnes. Reiß dich zusammen. Geh. Ich hielt die Zeitung vor die Brust und ging auf ihn zu.

Sein suchender Blick blieb an der Zeitung hängen, wanderte zu meinem Gesicht, ging wieder hin und zurück, er lächelte vorsichtig, und dann stand ich vor ihm und sagte: »Hallo, ich bin Agnes.«

»Hallo«, sagte er, mit langgezogenem O, »ich bin Frank.« Wir schüttelten uns die Hand, und dann standen wir da und wußten nicht, was wir sagen sollten, aber er hatte eine gute Idee, er sagte: »Wollen wir nicht reingehen?«

Es war ein altmodisches, gemütliches Café mit seegrünen Wänden und Polstersesseln und vielen Messinglampen im Stil der fünfziger Jahre. Wir bestellten Tee und Kuchen, und dann lehnte er sich in seinem Sessel zurück, sah mich eindringlich an und sagte: »Schön!«

»Wie meinen Sie das?« fragte ich.

»Sie meine ich«, sagte er und blickte weiter so eindringlich. Seine Augen waren blau, das konnte ich nun sehr gut erkennen, und seine Haare tatsächlich dicht und ganz dunkel, ohne das kleinste bißchen Grau, was erstaunlich war für sein Alter.

Ich versuchte, seinem Blick standzuhalten. Er hatte in seiner Anzeige geschrieben, daß ihm Ehrlichkeit und Intensität und Gefühl über alles gingen, und das schien er sofort unter Beweis stellen zu wollen. Ich bin auch sehr für Ehrlichkeit und Intensität, aber so stehenden Fußes und mitten im Café? Ich überlegte, was ich sagen könnte, damit er aufhören würde, mich so anzustarren. Er hatte in seiner Anzeige auch geschrieben, daß er das Besondere suche, die Frau für (fast) alles.

»Wie haben Sie das gemeint?« fragte ich. »Ich meine, in Ihrer Anzeige? Eine Frau für fast alles. Warum nur fast? Wäre Ihnen alles zuviel?«

»Keineswegs«, er sah mich noch intensiver an. O je. »Ich will immer alles. Aber die Realität zeigt, daß man es nicht immer kriegt.«

Ach ja, dachte ich, da ist was dran. Tee und Kuchen kamen, und Gott sei Dank konnte er nicht gleichzeitig Tee trinken und Kuchen essen und mich so ansehen. Aber er konnte gleichzeitig reden.

»Schauen Sie«, sagte er, »dieses Alles bekommt man ja nicht dauernd, nur für Momente, für kurze Zeitspannen, wissen Sie? Aber ich will möglichst viele von diesen Momenten. Da findet Leben statt, wirkliches Leben, wissen Sie? Und natürlich braucht man, um alles miteinander zu haben und zu leben, viel Ehrlichkeit und Mut zum Gefühl, und man muß das Risiko eingehen, Intensität zuzulassen. Sich ganz hingeben, an alles, was geschieht. Verstehen Sie mich?«

»Doch, ja«, sagte ich. Es war mir ein bißchen viel Gefühl und Ehrlichkeit und Intensität, mitten im Café, zu Käsesahne und Schwäbischem Apfelkuchen, aber grundsätzlich hatte er recht. Doch, ja. Das fand ich auch. Und ich fand es sympathisch, daß ihm etwas so wichtig war. Daß er wußte, was er wollte. Ja, ich fand ihn ganz sympathisch.

»Sie verstehen das, nicht wahr?« Sein Blick intensivierte sich wieder. »Das habe ich gleich gesehen, daß Sie es verstehen.« Aber dann milderte er seine Intensität und aß seinen Apfelkuchen auf, und wir konnten über etwas anderes reden, über Dinge, die nicht so viel Gefühl und Ehrlichkeit erforderten, über das Wetter, über kulturelle Veranstaltungen und unsere diesbezüglichen Interessen, über Reisen und fremde Länder und welche Länder wir mochten, über Bücher und welche Bücher wir mochten. Es ergab sich, daß er Buchhändler war, er besaß zwei Buchhandlungen in kleineren Städten des Landkreises, er liebte seine Arbeit und erzählte mit schöner Begeisterung davon, ohne allzuviel Intensität. Ich fand ihn allmählich richtig nett.

»Wissen Sie, was sonderbar ist?« sagte ich, als er gerade eine Pause machte. Seine Ehrlichkeit hatte mich offenbar angesteckt, ich sagte einfach, was mir durch den Kopf ging. »Vor einem halben Jahr war eine Anzeige in der Zeitung, die so ähnlich klang wie Ihre. Da suchte auch jemand eine Frau für alles, allerdings wirklich für alles, nicht nur fast. Aber das suchen wohl viele.« Meine Ehrlichkeit ging nicht so weit hinzuzufügen, daß es genau das war, was ich auch suchte.

»Das ist gar nicht sonderbar«, sagte er, »die Anzeige war von mir.«

»Ach so. Na, dann ist es klar. Und Sie haben keine gefunden?« Offenbar nicht, Agnes, sonst säße er nicht hier.

»Nein«, sagte er, »das ist ja so schwierig. Wirkliche Intensität und Ehrlichkeit und wirkliches Gefühl, danach muß man lange suchen, wissen Sie?«

Ich hoffte sehr, daß er nicht wieder damit anfangen würde. Er war so nett, wenn er nicht so intensiv war.

Er sah auf die Uhr. »Ich muß jetzt leider gehen. Leider.« Er sah mich durchdringend an. »Aber ich möchte Sie gerne sehr bald wiedersehen, wie ist es mit Ihnen?«

»Ich auch«, sagte ich, ganz ehrlich, »ich würde Sie auch gerne wiedersehen.«

»Gut.« Er kramte einen dicken Terminkalender aus seiner Lederjacke, die auf dem freien Sessel lag, und fing an zu blättern. Ich sah ihm dabei zu. Ich hatte meinen Terminkalender nicht dabei, ich hatte nicht so viele Termine, ich wußte auch so, wann ich abends frei hatte. Die Seiten seines Kalenders waren dicht beschrieben. »Mein Gott, haben Sie viel zu tun«, sagte ich.

»Na ja«, sagte er achselzuckend, »ich habe fünfzig Zuschriften bekommen.«

»Und die treffen Sie jetzt alle?« fragte ich. »Alle diese Frauen?«

»Ja, sicher. Bei der ersten Anzeige waren es sogar sechzig.«

»Und die haben Sie auch alle getroffen?«

»Natürlich.« Er sah auf und lächelte mich an. »Jeder Mensch ist es wert, daß man ihn kennenlernt. Und mit jedem Menschen kann man alles finden, für kürzer oder länger. Meinen Sie nicht auch?«

Ich starrte in seine blauen Augen. Meinte ich das auch? »Und wann entscheiden Sie sich für eine?« fragte ich.

»Wenn ich sie gefunden habe, die Frau, mit der alles möglich ist«, sagte er. »Aber das ist eben sehr schwierig.«

Und bis dahin sitzt du in Cafés rum und siehst alle diese Frauen intensiv an, mit deinen blauen Augen und deinem netten Lächeln, und erzählst ihnen was von wahrer Ehrlichkeit und wirklichen Gefühlen und wie sehr du danach suchst und wie schwer es ist, das zu finden. Und alle diese Frauen sehen dich an und denken, bei mir, bei mir findest du das, ganz bestimmt, und sind sofort bereit, es dir zu beweisen, dir zu zeigen, daß sie genau das sind, was du suchst. Die Frau für alles. Und dabei willst du das gar nicht, du mieser kleiner Mistkerl, du willst gar keinen Menschen für alles, du willst nur das Alles, diese paar Momente, und wenn die nicht mehr so kommen, wie du sie dir vorstellst, diese Momente, dieses großartige Alles, dann gehst du zur nächsten Frau. Oder gibst die nächste Anzeige auf.

»Was ist?« fragte er. Er lächelte immer noch. »Stört Sie das? Ich bin da ganz ehrlich.«

Man sollte dir deine Ehrlichkeit in den Hals stopfen, bis du daran erstickst, dachte ich.

»Nur mit Ehrlichkeit haben wir eine Chance«, sagte er. »Wenn wir nicht ehrlich miteinander sind, geht gar nichts.«

Etwas in mir öffnete sich und gab den Weg frei. »Man sollte Ihnen Ihre Ehrlichkeit in den Hals stopfen, bis Sie daran ersticken«, sagte ich.

Er starrte mich an. Stumm, zur Abwechslung. Und erstaunt, ehrlich erstaunt.

Ich stand auf, griff nach meiner Tasche, holte das Portemonnaie heraus und kramte im Geldscheinfach. Meine Hände zitterten. Ich konnte nicht darüber nachdenken, was eine Portion Tee und ein Stück Käsesahnetorte kosteten. Es war ein kleiner, blauer Schein darin und ein großer, blauer Schein. Ich griff nach dem großen Schein und legte ihn auf den Tisch.

»Aber das ist doch viel zuviel.« Er stotterte ein bißchen.

»Der Rest ist für Sie.«

13. Kapitel

Der Dezember gab sich große Mühe, mich mit der Welt und dem Leben auszusöhnen und damit, daß es anscheinend unmöglich war, einen Mann für alles zu finden. Er war warm und sonnig, er ließ ein paar bunte Blätter an den Bäumen hängen, und er verkniff sich auch das kleinste Flöckchen Schnee. Die Leute klagten, es gebe keinen richtigen Winter mehr, und wenn es so weiterginge, würden wir grüne Weihnachten haben. Wenn ich etwas liebe, dann sind es grüne Weihnachten, aber das sagte ich nicht, denn die Leute hassen einen, wenn man so etwas sagt.

Ich verließ den Friseursalon mit dem englischen Namen und kehrte zu meinem alten Friseur um die Ecke zurück. Ich hatte mir ausgerechnet, daß hundertzwanzig Mark alle fünf Wochen aufs Jahr umgerechnet zwölfhundert Mark waren, und das war reichlich viel Geld, besonders wenn man keinen Mann für alles dafür fand. Carmen, die mir früher immer die Haare geschnitten hatte, zeigte menschliche Größe, sie nahm mich in alter Herzlichkeit wieder auf, besah sich meinen Schnitt, sagte: »Ach, das mache ich Ihnen auch, Frau Geben«, und das tat sie, er wurde nicht ganz so edel, und vor allem wurde er kürzer, »dann müssen Sie nicht dauernd zum Nachschneiden kommen.«

Ich räumte das Bord unter dem Badezimmerspiegel auf und verbannte vieles von dem, was es enthalten hatte, in das Schränkchen neben dem Spiegel. Eroica kam in die hinterste Ecke, Maiglöckchen und Flieder taten es auch, und ich würde das Haus nun auch wieder ohne Kajal, Lipgloss und Farbe im Gesicht verlassen. Nur für den Notfall, beschloß ich, für die Tage, an denen man aussieht, als wäre man unter einem Stein hervorgekrochen. Aber es sind ja gerade diese Tage, an denen man auf interessante Männer trifft; wenn man zufällig mal schön ist, dann sieht einen kein Schwein, aber wenn man strähniges Haar hat und totenblaß ist, garniert mit Pickeln, dann tauchen sie auf, die interessanten Männer.

Suchet nicht, so werdet ihr finden, hatte meine Großmutter immer gesagt, wenn sie ihre Brille verlegt und schon überall nachgesehen hatte und es fürs erste aufgab. Mir war das immer sonderbar erschienen, wie konnte man etwas finden, wenn man nicht danach suchte, aber tatsächlich, es funktionierte, bald danach fand sich die Brille, und meine Großmutter sagte triumphierend: »Siehst du?«

Suche nicht, so wirst du finden, sagte ich nun auch, und ich hatte dabei den gleichen Hintergedanken wie meine Großmutter; wenn ich überhaupt nicht suchte, würde ich sofort finden und auch sagen können, siehst du. Es funktionierte bei mir nicht so gut wie bei ihr, aber es war immerhin schon mal angenehm, das Suchen aufzugeben. Mein Blick auf die Welt wurde wieder weiter, es war ziemlich einseitig gewesen, nur auf Männer achtzuhaben, einseitig und langweilig, nichts gegen Männer, aber Frauen und Kinder sind auch sehr nett und interessant.

Mit Nachdruck nicht suchend und zutiefst bereit zu finden, streifte ich durch Karstadt und die umliegenden Geschäfte und kaufte verschwenderisch Weihnachtsgeschenke ein. Vor allem für Jessica, die Weihnachten in der neuen Wohnung feiern wollte, nur mit Daniel und einem richtigen Weihnachtsbaum, sehr klein mußte er sein, sonst paßte er nicht ins Wohnzimmer, aber doch ein richtiger. Und für Lea, denn bei ihr und Georg würde ich Weihnachten feiern. Daniel und Georg bekamen auch etwas, jeder ein kluges Buch, und das für Georg, das mir Lea empfohlen hatte, war so klug, daß der Buchhändler mich ganz achtungsvoll ansah, bis ich erwähnte, daß es für einen Freund sei.

Ich suchte so gar nicht, daß ich nun eigentlich bald finden mußte, und als eines Tages bei Karstadt eine Männerstimme hinter mir sagte: »Nun komm schon, Agnes«, und ich mich umwandte und dunkle Augen sah und ungekämmte dunkle Haare und breite Schultern und zwei, drei Kilo zuviel, da dachte ich einen verwirrten, zauberischen Moment lang, siehst du, gefunden, und ich wäre seiner Aufforderung gefolgt und gekommen, obwohl seine Stimme ruppig und ungeduldig geklungen hatte.

Der Mann sah mich erstaunt an, weil ich ihn so anstarrte, und ich kam wieder zu mir und sagte: »Ach, entschuldigen Sie, ich heiße auch Agnes, ich dachte, Sie meinen mich.«

Er lächelte, ein bezauberndes Lächeln, und sagte: »Wenn ich Sie gemeint hätte, hätte ich das doch anders gesagt«, und meine Knie wurden weich. Neben mir tauchte die Agnes auf, die er gemeint hatte, und sah zu mir hoch. Sie war ungefähr acht, hatte struppige dunkelblonde Haare, vorstehende Zähne und einen widerständigen Ausdruck in den grünen Augen. Er nahm ihre Hand, schenkte mir noch ein Lächeln und strebte zum Ausgang. Sie sieht ihm gar nicht ähnlich, dachte ich, wahrscheinlich kommt sie nach ihrer Mutter, na, da hat er ja was Feines zu Hause, da wäre er mit mir aber besser bedient.

Eigentlich hat der Zauber ja gewirkt, dachte ich, der Nicht-suchen-also-finden-Zauber. Der Mann wäre genau richtig gewesen, wie aus meinen Träumen erstanden, und er fand mich auch ganz gut und richtig, glaube ich. Der einzige Fehler war, daß er schon eine Agnes hat und die dazugehörige Mutter. Das darf nicht wieder vorkommen. Das muß beim nächsten Mal besser werden.

Ich schluckte. Nicht weinen, Agnes. Es wird nicht mehr geweint. Es wird nicht mehr gesucht, es wird nicht mehr geweint. Kauf lieber noch ein paar Weihnachtsgeschenke. Die weiße Bluse mit den Spitzen für Lea. Darin wird sie wunderschön aussehen und ganz und gar wie Anna Karenina. Und die Salatschüssel aus Acrylglas mit dem passenden Besteck für Jessica. Ein bißchen teuer vielleicht, aber das Auge ißt ja auch mit. Und dann kommst du mal wieder ins Küchengeschäft. Ich hatte das Küchengeschäft häufiger frequentiert, und Jessicas Küche würde mit lauter teuren Designergerätschaften prunken können. Nicht, daß ich dort etwas gesucht hätte, ich suchte ja nicht mehr, aber wie sich gezeigt hatte, war das Küchengeschäft ein Ort, an dem sich durchaus etwas finden ließ, und was man einmal gefunden hatte, konnte man auch wiederfinden.

Ich kaufte die Bluse und noch ein kleines Fläschchen Parfüm für Lea, das sehr gut duftete und Troika hieß und mir daher passend erschien. Dann ging ich ins Küchengeschäft, wo die Besitzerin mich mittlerweile begrüßte, als wäre ich ihre für verschollen gehaltene Mutter, und mir Orangensaft und Kaffee anbot. Ich blieb sehr lange dort und kaufte nicht nur die Salatschüssel, sondern auch Salz- und Pfefferstreuer von einem italienischen Designer und eine Zeitschaltuhr in Form eines goldenen Eis von einem deutschen Designer, und Jessica würde mich wahrscheinlich für verrückt halten, aber das war mir egal, vielleicht fand sich ja sonst noch was hier, aber es fand sich nichts, und so ging ich schließlich.

Laß nur, laß nur, sagte ich mir auf dem Heimweg. Jetzt feierst du Weihnachten mit Lea und Georg, schöne Weihnachten und grüne Weihnachten. Und dann feierst du Silvester mit Gertraud und den Kindern und all den Frauen. Auch schön. Und du lernst Margaret kennen und bringst in Erfahrung, was genau ein Armani-Anzug ist. Ist das vielleicht nichts?

Das Telefon klingelte um zehn. Wir hatten rauschend Silvester gefeiert und ausgiebig ins Neue Jahr hinein, und ich war noch weit davon entfernt, wach zu sein. Ich hoffte, es würde wieder aufhören zu klingeln, aber das tat es nicht, und ich wühlte mich mühsam aus meinem Bett heraus. Wer rief denn am Neujahrstag morgens um zehn an? Wahrscheinlich Vater. Der feierte nie, weder rauschend noch ausgiebig, und er kommt auch nicht auf die Idee, daß andere Leute es vielleicht tun.

»Ja?« murmelte ich.

»Hallo, Agnes«, sagte Daniel, »ich hoffe, ich habe dich nicht gestört. Ein gutes Neues Jahr.«

Er hatte mich sehr gestört, aber was war er doch für ein höflicher junger Mann. Rief extra an, um mir ein gutes Neues Jahr zu wünschen. Beinahe zu höflich.

»Danke, Daniel. Das wünsche ich dir auch. Und Jessica natürlich. Ist sie auch schon auf? Dann gib sie mir doch mal.«

»Ja«, sagte er, »deswegen rufe ich an. Sie ist –« Er zögerte. »Sie ist –«

»Was ist los, Daniel?«

»Sie ist im Krankenhaus. Aber es ist nichts Schlimmes. Du brauchst dir keine Sorgen zu machen.«

»Warum ist sie im Krankenhaus?«

»Sie –« Er suchte wieder nach Worten. Nun mach schon! »Sie bekommt ein Kind.«

»Aber wie kann sie denn ein Kind bekommen? Sie ist doch gar nicht schwanger!«

»Doch«, sagte er.

»Aber – aber ...« Die Schaltstellen in meinem Kopf versagten ihren Dienst.

»Sie bekommt es ja noch nicht gleich. Sie ist erst im dritten Monat. Ende der zwölften Woche«, fügte er hinzu, als hoffe er, die Ungeheuerlichkeit seiner Mitteilung durch Präzision wettmachen zu können.

»Aber warum ist sie dann im Krankenhaus?«

»Weil – weil – wir waren gestern abend auf einem Fest, und da hat sie Blutungen bekommen«, seine Stimme klang unbehaglich, »und – und es hätte eine Fehlgeburt sein können, aber wir sind sofort ins Krankenhaus gegangen, und nun ist alles wieder in Ordnung.«

»Verdammt noch mal«, sagte ich. Sei froh, daß du so weit weg bist. Daß du nicht in Reichweite bist. Erst schleppst du sie auf diese Rucksackreise und schwängerst sie noch dabei, und dann schleifst du sie auf ein Fest, und nun liegt sie im Krankenhaus und hat Blutungen, und du erzählst mir, es sei alles in Ordnung. Verdammt!

»Ich komme. Ich nehme das nächste Flugzeug –«

»Ja?« sagte er hoffnungsvoll. »Das wäre schön. Aber nur, wenn es dir keine Umstände macht –«

»Verdammt noch mal, Daniel.« Meine Tochter steht kurz vor der Fehlgeburt, weil du auf dieser verdammten Rucksackreise nicht aufgepaßt hast, und du kommst mir mit *Wenn es dir keine Umstände macht.* »Hör auf mit dem Affentheater!«

»Jessica hat gesagt, du sollst nur kommen, wenn es dir keine Umstände macht.«

»Verdammte Scheiße«, sagte ich, »wo liegt sie? Wie heißt das Krankenhaus? Hat sie Telefon?«

Sie hatte kein Telefon, aber er nannte mir den Namen des Krankenhauses und gab mir die Adresse, und Jessica würde sich sehr freuen, und ob ich Bescheid sagen könnte, wann ich ankommen würde?

»Nein«, sagte ich und legte auf.

Ich beschloß, das Nachdenken darüber, wie das hatte passieren können, und den Zorn auf die Beteiligten, die es hatten passieren lassen, und die Frage, wie das alles enden sollte, auf später zu verschieben und mich auf das Wesentliche zu konzentrieren. Reisebüros und Fluggesellschaften hatten geschlossen, es war ja Neujahr, aber ich rief den Flughafen an und fragte, ob sie noch einen Platz in einer Maschine nach Hamburg hätten, und den hatten sie, jede Menge, ich konnte mir einen aussuchen, es war ja Neujahr.

Ich frühstückte in aller Ruhe und packte meinen Koffer und bestellte mir ein Taxi und fuhr in aller Ruhe zum Flughafen. Im Flugzeug findet ohnehin Beruhigungs- und Beschäftigungstherapie statt, kaum hatte es abgehoben, gab es einen Fruchtbonbon und Zeitschriften und diese beruhigenden Vorführungen, was man tun soll, wenn der Notfall eintritt, und ich lutschte den Bonbon und dachte darüber nach, wie es wohl wäre, so eine hübsche orangefarbene Schwimmweste zu tragen und das Flugzeug durch den Notausgang zu verlassen statt über die Gangway. Als ich in Hamburg ankam, war ich die Ruhe selbst.

Das Krankenhaus war eines von den alten, mit hohen, weiten Gängen, Rundbögen, wohin man blickte, und abgetretenem, auf Hochglanz gebrachtem Linoleum. Das Linoleum war dunkelgrün, der Ölfarbenanstrich, der sich ein Stück weit die Wand hochzog, senfgelb, und irgendein schönheitsdurstiger Mensch war auf die Idee gekommen, ihn mit einem dunkelroten Abschlußstreifen zu versehen.

Ich sah Daniel schon von weitem. Sein Gesicht verschwamm mit dem Halbschatten, in dem er stand, aber an seiner Größe war er leicht zu erkennen.

»Hallo, Agnes«, sagte er, »hast du einen guten Flug gehabt?« Er schwankte, ob er mir die Hand geben sollte oder mich, wie sonst, auf die Wange küssen, und in diesem Schwanken wirkte er so kindlich und unsicher, daß ich fast Mitleid mit ihm bekam, aber ich verschob es auf später. »Wo ist sie?« fragte ich.

Er wies auf die Tür, vor der wir standen. »Ich komme nicht mit rein, es wird sonst zu voll da drin.«

Ich klopfte und öffnete die Tür und sah fünf Betten vor mir mit fünf Frauen darin, die mich interessiert und fragend ansahen, so wie man auf einen Schauspieler blickt, der die Bühne betritt. Was wird er wohl bringen?

Ich murmelte einen Gruß und musterte die Gesichter, und dann sah ich Jessica. Sie lag im Bett am Fenster, lächelte und zog den Kopfhörer vom Kopf. Ich ging mit vorsichtigen Schritten hinüber, setzte mich vorsichtig aufs Bett und nahm sie in die Arme, vorsichtig, aber fest. »Hallo, Mama«, sagte sie leise und ließ sich halten und drückte ihren Kopf an meine Schulter.

Schließlich seufzte sie zufrieden und legte sich wieder zurück. Ich ließ sie los, hob den Kopf und sah in die Gesichter der beiden Frauen, deren Betten neben dem von Jessica standen. Sie trugen einen zufriedenen Ausdruck, und die eine lächelte mich an. Anscheinend hatte ihnen die Vorstellung gefallen.

»Wie geht es dir, mein Liebes?« fragte ich.

»Es ist alles wieder in Ordnung«, sagte sie, »ich muß ein paar Tage hierbleiben, sagt der Arzt, und sie machen ein paar Untersuchungen, und dann kann ich nach Hause. Alles in Ordnung.«

Das nenne ich nicht in Ordnung, dachte ich, aber darüber reden wir später. Ich betrachtete sie genauer. Sie sah ganz frisch aus, ein bißchen blaß vielleicht, aber vor allem war sie sehr schlank geworden. Sie hatte fast ihr ganzes Übergewicht verloren.

»Du bist so dünn geworden«, sagte ich, »das muß aufhören. Du darfst doch jetzt nicht abnehmen.«

»Ich weiß«, sagte sie, »aber mir ist immer so schrecklich übel.«

»Darüber reden wir mal mit dem Arzt. Vielleicht können sie dir was geben.«

»Der Arzt«, sagte die Frau in dem Bett hinter mir. »Der Arzt!« Ich drehte mich um. »Er hat mir alles rausgenommen! Dabei bin ich ganz gesund, er hat gar nichts gefunden. Völlig gesund. Er hat gesagt, er würde mich fragen, er würde nichts machen, ohne mich zu fragen. Und nun hat er mir alles rausgenommen! Alles weg! Dabei bin ich ganz gesund.« Sie sah mich mit hellen, ausdruckslosen Augen an.

Die Frau in dem Bett neben ihr ließ die Zeitschrift sinken, in der sie gelesen hatte. »Totaloperation«, erläuterte sie. »Einfach so. Sie braucht's ja nicht mehr, hat er gesagt. Ts, ts. Man sollte ihn in die Alster schmeißen.« Sie hob die Stimme.

»Nun beruhigen Sie sich mal wieder, Frau Riemann. Es ist ja schlimm. Aber wenn Sie sich so aufregen, wird's auch nicht besser. Wir reden nachher mit der Schwester, die soll Ihnen was geben, damit Sie schlafen können. Wir brauchen alle ein bißchen Ruhe, besonders das kleine Fräulein da.« Sie nickte mir zu und vertiefte sich wieder in ihre Zeitschrift.

Das kleine Fräulein, dachte ich, ach, wenn sie das doch noch wäre. Aber was ist sie? Eine werdende Mutter mit einer Neigung zu Fehlgeburten. Eine zwanzigjährige Studentin mit gerade mal drei Semestern hinter sich. Eine junge Frau mit einem hübschen, großen jungen Mann, dem werdenden Vater, der draußen auf dem Flur wartet und überhaupt nicht weiß, was er tun soll. Ach, Scheiße. Verschieben wir's auf später.

»Brauchst du was, mein Liebes?« fragte ich. »Was zu essen, was zu lesen, Nachthemden oder so?« Ich wußte, daß das nicht wirklich wichtig war, aber man fragt es eben, wenn man jemanden besucht, der im Krankenhaus liegt.

Sie schüttelte den Kopf. »Hab ich alles.«

»Ich bleibe, solange du willst«, sagte ich, »es ist überhaupt kein Problem, es macht mir gar keine Umstände.«

Jetzt lächelte sie. »Schön, Mama.« Ich streichelte ihr Gesicht und küßte sie auf die Wangen. »Ich gehe mal raus, mit der Schwester sprechen. Und vielleicht erwische ich ja auch den Arzt. Wie heißt der, weißt du das?«

»Dr. Schüttler.«

»Soll ich dir Daniel reinschicken?«

Sie nickte. Sie war sehr müde, das sah man, sie würde bald einschlafen.

Das Stationszimmer mit seiner gläsernen Wand war gleich gegenüber. Die Tür stand offen. »Guten Abend«, sagte ich zu der blondgefärbten Aufsteckfrisur, die im Licht der Schreibtischlampe glänzte. Die Schwester hob den Kopf. Sie war Ende Vierzig und hatte ein breites, blasses Gesicht mit schmalen Augen. Das Gesicht paßte überhaupt nicht zur Frisur.

»Ich bin Agnes Geben«, sagte ich, »meine Tochter Jessica liegt auf Zimmer dreihundertzwölf.«

Die Schwester schwieg. Auf dem Schild an ihrem Kittel stand »Sr. Bettina«.

»Ich will ja keine Umstände machen«, sagte ich, »aber kann man sie nicht verlegen? Sie kommt da drin kaum zur Ruhe.«

»Das sehe ich nicht«, sagte Schwester Bettina, »wir sind voll belegt, trotz der Feiertage. Und sie ist ja nicht privat.«

Diese Scheißstudentenversicherung, dachte ich. »Ich übernehme die Kosten.«

»Da müssen Sie mit dem Chef sprechen. Übermorgen ist er da.«

»Und wann kann ich Dr. Schüttler sprechen? Wann ist der da?«

»Das wüßte ich auch immer gerne, wann der da ist«, sagte sie. »Aber morgen ist Oberarztvisite, da muß er da sein, das geht nicht ohne ihn. Zwischen neun und halb zehn. Manchmal kommt er auch erst um zehn. Oder um halb elf.«

»Na gut«, sagte ich, »ich bin um neun da.«

»Das ist ja schon mal was«, sagte sie, »wenigstens einer, von dem ich weiß, daß er da ist.« Sie wandte sich wieder ihren Schreibarbeiten zu.

Ich stand da und wußte nicht, ob ich lachen oder weinen sollte. Eigentlich habe ich etwas übrig für diese Art von Humor, aber er schien mir dem Ort und den Umständen nicht angemessen zu sein. Ich sah den Gang hinunter, der in wechselndem Licht lag. Hier und da glänzte der ochsenblutfarbene Streifen, der die Wände teilte. Obwohl man es an diesem Ort und unter diesen Umständen wohl kaum aushält, wenn man nicht diese Art von Humor entwickelt.

Ich ging zurück ins Zimmer. Daniel saß an Jessicas Bett und hielt ihre Hand. Sie war eingeschlafen. Die Frauen in den anderen Betten blickten zufrieden. Die Vorstellung wurde immer besser. Romeo und Julia auf der Gynäkologischen. Mit Frühschwangerschaft. In Schwarz-Weiß. Mit multikultureller Beziehung. Mal was anderes. Und so hübsch, die beiden. Und sie lieben sich so. Hier bekam man wirklich was für sein Geld.

Er kam auf Zehenspitzen herüber, meinen Koffer in der Hand, den ich neben Jessicas Bett stehengelassen hatte. Sein Gesicht war verzerrt vor Verlegenheit angesichts der wohlwollend blickenden Frauen, aber wenn er rot wurde unter seiner dunklen Haut, dann war es wenigstens nicht zu sehen.

Wir nahmen nicht den Bus, auf den er zustrebte, nachdem wir das Krankenhaus verlassen hatten, sondern ein Taxi. Er trug mir den Koffer durch die langen, schlecht beleuchteten Flure des Hochhauses, bis hinein ins Wohnzimmer, wo er ihn abstellte und sich etwas hilflos umblickte. »Ich mache uns was zu essen«, sagte er, »möchtest du kalt oder warm?«

»Mach dir bloß keine Mühe«, sagte ich, »nur ein Stück Brot mit irgendwas drauf.«

Wir aßen in der Küche, er hatte sich doch Mühe gegeben und richtig gedeckt, und wollte ich vielleicht ein Glas Wein? Das wollte ich, und so aßen wir friedlich zu Abend und machten friedliche Konversation, ohne darüber zu sprechen, was passiert war und wie das alles enden sollte. Das verschoben wir lieber.

»Geh bloß ins Bett, Daniel«, sagte ich schließlich, denn seine Gesichtsfarbe ging allmählich von Dunkelbraun in Dunkelgrau über. »Du hast doch überhaupt nicht geschlafen, oder? Gib mir nur noch Bettwäsche und Handtücher und klapp das Sofa aus.«

Er suchte ewig lange nach der Bettwäsche, anscheinend wußte er nicht, wo sie war, und ich fing gerade wieder an, ärgerlich zu werden, als mir einfiel, daß es wahrscheinlich nicht seine Schuld war. Jessica ließ ihn bestimmt nicht an ihre Schränke, damit er ihre Ordnung nicht durcheinanderbrachte. »Schlaf gut, Daniel«, sagte ich, als er wieder aufgetaucht war, und strich über seinen Arm, und er verschwand in dem kleinen Zimmer mit dem großen Himmelbett.

Ich schlief schrecklich schlecht in dieser Nacht und träumte furchtbare Träume. Jessica kam auf mich zu, durch eine weite, gläserne Halle, mit weißem Gesicht und dickem Bauch, und bei jedem ihrer Schritte fielen Blutstropfen auf den gläsernen Fußboden. Und dann war ich es, die den dikken Bauch hatte, ganz schwer war er, er zog mich fast zu Boden, auch meine Beine waren bleischwer, ich konnte kaum die Füße heben, ich kam nicht mehr vom Fleck.

Am anderen Morgen nahmen wir wieder ein Taxi, es war ein weiter Weg zum Krankenhaus, es kam ziemlich teuer, aber dies war nicht der Moment zu sparen.

»Dr. Schüttler ist schon da«, sagte Schwester Bettina mit einem Blick auf die Stationsuhr, die fünf vor neun zeigte. »Man weiß es eben nie.« Ihre Frisur glänzte noch mehr als gestern und war noch sorgfältiger arrangiert.

Dr. Schüttler hatte ein auffallend langes Gesicht und sprach sehr leise, so leise, daß es besser gewesen wäre, ein Luchs zu sein oder ein Lippenleser. Ich versuchte es auf beide Arten. Gott sei Dank hob er die Stimme etwas, wenn er zu den zentralen Punkten kam.

»Keine große Sache ... minimales Abortrisiko ... Zervixinsuffizienz.« Aha. Ich wußte, was das war. Ich hatte zu Hause noch schnell ins Medizinlexikon geschaut, Stichwort Fehlgeburt.

»Unklare Genese ... Infektion ... Lebensumstände ... genetische Faktoren.« Das war allerdings eine unklare Genese. Ich hätte einfach gesagt, Rucksackreise.

»Portio ... Cerclage ... unwahrscheinlich. Bettruhe, wie gesagt.« Ich wußte, was Bettruhe war, was das andere bedeutete, wußte ich nicht. Ich wollte den Mund öffnen, um ihn zu fragen, da wandte er sich um und ging und ließ mich stehen. Ich sah ihm nach. Den müßte man wirklich in die Alster schmeißen, dachte ich, die Frau hat ganz recht.

Schwester Bettina stand in der Tür des Stationszimmers und sah mich auf ihre unbewegte Art an. »Portio?« fragte ich. »Cerclage?«

»Muttermund«, sagte sie. »Der Muttermund könnte sich öffnen, und dann hätten wir die Bescherung. Man kann einen Faden durchziehen und ihn zubinden, im Notfall. Wird wohl nicht nötig sein. Sie schafft das schon alleine. Da bin ich mir sicher.« Sie wandte sich wieder dem Medikamenschrank zu. »Ganz sicher ist man natürlich nie.«

Ich hatte das Gefühl, daß sich bei mir auch bald etwas öffnen würde und daß es Feuer und Flammen spucken würde, einen heißen Atem, der sie alle hinwegfegen würde. Ich riß mich zusammen.

Daniel saß bei Jessica, hielt ihre Hand und lächelte sie an. »Es ist wirklich halb so schlimm«, sagte ich. »Alles, was du brauchst, ist Bettruhe, sagt der Arzt.«

»Der Arzt«, sagte Frau Riemann und begann zu stöhnen, ein Stöhnen, das mit leisen Schluchzern untermischt war. Eine schreckliche Mischung.

Ich verdrehte die Augen. »Laß nur, Mama«, sagte Jessica tröstend, »das macht nichts. Ich habe doch den Walkman.«

Das kann ja auch nicht gut sein, dieses dauernde Gedröhne in den Ohren, dachte ich. Daß es das Gehör schädigt, ist erwiesen. Gott weiß, was es mit dem Muttermund macht. Ich wußte, daß ich nicht ruhig hier sitzen bleiben, ihre Hand halten und sie anlächeln konnte, so, wie Daniel es konnte, und so, wie sie es brauchte.

»Brauchst du denn gar nichts, mein Liebes? Ich könnte es dir besorgen, und Daniel bleibt hier bei dir.«

Es erwies sich, daß sie doch das eine oder andere nötig hatte, ich schrieb alles auf, sie sagte mir genau, wo ich es finden würde, und ich machte mich davon.

Ich fuhr mit dem Bus, es war mir egal, wie lange es dauerte, ein bißchen ruhiges Mit-dem-Bus-Fahren war jetzt genau das, was ich brauchte, ohne Schwestern und Ärzte und

Frauen mit Totaloperationen und Muttermündern, die sich vielleicht öffneten. Ich stieg an der Haltestelle aus, die Daniel mir genannt hatte, das traute Heim zu finden war kein Problem, das Hochhaus überragte alles, man sah es von überall.

Hamburg ist so eine schöne Stadt, aber die beiden hatten es geschafft, sich in einer Gegend anzusiedeln, die so kalt, grau und schrecklich war wie die Städte in den futuristischen Filmen. Stadtautobahnen und Unterführungen und Betonwände, und wenn irgendwo ein Baum oder ein Strauch stand, so war er in einen Betonkübel eingeschlossen, und der Wind trieb grellbunte Werbebeilagen vor sich her. Es hätte mich nicht gewundert, wenn ich dem Terminator begegnet wäre, es hätte mich auch nicht erschreckt, im Gegenteil, es wäre mir nachgerade lieb gewesen, dem hätte ich es schon gezeigt.

Ich versuchte dem Schrecken mit Ordnung zu Leibe zu rücken, ich packte zusammen, was auf Jessicas Liste stand, räumte das Wohnzimmer auf, machte das Himmelbett, spülte das Geschirr und putzte Bad und Küche. Es gab nicht viel zu putzen, es war alles sehr sauber, und es half auch nicht.

Hier hockt sie dann mit dem Baby, dachte ich, und der Weg zur Uni ist so weit, wie soll sie den dann noch schaffen? Hier tappt sie nachts herum, wenn es schreit, und sitzt mit ihm auf dem Sofa, und da hilft das schönste Himmelbett nichts, wenn man nachts dauernd raus muß. Und ständig wird Wäsche herumhängen, im Bad oder auf einem Ständer im Wohnzimmer. Und wo kommt das Kinderbett hin? Ins Schlafzimmer paßt es nicht rein, das muß auch ins Wohnzimmer. Den Weihnachtsbaum kann sie dann vergessen, der sorgt jetzt schon dafür, daß man sich hier kaum noch umdrehen kann. Und wenn sie in den Supermarkt will, muß sie mit dem Kinderwagen erst einen Kilometer laufen und begegnet womöglich dem Terminator.

O nein, dachte ich, sie müssen hier raus, sie brauchen eine

größere Wohnung, näher zur Uni, mit Geschäften gleich um die Ecke. Da müssen wir was zulegen, Achim und ich. Und was ist eigentlich mit Daniels Eltern, von denen weiß ich noch gar nichts, die müssen sich auch beteiligen, schließlich war ihr Sohn auch daran beteiligt, dieses Durcheinander anzurichten. Rucksackreisen! Wie soll man denn ordentlich verhüten, wenn man alles, was man zum Leben braucht, in einem Rucksack bei sich trägt? Das habe ich doch schon immer gesagt.

Aber auch wenn sie hier herauskommen, dachte ich, und es größer und bequemer haben, und das läßt sich machen, das ist nicht das Problem, an dem wirklichen Problem ändert sich nichts. Und da läßt sich auch nichts machen. Sie wird das Kind bekommen, und das ist was Schönes, weiß Gott, aber sie wird auch etwas verlieren, von dem sie noch gar nicht richtig weiß, daß sie es hat.

Ein Schlüssel drehte sich im Schloß der Wohnungstür. »Hallo, Agnes«, sagte Daniel fröhlich. Es hatte ihm offenbar auch gutgetan, daß Jessica seine Hand gehalten und ihn angelächelt hatte.

»Ihr müßt hier raus«, sagte ich, »es ist viel zu klein für euch und das Kind.«

»Ich weiß nicht«, sagte er und sah sich um, als wolle er meine Angaben überprüfen.

»Wir helfen euch dabei, Achim und ich. Finanziell, meine ich. Was ist mit deinen Eltern?«

»Ich weiß nicht«, sagte er, und sein Gesicht verlor die Fröhlichkeit.

»Wissen die überhaupt schon davon?«

»Nein.«

»Wann willst du es ihnen denn sagen?«

»Ich weiß noch nicht. Mal sehen.« Er blickte sich wieder um, aber diesmal sah er aus, als suche er einen Fluchtweg.

»Gibt's da Schwierigkeiten?«

Er zog die Schultern hoch. »Mal sehen«, sagte er, »ich –«

Ich riß meinen Mantel vom Haken und stürmte an ihm vorbei, durch die Tür und durch den Flur zum Aufzug. Wenn ich ihn noch einmal *Ich weiß nicht* hätte sagen hören, hätte ich etwas getan, was ich noch nie getan hatte. Ich wußte nicht, was, aber ich wußte, es wäre etwas Schreckliches gewesen. Ich drückte heftig auf die Knöpfe des Aufzugs, auf alle Knöpfe, sie leuchteten eilfertig auf, aber der Aufzug kam nicht. Ich rannte die Treppen hinunter und zog mir im Laufen den Mantel an.

Ich ging die Stadtautobahn entlang, bis ich zum Einkaufszentrum kam. Lauter Läden in Beton. Ich wanderte herum und sah in die Schaufenster, wie ein Mensch, der nicht weiß, was er kaufen soll. Ich war ein Mensch, der überhaupt nichts mehr wußte. In einem der Schaufenster war Plastikgeschirr ausgestellt, in außergewöhnlichen Formen und ausgefallenen Farben. Achim, dachte ich. Ich rufe Achim an, Achim muß kommen.

Ich suchte nach einer Telefonzelle, und ich fand auch sofort eine. Es war eine für Behinderte, riesengroß, mit einem niedrig angebrachten Apparat. Ich sah mich um, aber es war kein Behinderter zu sehen, der sie vielleicht hätte benutzen wollen. Außerdem war ich auch ein bißchen behindert. Ich wollte in meine Tasche greifen, aber sie war nicht da, natürlich nicht, sie war noch in der Wohnung. Ich konnte nicht zurückgehen in die Wohnung und dort vielleicht Daniel treffen, und Daniel würde wieder sagen *Ich weiß nicht, mal sehen.*

Ich ging in das Geschäft mit dem Plastikgeschirr im Schaufenster. »Ich muß unbedingt telefonieren«, sagte ich zu der Frau hinter dem Ladentisch, »ich habe nur überhaupt kein Geld dabei. Aber meine Tochter kriegt ein Kind.«

»Na denn«, sagte die Frau und wies auf ein grünes Telefon, das neben ihr im Regal stand. Ich beeilte mich, hinter den Ladentisch zu kommen, und hob den Hörer ab. Die Telefonnummer, Achims Telefonnummer. »Ich muß erst die Auskunft anrufen«, sagte ich. Die Frau nickte. »Und es ist ein Ferngespräch. Nach Hannover. Er wohnt in Hannover.«

»Machen Sie's kurz«, sagte die Frau. Sie war bezaubernd. Sie hatte ein knochiges Gesicht und einen Damenbart, und sie war bezaubernd.

»Geben«, sagte Brigitte.

»Hallo, Brigitte«, sagte ich, »hier ist Agnes. Kann ich Achim mal sprechen?«

»Das geht jetzt schlecht«, sagte sie, »er ist gerade draußen, mit den Kindern. Ruf doch heute abend noch mal an.«

»Nein. Ich will ihn jetzt sprechen.«

»Das geht jetzt wirklich nicht, Agnes. Heute ist sein letzter freier Tag, und die Kinder –«

»Er hat noch ein Kind«, sagte ich, »hol ihn sofort.«

Sie tat es. Sie sagte kein Wort mehr und tat es. Erstaunlich. Ich benehme mich wie der letzte Mensch, und sie tut einfach, was ich sage. Unglaublich.

»Ja, was ist denn, Agnes?«

»Jessica kriegt ein Kind, Achim.«

»Ja, das weiß ich doch. Und?«

»Sie liegt im Krankenhaus.«

»Ja, ich weiß«, sagte er ungeduldig. »aber das ist doch geklärt. Es ist alles in Ordnung. Oder hat sich was Neues ergeben?«

»Nein«, sagte ich. »Nichts Neues. Bitte komm, Achim.«

»Das geht jetzt wirklich nicht«, sagte er, »ich habe keine Zeit.«

Ich sah zu der Frau mit dem Damenbart. Sie nickte mir zu, als wolle sie sagen, na denn.

»Achim«, sagte ich, »wenn du nicht kommst, fange ich sofort an zu schreien und höre nie wieder auf.« Ich hatte noch nie eine Drohung ausgesprochen, in meinem ganzen Leben nicht, und dies war kein guter Anfang. Es war eine erschreckend leere Drohung. Es konnte ihm völlig egal sein, ob ich in einem Haushaltswarengeschäft in Hamburg anfing zu schreien. Er war in Hannover. Er hörte es nicht.

Achim schwieg. Ich schwieg auch, denn es gab nichts mehr zu sagen. Ich konnte nur noch anfangen zu schreien.

»Na gut«, sagte er, »ich komme.«

»Achim!« Erstaunlich. Unglaublich. Ich benehme mich wie der letzte Mensch, und schon tun alle, was ich will.

»Okay, okay«, sagte er, »wo bist du?«

»Ich weiß nicht«, sagte ich. »In einem Haushaltswarengeschäft.«

»Ohlmüller und Söhne«, sagte die Frau.

»Ohlmüller und Söhne.«

»Aha«, sagte er. »Und wo wohnst du?«

»Bei Jessica und Daniel.«

»Aha«, wiederholte er. »Paß auf, Agnes. Du nimmst dir jetzt ein Taxi und fährst ins Hotel. Hotel Regina. Ich lasse Zimmer reservieren.«

»Ich habe aber kein Geld.«

»Das macht der Portier. Ich sage ihnen, sie sollen auch deine Sachen holen. Ist Daniel in der Wohnung?«

»Ja.«

»Gut«, sagte er. »Ich bin so bald wie möglich da.«

»Er kommt«, sagte ich zu der Frau. Sie nickte.

»Ich komme auch«, sagte ich, »ich meine, ich komme wieder und zahle Ihnen das Gespräch. Bestimmt.«

»Ist schon gut«, sagte sie. »Na denn.«

14. Kapitel

Der Chefarzt kam aus dem Zimmer, in dem Jessica lag. »Ah, Dr. Geben«, er reichte Achim die Hand. »Kollege?«

»Na, ja«, sagte Achim. »Industrie. Forschung.«

Der Chefarzt sah ihn fragend an.

»Grundlagenforschung. Ein zentrales Problem. Wir gehen es von einer ganz neuen Seite an. Vielleicht, daß man so weiterkommt –« Er wirkte sehr bescheiden. Und sehr bedeutend. Das kann er phantastisch. Es war klar, daß es mindestens um den Impfstoff gegen Aids ging oder um die Pille gegen Krebs. Oder um beides. Mindestens.

Der Chefarzt blickte weiter fragend und sehr interessiert.

»Man kann nur noch gar nichts sagen. Das wäre viel zu früh«, sagte Achim entschuldigend. »Leider. Aber Sie wissen ja, wie das ist.«

Der Chefarzt nickte. Er wußte, wie das ist. Dr. Schüttler drückte das Kinn herunter und machte ein ernstes Gesicht. Er wußte auch, wie das ist. Nur Schwester Bettina sah Achim an, wie man einen Menschen ansieht, der unangebrachterweise plötzlich Kaninchen aus dem Hut zieht, Kaninchen aus Plüsch mit Glasaugen, nicht mal echte.

Der Chefarzt räusperte sich. »Also, die Tochter«, sagte er. »Sie brauchen sich nicht zu beunruhigen. Kein Grund zur Sorge.« Er wiederholte all die schönen Worte, die Dr. Schüttler schon gesprochen hatte, nur daß er es mit lauter, sonorer Stimme tat. »Wir behalten sie noch ein paar Tage hier, dann kann sie nach Hause. Frisch und munter. Und in sechs Monaten sehen wir sie wieder, auch frisch und munter.« Er wartete auf das Lächeln.

Wir lächelten. »Wunderbar«, sagte Achim. »Noch eines, Herr Professor. Ich weiß, Einzelzimmer sind rar, und Sie haben schwerere Fälle. Aber unsere Tochter braucht ja vor allem Ruhe. Die Kosten übernehmen wir. Ließe sich da was machen?«

»Na, mal sehen«, sagte der Chefarzt in einem Ton, der anzeigte, daß sich da was machen ließ. Er gab Achim wieder die Hand, nickte mir zu und öffnete schwungvoll die Tür zum nächsten Zimmer.

»Also wirklich, Achim«, sagte ich kopfschüttelnd, als der letzte Weißkittel im nächsten Zimmer verschwunden war.

»Was hast du denn?« fragte er. »Du wolltest doch, daß sie ein Einzelzimmer kriegt. Soll mich der Teufel holen, wenn es nicht geklappt hat.«

Es hatte geklappt. Die Visite war kaum vorbei, da kam schon eine Schwesternschülerin und fing an, in Jessicas Schrankfach zu stöbern und ihre Sachen in die Reisetasche zu packen. Ich wartete im Gang, ich traute mich nicht ins Zimmer, ich hatte ein schlechtes Gewissen. Die Frauen da drinnen könnten alle ein Einzelzimmer brauchen, dachte ich, und Frau Riemann brauchte noch viel mehr als das, aber sie haben keinen Vater oder Ex-Mann, der eine Schlange ist und ein Aal, wendig und listig, und außerdem Kaninchen aus dem Hut ziehen kann. Es ist so verdammt unfair.

Doch als ich das Zimmer sah, in das Jessica gebracht wurde, mit den gelben Vorhängen und van Goghs Sonnenblumen an der Wand, und als ich sah, wie Jessica den Walkman in der Schublade des Nachttisches verstaute und sich zurücklegte und uns glücklich ansah, wie wir alle drei um ihr Bett saßen, was wir noch nie getan hatten, weil dafür kein Platz gewesen war, da verschob ich meine Schuldgefühle auf später. Ich ging hinunter ins Blumengeschäft und kaufte zwei schöne Sträuße, und dann ging ich in den Zeitungsladen und kaufte alle Zeitschriften, von denen man annehmen konnte, daß sie nichts Aufregendes enthielten, und außerdem einen Donald-Duck-Sammelband. Wenn sie als Kind krank gewesen war, war es ihr Trost und ihre Freude gewesen, daß sie so viele Donald-Duck-Hefte bekam, wie sie nur wollte.

Diesmal schien es sie vor allem zu freuen, daß Achim und ich gemeinsam an ihrem Bett saßen. »Ihr müßt aber nicht die ganze Zeit hier rumsitzen«, sagte sie schließlich zufrieden, als es schon lange dunkel war.

»Deswegen waren wir eigentlich gekommen«, sagte Achim.

»Ja, schon. Aber es wird doch langweilig für euch. Macht euch lieber einen schönen Abend. Du könntest Mama zum Essen einladen.«

Sie kuppelt, dachte ich. Auf eine irrwitzige, kindliche Weise kuppelt sie tatsächlich ein bißchen.

»Na gut«, sagte Achim, »wenn du willst. Und Daniel bleibt ja hier.« Er küßte sie. »Bis morgen, meine Kleine. Ich komme noch mal vorbei, bevor ich fahre.«

»Du mußt mich nicht zum Essen einladen«, sagte ich, als wir den Gang entlang gingen. Wenn man ihn nicht alleine entlang ging, wirkte er gar nicht so dunkel und bedrückend. Der rote Streifen an der Wand fing nachgerade an, mir zu gefallen.

»Warum nicht?«

»Ich muß nur vorher noch baden«, sagte ich.

Seit ich im Hotel wohnte, badete ich jeden Tag, auch zweimal, wenn es ging. Achim hatte eine Suite reservieren lassen, mit einem Salon, wie der Portier, der mich hinaufgeführt hatte, es genannt hatte, mit dicken, weichen Sofas, wallenden Vorhängen, riesigen Blumensträußen und üppigen Obstschalen, zwei Schlafzimmern mit ebenfalls riesigen Betten und zwei Bädern. Meines war in rosa Marmor gehalten und hatte eine runde Badewanne, die in den Boden eingelassen war. Ich hatte noch nie in einer Suite gewohnt, noch nie ein rosa Marmorbad gehabt, noch nie in so einer Badewanne gebadet. Das mußte man nutzen.

Das Schaumbad, das das Hotel bereitgestellt hatte, duftete wunderbar und produzierte kräftigen Schaum. Das Hotel hatte auch zwei Plastikenten bereitgestellt, und ich schob den Schaum zu Bergen und machte eine kleine Fläche frei, einen Bergsee, auf dem sie schwimmen konnten. Es waren schöne Plastikenten, in einem umwerfenden, schillernden Rosa, ohne Nähte und scharfe Kanten. Die würden Achim interessieren, dachte ich, aber wahrscheinlich hat er selber welche drüben, und vielleicht sind sie sowieso von ihm. Achims Firma stellt Plastikwaren her, und Achim ist der Leiter der Entwicklungsabteilung. Achims Firma ist Marktführer in Europa, sie stattet die Weltraumstationen aus, sie hat es dahin gebracht, daß auch feine Leute Plastikgeschirr kaufen, wegen der besonderen Formen und der ausgefallenen Farbgebung, und Achim hat letztes Jahr den Colani-Preis für innovatives Design bekommen. Er ist ständig mit Grundlagenforschung beschäftigt, mit zentralen Problemen, und geht sie von einer ganz neuen Seite an.

Ich stupste eine der beiden Enten an, so daß sie mit der anderen zusammenstieß und sich dann um sich selbst drehte. Ich dachte an das Gesicht des Chefarztes. Ich hatte wahrscheinlich auch nicht viel gescheiter ausgesehen, damals, wenn Achim es mal wieder geschafft hatte, daß ich genau das dachte, was ich denken sollte, und genau das tat, was ich tun sollte.

Ich tupfte Schaumhäubchen auf die Köpfe der Enten, so daß sie aussahen wie Grenadiere, und wie Grenadiere gingen sie aufeinander los und warfen einander um und tauchten unter und verloren ihre Schaumhäubchen. Mir fiel ein, wie ich in der Klinik gelegen hatte, nach Jessicas Geburt, und jedesmal, wenn Achim das Zimmer betrat und ich sein Gesicht sah und er mich küßte und das Baby betrachtete, hatte ich gedacht, wie glücklich ich doch war. Ich hatte alles, den Mann, den ich liebte, das Kind, das ich mir gewünscht hatte, und nun konnte das Leben beginnen. Ich wußte nicht, daß ein Teil meines Lebens gerade dabei war aufzuhören, noch bevor er richtig begonnen hatte.

Ich tauchte die Enten unter Wasser, immer wieder, aber sie

kamen immer wieder hoch und schwammen weiter, mit diesem unzerstörbar fröhlichen Gesichtsausdruck. Ich drehte an dem Griff, der den Abfluß öffnete. Jetzt ist es aus mit der Fröhlichkeit, jetzt kippt ihr um und landet auf dem Trockenen.

Ich stieg aus der Wanne, trocknete mich flüchtig ab und zog den üppigen rosafarbenen Frotteebademantel an, den das Hotel bereitstellte. Ich ging hinüber in den Salon, wo Achims Kopf auf der Lehne des Sofas zu sehen war.

»Ich kann heute nicht mehr runter ins Restaurant«, sagte ich.

»Ich auch nicht«, sagte er. Er trug auch den Frotteebademantel. Seiner war braun. »Ich habe uns was aufs Zimmer kommen lassen.« In der Fensternische stand ein weißgedeckter Tisch mit Tellern und Schüsseln, die mit silbernen Kuppeln zugedeckt waren oder auf Rechauds standen, in denen Flämmchen brannten. »Komm her«, sagte er, »laß uns einen Schluck Champagner trinken.« Er griff nach der Flasche, die im Eiskübel auf dem Sofatisch stand.

Ich setzte mich in den Sessel, wir stießen an, und Achim sagte: »Darauf, daß alles wieder gut ist.« Wir tranken. Es schmeckte sauer und nach Gruft.

»Nichts ist gut«, sagte ich, »gar nichts.«

»Was willst du denn noch? Du hast doch gehört, was die Ärzte sagen. Und mit der Wohnung, da hast du recht, sie brauchen was anderes. Ich kümmere mich darum, ich bin ja oft hier, wir finden ohne weiteres was. Alles ist in Ordnung.«

»Nichts ist in Ordnung«, sagte ich, »gar nichts.«

»Ich weiß nicht, was du willst.« Er schüttelte unwillig den Kopf.

»Wie kann sie das nur tun?« sagte ich. »Mit zwanzig ein Kind kriegen! Was ist mit ihrem Studium? Wie soll sie das noch schaffen? Und was ist mit ihrem Leben? Wie soll sie das schaffen? Sie versaut sich doch alles!«

»Wie redest du denn?« sagte Achim. »Du hast es doch genauso gemacht. Wo hat sie das wohl her? Hast du das schon vergessen? Bei dir war's doch auch so!«

»Eben«, sagte ich, »eben. Deswegen rede ich ja so.«

»Willst du mir wirklich erzählen, daß du dir alles versaut hast, weil du mich geheiratet und Jessica gekriegt hast?« Er war nicht nur sehr erstaunt, er sah auch sehr verletzt aus. So hatte er noch nie ausgesehen. »Das ist doch nicht dein Ernst, das kann doch nicht wahr sein!«

Ich schlug mit den Fäusten auf die Lehnen des Sessels. »Ach, Achim, so einfach ist das nicht.«

»Wie ist es dann?«

Ich nahm noch einen Schluck von dem Gruftgetränk. Das wußte ich auch nicht so genau.

»Es ist so«, sagte ich, »also ... wie soll ich das sagen – du wirst erwachsen und gehst von zu Hause weg und bist das erste Mal allein, für dich, nicht mehr zu zweit oder zu dritt, als Kind mit deinen Eltern, du bist ein Mensch für dich, weißt du, allein, auf deinen zwei Füßen, du stehst für dich, nur für dich, ja?« Er nickte, verständnislos. Ich verstand es auch noch nicht. »Und dann kriegst du ein Kind, und dann bist du nicht mehr für dich, dann bist du gleich wieder zu zweit. Und das immer, ständig, immer denkst du für jemanden mit und fühlst für jemanden mit, nie mehr nur für dich allein. Du hast kein Leben für dich, du hast ein Leben für zwei. Und das nicht nur ein paar Tage lang, sondern für eine lange Zeit, fünfzehn, achtzehn, zwanzig Jahre lang. Es hat nichts damit zu tun, daß du weniger Zeit hast, wenn du Kinder hast, das ändert sich ja, wenn sie älter werden, du bist nicht mehr rund um die Uhr beschäftigt, du hast wieder mehr Zeit für dich. Das ist es nicht. Du bist für zwei da, das ist es, du bist für zwei verantwortlich, davon kommst du nicht weg, das ist so ein Gefühl hier drinnen, ich kann's dir nicht erklären. Das ändert sich erst wieder, wenn dein Kind erwachsen ist und weggeht von dir und auch ein Mensch für sich ist, alleine, auf seinen zwei Füßen. Verstehst du, was ich meine?«

»Mhm«, machte er.

»Es ist nicht schlimm, daß es so ist, versteh mich richtig«, sagte ich, »es ist in Ordnung, es ist gut so. Und ein Kind zu haben, ist so was – ach, das ist es einfach wert, da braucht man gar nicht drüber reden. Aber nicht gleich, weißt du? Dazwischen müßten ein paar Jahre sein, wo du für dich sein kannst, wo du erst mal allein bist, als einzelner Mensch, vier, fünf Jahre vielleicht, das reicht ja. Wo du nur für dich da sein kannst. Und das wird sie nun auch nicht haben, genau wie ich. Das wird sie erst wieder haben, wenn sie vierzig ist. Genau wie ich.«

Achim nickte. »Da ist was dran. Ich glaube, ich verstehe, was du meinst.«

Ich griff nach dem Champagnerglas. »Gib her«, sagte er, »der ist ja schon ganz warm. Du kriegst ein frisches.« Er holte eines an der pompösen Bar und goß es voll. »Hier.«

Diesmal schmeckte es besser, nicht so nach Grab. Meine Hände zitterten ein bißchen. Sonst war ich ganz ruhig.

»Und da kann man gar nichts machen, oder?«

»Nein, da kann man nichts machen«, sagte ich, »das ist nun so. Bei mir hört es auf, bei ihr fängt es an.« Ich war doch nicht so ruhig. Ich weinte.

Achim ließ mich weinen. Er blieb einfach sitzen, wo er saß, und ließ mich weinen, ohne daß ich das Gefühl hatte, daß ihm unbehaglich war oder daß er ungeduldig wurde. Das hatte er schon immer ganz gut gekonnt. Diesmal weinte ich gerne. Mir wurde immer leichter zumute.

»So, Murkelchen«, sagte er schließlich, »jetzt reicht's, oder? Glaubst du, du kannst jetzt aufhören?«

»Oh, Achim.« Mir wurde noch leichter und ganz warm. Er hatte Murkelchen zu mir gesagt. Murkelchen! Das Zauberwort, der süße Klang. Das hatte er früher immer gesagt, wenn er mich trösten wollte.

»Komm her, Murkelchen«, er streckte den Arm aus. Ich kam zu ihm aufs Sofa, und er legte den Arm um mich, und ich lehnte den Kopf an seine Schulter. Mir wurde immer leichter. Ich kann es ja jetzt, dachte ich, das war mir gar nicht klar. Ich kann jetzt wieder für mich sein, nur für mich. Nur meine Sachen machen, nur mein Leben leben, nur für mich. Mensch, Agnes. Das ist doch was. Einfach mal nur für dich da sein. Unglaublich. Unvorstellbar.

»Na, Großmutter?« sagte Achim.

»Wie kommst du auf Großmutter?« fragte ich.

»Das wirst du doch jetzt.«

Ach, du lieber Himmel, das habe ich ja ganz vergessen, dachte ich. Ich werde Großmutter. Tatsächlich. Wie interessant. Wie aufregend. Darüber muß ich morgen mal nachdenken. Oder übermorgen. Eins nach dem anderen.

»Großmutter, warum hast du so große Augen?« fragte Achim und küßte mich auf die Nasenspitze.

»Damit ich dich besser sehen kann«, sagte ich und küßte ihn aufs Kinn. »Und warum hast du so große Hände, Großvater?«

»Damit ich dich besser streicheln kann.« Er nahm mich fester in den Arm und strich mir über den Rücken.

»Mhm. Und warum hast du so einen großen Mund, Großvater?«

»Damit ich dich besser küssen kann.«

»Mhm.«

»Komm rüber ins Bett«, sagte er nach einer Weile.

»Ins Bett? Aber das ist so weit weg.«

»Dann komm auf den Fußboden.«

»Aber der ist so hart. Was hast du gegen das schöne, weiche Sofa?«

»Genau das«, sagte er, »es ist so weich. Meine Bandscheiben. Nun komm schon, Agnes.«

Ich hatte gehofft, ich würde ein Abteil für mich alleine haben, aber kurz vor der Abfahrt öffnete sich die Tür, und ein Mann sagte fröhlich: »Guten Morgen.«

Ich streifte ihn mit einem Blick, murmelte etwas und ließ meine Füße da, wo sie waren, auf dem Sitz des gegenüberliegenden Fensterplatzes. Er machte keine Anstalten, sie von dort zu vertreiben, er verstaute seinen Koffer und richtete sich auf dem Platz am Gang ein, mit Bewegungen, die so fröhlich und unternehmungslustig waren wie seine Stimme. Der Zug setzte sich in Bewegung. Ich lehnte mich zurück und machte die Augen zu. Ach, wie war mir wohl zumute.

Ich hatte noch drei Tage lang alleine in der Suite gewohnt. Als Achim fuhr, hatte ich zurückgehen wollen in die kleine Wohnung, aber er hatte gesagt: »Willst du wirklich wieder in diese Bude? Bleib doch hier.«

»Das kann ich nicht bezahlen«, hatte ich gesagt.

»Keine Sorge. Das zahlt die Firma.«

»Aber das kannst du doch nicht machen, Achim!«

»Die schreiben mir unten schon die richtige Rechnung«, hatte er gesagt. »Mach dir keine Gedanken.«

»Aber das merken die in der Firma doch, wenn du gar nicht selber in Hamburg bist.«

Er hatte gegrinst. »Solange meine Grundlagenforschung so gut läuft, kontrollieren die meine Spesenabrechnungen nicht. Das fehlte noch.«

Achims Schlafzimmer war in Beige und Braun gehalten, das dazugehörige Bad auch. Anscheinend hielten sie sich hier an die Devise, Rosa die Dame, Braun der Herr, denn der braune Bademantel war noch viel umfangreicher als der rosafarbene und eindeutig für einen Mann gedacht. Was machen die bloß, überlegte ich, wenn zwei Frauen eine Suite mieten oder zwei Männer? Gibt es auch gleichgeschlechtliche Suiten, nur in Rosa oder nur in Braun?

Ich schlief abwechselnd in Achims oder in meinem Bett, ich nahm mein Morgenbad zwischen rosa Marmor, passend zur Morgenröte, und mein Abendbad zwischen braunem, passend zur Farbe der Dunkelheit. Ich bewunderte die Blumensträuße, die immer frisch waren, und roch an den Rosen und Lilien, ich aß die Obstschalen, die immer gefüllt waren, leer, und ich trank jeden Abend ein Piccolofläschchen Champagner aus dem Barkühlschrank, das anderntags wieder frisch gefüllt an seinem Platz stand.

Ich ging zurück zu der Frau im Haushaltswarengeschäft und bezahlte das Telefongespräch und erzählte ihr, daß alles geregelt sei und in Ordnung, und sie sagte: »Na denn«, und: »Machen Sie's gut«, als ich ging. Das mache ich, dachte ich, darauf kannst du dich verlassen.

Zwischendurch saß ich bei Jessica und sorgte dafür, daß auch sie frische Blumen hatte und gefüllte Obstschalen, und kaufte ihr Bücher und Parfüm und duftende Seife und schöne Nachthemden und einen seidenen Morgenmantel. Nachthemden und Morgenmantel würde sie in sechs Monaten wieder sehr gut brauchen können. »Laß doch, Mama«, sagte sie, »du hast mir zu Weihnachten schon so viel geschenkt.« Aber ich ließ mich nicht abhalten, ich wollte sie noch mal richtig versorgen, bevor sie dran sein würde mit dem Versorgen.

Ich ließ sie in Ruhe und brachte nichts zur Sprache, was sie oder ihren Muttermund hätte aufregen können. Dafür redete ich mit Daniel, ich sagte ihm, es täte mir leid, daß ich ihn so angefahren hätte an jenem Nachmittag und daß ich mich nicht einmischen wolle, aber ob er sich's nicht überlegen wolle, das mit der größeren Wohnung, und später auch mal mit Jessica sprechen?

Doch ja, sagte er, das wolle er, das sehe er nun auch so, Achim und er hätten schon darüber geredet, sie würden sich darum kümmern, ich brauchte mir keine Sorgen zu machen.

Das kann ich nicht mehr hören, dachte ich und wurde beinahe wieder wütend, einer muß sich doch Sorgen machen, wenn ich es nicht tue, tut es keiner, obwohl es Grund genug gibt, sich Sorgen zu machen. Wo wären wir denn jetzt, wenn ich mir keine Sorgen gemacht hätte? Möglicherweise genau da, wo wir jetzt sind, sagte meine innere Stimme spitz.

»Und daß sie mir kein Stück anrührt, wenn ihr umzieht«, sagte ich, »versprich's mir.« Ich überlegte. »Am besten komme ich überhaupt her zum Umzug.« Ich hatte gerade gesagt, ich würde mich nicht einmischen. Das hatte ich doch gerade gesagt, oder?

»Auf keinen Fall«, sagte Daniel, »das brauchst du nicht, mach dir bloß keine Umstände, das ist gar nicht nötig. Sie rührt keinen Finger. Versprochen. Ich schwöre es dir.« Er würde sein letztes Hemd dafür geben, daß ich nicht kam, das war klar.

Ich hatte gelacht. »Ist ja gut«, hatte ich gesagt, »ich komme nicht, ich verspreche es. Du brauchst dir keine Sorgen zu machen.«

Er war so erleichtert gewesen, und danach hatten wir es richtig nett gehabt miteinander. Ich öffnete die Augen, weil der Zug plötzlich ganz langsam fuhr, und sah direkt in das Gesicht des Mannes, der schräg gegenübersaß. Er lächelte mich an. Ich lächelte nicht zurück, ich kniff die Lippen zusammen, wandte den Blick weg und sah aus dem Fenster. Nichts da, mein Lieber, dachte ich, mach dir keine falschen Vorstellungen, Anlächeln und Ansprechen und solche Sachen sind nicht mehr im Programm.

Der Himmel war grau, und eine dünne Schneedecke lag auf dem flachen Land, den Buschreihen zwischen den Feldern und den Bauernhöfen aus Backstein. Ganz hübsch eigentlich, diese Farben, dachte ich, das Grau des Himmels, der weiße Schnee und das Backsteinrot. Krähen saßen auf den Dächern oder stakten auf ihre bezaubernd unbeholfene Art über die Felder. Ich liebe Krähen.

Kommt gar nicht in Frage, mein Lieber, dachte ich, das mit der Männersuche ist vorbei, und finden muß ich auch nicht unbedingt einen. Ich bin gerade so satt und warm und zufrieden. Richtig zufrieden. Richtig glücklich. Ja, eigentlich bin ich sogar richtig glücklich.

Ich dachte daran, wie ich in Achims Bett aufgewacht war. Es lag näher zum Sofa im Salon als meines, und so waren wir hier gelandet. Er war schon wach, er lag da und sah zur Decke, und dann sah er zu mir und lächelte und streckte den Arm aus, und ich kroch rüber und kuschelte mich an ihn. So lagen wir lange beieinander und sagten nichts und taten nichts, es gab nichts zu tun oder zu sagen, und ich glaube, ich dachte auch nichts.

Wir bestellten das Frühstück aufs Zimmer und frühstückten im Bett, und dann ging jeder in seine Badewanne und badete, und Achim packte seine Reisetasche, und wir fuhren zu Jessica, und dann brachte ich ihn zum Bahnhof. Es war ein weiter Weg dorthin, es war unsinnig und überflüssig, daß ich mitfuhr, um den ganzen weiten Weg mit dem Taxi zurück zu machen, aber wir fanden beide nicht, daß es unsinnig und überflüssig war.

Unsere gemeinsame Nacht war in einer Hinsicht nicht sehr bewegt gewesen. Um Achims Bandscheiben stand es wirklich schlimm, er würde sich operieren lassen müssen, schon bei der kleinsten falschen Bewegung bekam er unerträgliche Schmerzen und war zu nichts mehr zu gebrauchen, und damit das nicht passierte, achteten wir darauf, daß er sich nur vorsichtig und auf keinen Fall falsch bewegte.

Aber das hatte nichts ausgemacht, denn alles andere war sehr bewegend gewesen. Frank fiel mir ein, viel später, als Achim eingeschlafen war, und mein Kopf wieder einschaltete und sich ans Denken machte. Frank, der Buchhändler, der Bekanntschaftsanzeigenaufgeber, der Momentesammler. Von den Momenten, in denen man alles hat, hatte er gesprochen, in denen Leben stattfindet, wirkliches Leben. Ich fand es immer noch blöd, wie er es ausgedrückt hatte, aber ansonsten hatte er nicht unrecht gehabt. Ich hatte sie gerade erlebt, diese Momente, hatte alles gehabt, und jede Menge Leben hatte stattgefunden. Und das mit einer Intensität und so viel Gefühl, daß es Frank bestimmt gefreut hätte.

Und das ausgerechnet bei uns beiden, dachte ich und betrachtete Achims Gesicht. Er war ganz entspannt, und seine Falten traten stärker hervor als sonst, wenn er sich unter Kontrolle hatte. Und man sah auch deutlicher, wie dünn und grau seine Haare geworden waren. Ausgerechnet wir! Nicht mehr die Jüngsten und schon gar nicht die Schönsten. Alte Ex-Eheleute und werdende Großeltern. Vielleicht ist es das. Vielleicht ist es das Großelternwerden, das solche Momente hervorruft. Werden Sie Großeltern, dann findet wirkliches Leben statt. Hm. Kein Tip, den man weitergeben kann. Er ist so schwer zu befolgen.

Die Abteiltür wurde mit einem Ruck geöffnet. »Die Fahrkarten, bitte«, sagte der Schaffner.

»Gibt's hier nur den Speisewagen?« fragte der Mann gegenüber. »Oder kann man sich auch was holen?«

»Ja, sicher«, sagte der Schaffner, »im Barwagen. Gehen Sie nur immer in Fahrtrichtung.«

»Kann ich Ihnen was mitbringen?« fragte der Mann.

Ich sah ihn das erste Mal richtig an. Er war blond und blauäugig und überhaupt nicht mein Typ. »Nein, danke.«

»Wirklich nicht?«

»Wirklich nicht«, sagte ich. »Ich habe gar keinen Hunger.«

Ich sah ihm zu, wie er die Tür öffnete. Er war außerdem groß und schlank. Nein, ich habe keinen Hunger, dachte ich. Ich bin so satt. Und mir ist so warm und wohl zumute. Ich brauche nichts. Ich habe alles.

Ich richtete mich wieder in meinem Sessel ein. Die Sonne war herausgekommen, eine blasse Wintersonne, aber das Licht, das auf den beschneiten Feldern lag, war warm und freundlich.

Eigentlich müßte ich Schuldgefühle haben, dachte ich. Es ist nicht richtig, mit einem verheirateten Mann ins Bett zu gehen. Das habe ich noch nie getan, grundsätzlich nicht, aus Prinzip nicht. Mag sein, daß dies ein Sonderfall ist, wir waren ja auch mal miteinander verheiratet, und wir bekommen demnächst ein Enkelkind. Trotzdem, verheiratet ist verheiratet. Ich horchte wieder in mich hinein, aber nichts rührte sich. Selbst meine innere Stimme, die sonst wegen der geringsten Kleinigkeit kreischend auf mir herumhackt, schwieg beharrlich. Na, dann nicht. Man soll's nicht zwingen. Es wäre ja auch jammerschade, wegen so was Schönem Schuldgefühle zu haben. Obwohl das eigentlich ein besonders guter Grund wäre. Je schöner, desto mehr Schuldgefühle. Jetzt hör aber auf, Agnes. Hör auf zu kritteln. Gönn's dir. Du bist satt und zufrieden, dir ist warm und wohl zumute, und du hast alles. Außer Schuldgefühlen. Was für ein Luxus. Gönn's dir.

Der Mann kehrte zurück. In der Hand hielt er einen überdimensionalen Plastikbecher, und aus den Taschen seines Jacketts ragten in Plastik verpackte Baguettes. Er lächelte mir Gott sei Dank nur kurz zu, machte es sich auf seinem Sitz bequem, klappte das Tischchen auf, breitete seine Schätze aus und aß behaglich. Ich sah vorsichtig hinüber. Diese kleinen Baguettes mit ihren Schinken- und Käsescheiben, die an den Rändern hervorsahen, machten einen guten Eindruck. Tomaten waren anscheinend auch drauf. Nicht schlecht, dachte ich. Vielleicht hole ich mir auch so was. Nachher. Daß die Seele satt ist, muß ja nicht heißen, daß der Körper nichts zu fressen kriegt. Mein Magen gluckerte bestätigend.

Der Mann stopfte die Plastiktüten in die komische kleine Abfallschublade zwischen den Sitzen und kramte in seiner Reisetasche. Er förderte eine Tafel Schokolade zutage, die er vorsichtig auspackte und in Riegel brach. Er beugte sich rüber und hielt sie mir hin. »Bitte«, sagte er, »das mögen Sie bestimmt.«

Ich wollte nicht unhöflich sein, nahm einen Riegel und biß

hinein. Es schmeckte wunderbar. Schnaps, Halbbitterschokolade und Zuckerkruste. Ganz was Rares, diese Kruste.

»Mhm«, machte ich.

»Die ist gut, nicht?« sagte er. »Williamsbirne. Und vor allem die Kruste, die findet man kaum noch. Cognacbohnen mit Zuckerkruste gibt es überhaupt nicht mehr.«

Sieh mal einer an, dachte ich, noch was Rares. Ein Mann, der gerne Schnapsschokolade ißt und Cognacbohnen und der weiß, wie schwierig es ist, welche mit Kruste zu finden.

»Ja, nicht wahr?« sagte ich. »Ich liebe diese Kruste. Besonders bei Cognacbohnen. Ich verstehe nicht, daß sie da keine mehr reintun.«

Er lachte. »Man findet selten Menschen, die überhaupt wissen, was so eine Kruste ist, geschweige denn, daß sie ihren Wert zu schätzen wissen. Also lassen Sie uns brüderlich teilen.« Er reichte mir zwei weitere Riegel, und ich zierte mich nicht und nahm sie und aß sie sofort auf. Dann legte ich die Füße wieder hoch und machte die Augen zu. Er brauchte nicht zu glauben, daß ich ihm wegen drei Riegeln Schokolade nun voll zur Verfügung stand. Auch nicht, wenn es Schnapsschokolade mit Zuckerkruste war.

Tu doch nicht so großartig, sagte meine innere Stimme. Vor nicht allzulanger Zeit hättest du ihm ganz und gar zur Verfügung gestanden, freiwillig und von selbst und ganz ohne Schnapsschokolade. Du hättest dich danach gedrängt.

Gott sei Dank, daß ich mich nicht mehr danach drängen muß. Wie schön ist das. Kein Suchenmüssen mehr. Kein Findenmüssen mehr. Keine Anstrengung mehr, keine Verzweiflung. Keine Farbe im Gesicht, kein Kajal, kein Lipgloss mehr. Kein Mann für alles. Keine Taube in der Hand. Kein gar nichts. Bloß ich. Auf meinen zwei Füßen. Ganz für mich allein. Nur für mich allein. Nur für mich leben. Nur für mich sorgen. Für kein Kind sorgen. Das brauche ich nicht mehr. Und sich auch keinen Mann ins Haus holen, für den man sorgen muß, kaum, daß das Kind fort ist, für das man gesorgt hat. Nichts da. Für mich sein, Zeit und Raum für mich haben. Mhm. Das Rainer-Prinzip. Was für eine phantastische Idee. Zur Nachahmung wärmstens empfohlen.

Die Abteiltür öffnete sich. »Personalwechsel, die Fahrkarten, bitte.« Es war eine Schaffnerin, auffallend hübsch, mit langen blonden Haaren und goldenen Ringen an allen Fingern, sogar am Daumen. »Wir haben Verspätung. Wegen Ihrer Anschlußzüge achten Sie bitte auf die Durchsagen.« Sie sah auf die Fahrkarten. »Ach, München. Da haben Sie ja noch Zeit. Und bis dahin haben wir vielleicht aufgeholt.«

»Auch nach München?« fragte der Mann und lächelte mich an.

Nun komm schon, Agnes. Sei nicht so hochfahrend, steig runter von deinem hohen Roß. Bloß weil du keinen Mann für alles mehr willst, brauchst du diesen netten Kerl nicht zu behandeln, als hätte er die Pest. Sei höflich. Der freie Mensch ist höflich.

»Ja«, sagte ich und lächelte zurück. »Ich wohne in München.«

»Ich war noch nie da«, sagte er. »Es ist das erste Mal. Es wird wirklich Zeit, München kennenzulernen.«

»Das ist aber nicht die beste Jahreszeit, die Sie sich da ausgesucht haben.«

»Darauf hatte ich keinen Einfluß«, sagte er. »Ich fahre zu einem Kongreß.«

Ein Kongreß, aha, dachte ich, sehr gut. Eine Örtlichkeit mit hoher Kennenlernquote. Und du willst ja anscheinend jemanden kennenlernen, wenn mich nicht alles täuscht.

»Und was ist das für ein Kongreß?« fragte ich. Ich war sehr höflich.

»Der Kongreß für Humanistische Psychologie.«

Aha. Der Kongreß für Humanistische Psychologie. Ach du lieber Himmel, der Kongreß für Humanistische Psychologie! Der ist ja übermorgen. Da habe ich mich auch angemeldet. Wegen der hohen Kennenlernquote. Die brauche ich nun nicht mehr. Und Humanistische Psychologie kann ich schon. Was mache ich denn jetzt? Einfach nicht hingehen? Aber die Tagungsgebühren sind so hoch, und die kriege ich sicher nicht zurück.

Ich musterte ihn. Ist er Psychologe, überlegte ich. Oder Arzt? Nein, Arzt ist er bestimmt nicht, eher Psychologe. Oder Sozialpädagoge, das kommt am ehesten hin. Er hat so was Praktisches und Unprätentiöses, so was ganz und gar nicht Eingebildetes.

Er hatte auch was von einem Gedankenleser. »Aber ich bin kein Psychologe«, sagte er, »ich bin Pfarrer.«

Ein Pfarrer, ach nein. Ich musterte ihn genauer. Er trug einen dunklen Rollkragenpullover, ein graues Jackett und silbergraue Kordhosen, die noch ganz steif und offensichtlich neu waren. Er sieht gar nicht aus wie ein Pfarrer, dachte ich. Einen Pfarrer stelle ich mir anders vor. Obwohl, Pfarrer müssen ja auch mal Zivil tragen. Sie können nicht dauernd in diesem schwarzen Gewand mit dem Wagenrad um den Hals oder den zwei weißen Läppchen am Kragen herumlaufen. Schon gar nicht im Intercity nach München.

Er verstand meinen zweifelnden Blick falsch. »Seelsorge ist natürlich nicht dasselbe wie Psychotherapie«, sagte er, »aber ich finde, wir können viel von den Psychologen lernen, besonders von der Humanistischen Psychologie. Die Gesprächsführung nach Rogers zum Beispiel, und diese Wahrnehmung am Rande des Bewußtseins, von der Rogers spricht –« Er unterbrach sich. »Aber entschuldigen Sie, das interessiert Sie sicher nicht.«

»Doch, doch«, sagte ich, »ich bin nämlich Psychologin.«

»Dann kommen Sie auch zum Kongreß?«

»Ich weiß noch nicht«, sagte ich, »vielleicht.«

Das freute ihn, und er zeigte es ganz unbefangen. Er ist eigentlich wirklich nett, dachte ich. Und seine Augen sind auch gar nicht so blau, eher graublau. Und seine Haarfarbe spielt sehr ins Dunkelblonde, man könnte beinahe sagen, ins Hellbraune.

Wir sprachen nun lange über Seelsorge und Psychotherapie, über Unterschiede und Gemeinsamkeiten, es war ein weites Feld, und ein interessantes, man konnte ewig darüber reden, und das sagte er schließlich, die Zeit würde knapp, der Zug käme bald an, ob wir nicht beim Kongreß weiter darüber reden wollten, nicht tagsüber natürlich, das Programm sei ja dichtgedrängt, aber abends vielleicht mal, bei einem Glas Wein oder einem Bier?

Na, Herr Pfarrer, dachte ich, du bist doch bestimmt verheiratet, das seid ihr doch alle. Und die Frau Pfarrer sitzt daheim, mit den Kindern und der Kirche, und bügelt deine Kragen, Wagenrad und Läppchen, und du fährst nach München und amüsierst dich mit humanistischen Psychologen. Und Psychologinnen.

Er war wirklich gut im Gedankenlesen. »Ich bin nicht verheiratet«, sagte er, »und auch sonst nicht gebunden. Dann hätte ich Sie nicht gefragt.« Seine Augen, die mich ernsthaft ansahen, waren eigentlich überhaupt nicht blau, sondern richtig grau.

Ich schämte mich angesichts seiner Ernsthaftigkeit fast, solche Gedanken gehabt zu haben. »Ja, gut«, sagte ich, »gerne.«

Er freute sich einmal mehr, er konnte das richtig gut, sich freuen, und dann murmelte er etwas von Telefonieren und Händewaschen und verschwand im Gang.

Warum nicht, dachte ich. Kein Mann für alles, das muß ja nicht heißen, überhaupt keine Männer. Im Gegenteil. Wenn es kein Mann für alles sein muß, ist alles viel einfacher. Das hat Lea doch mal gesagt, oder? Da hat sie sicher recht. Und man muß auch nicht unbedingt ins Bett. Wenn es kein Mann für alles sein muß, muß das auch nicht sein. Das würde ich jetzt sowieso nicht wollen, nach der Nacht mit Achim. Das muß überhaupt mal ein Ende haben, dieses dauernde Ins-

Bett-Gehen mit Männern. Es waren ein bißchen viele in der letzten Zeit, erst der Industriemann, dann der Mann, mit dem es nicht klang, dann Stefan, jetzt Achim. Das läuft ja auf häufig wechselnden Geschlechtsverkehr hinaus. Obwohl, man muß den Nachholbedarf in Rechnung stellen, nach all den Jahren mit Rainer auf Sparflamme. Und kann man den Mann, mit dem es nicht klang, überhaupt zählen? Nur zweimal und ohne Klingen? Und Achim? Das war nur einmal. Aber es hat geklungen, und wie. Komm, Agnes, drück dich nicht. Keine Milchmädchenrechnungen. Miteinanderschlafen ist Miteinanderschlafen. Einmal ist einmal. Und das mit Achim, war das vielleicht keinmal?

Na gut. Aber man könnte das jetzt auch mal anders machen. Einfach nur ein Glas Wein trinken mit einem Mann und ein gutes Gespräch führen. Kein Bett, kein gar nichts. Das wäre doch was. Was ganz Neues. Was Schönes. Obwohl es auf Dauer wahrscheinlich genauso unmöglich ist, mit einem Mann nicht ins Bett zu gehen, wie einen für alles zu finden. Mal sehen. Ich probiere es aus. Das kann ich ja jetzt. Ich muß ja nichts. Ich kann einfach mal machen, was ich will.

Er kam zurück. »Und wann und wo treffen wir uns?« fragte er.

»Wieso?« fragte ich. Ich war noch ganz in die Überlegung versunken, ob es auf Dauer möglich war, mit einem Mann nicht ins Bett zu gehen. Ich sah in sein eifriges Gesicht. Am liebsten hätte ich ihn gefragt, wie er darüber dachte. Eigentlich mußte er dafür sein, er war ja Pfarrer. Aber auf Dauer sind Pfarrer wahrscheinlich auch nur Männer.

»Beim Kongreß, meine ich.«

Wir brauchten einige Zeit, um uns darauf zu einigen, daß wir uns am ersten Kongreßtag um zwölf in der Eingangshalle treffen würden.

Der Zug fuhr langsam. Ich sah zum Fenster hinaus: »In ein paar Minuten sind wir da.«

Ich stand auf und langte nach meinem Koffer, der in der

Gepäckablage lag. »Lassen Sie mich das machen«, er griff danach und stellte ihn mir schwungvoll vor die Füße.

»Jetzt haben Sie sich ganz schmutzig gemacht«, sagte ich. Der Ärmel seines Pullovers war hochgerutscht, und auf seinem Unterarm war ein schwarzer Fleck. »Warten Sie, ich habe ein Papiertaschentuch.«

»Das ist kein Schmutz«, sagte er.

Ich sah auf seinen Arm. Es waren erfreulich wenig Haare darauf. Ich mag so stark behaarte Männer nicht. »Doch«, sagte ich.

Er räusperte sich. »Es ist eine Tätowierung.«

Sieh mal einer an, dachte ich. Ein tätowierter Pfarrer.

»Was ist es denn?« Ich konnte es nicht erkennen.

»Es ist die Taube«, sagte er, »die Taube der Friedensbewegung. Da war ich damals sehr aktiv, und in meiner jugendlichen Begeisterung ... Man kann so was ja jetzt wegmachen lassen. Aber ich finde, man sollte zu dem stehen, was man mal getan hat.«

Ich sah genauer hin. Wenn man es wußte und ein wenig Phantasie aufbrachte, konnte man die Taube erkennen. Ich fing an zu lachen, ich lachte und lachte, und dann legte ich meine Hand auf seinen Arm. Es war ungehörig und aufdringlich, aber ich konnte nicht anders. Einmal die Taube in der Hand.

»Was ist?« fragte er. Er war verwirrt und verlegen und schob schnell den Ärmel wieder hinunter. »Warum lachen Sie?«

»Nicht über Sie«, sagte ich, »bestimmt nicht. Entschuldigen Sie. Es hat gar nichts mit Ihnen zu tun.« Das erzähle ich dir ein andermal, dachte ich. Vielleicht.

Der Zug hielt.

SERIE PIPER

Franziska Stalmann

Champagner und Kamillentee

Roman. 230 Seiten. SP 1541

Nach dreizehnjähriger Ehe wird die 39jährige Ines von ihrem Mann in Rekordzeit »ausgemustert«. Er wird anderweitig Vater und will eine schnelle Scheidung. Ines steht fassungslos allein da, ohne Beruf, ohne Ausbildung, ohne Freunde.
Wie sie sich langsam fängt und sich mit neuem Outfit und neuen Aufgaben zum Schwan mausert, schildert die Autorin mit Charme, Sprachwitz und viel Situationskomik.
Eine Emanzipations-Komödie der allerfeinsten Art. Franziska Stalmanns spritziger Roman, erzählt in wunderbar leichtem Ton, ist längst zu einem Bestseller geworden, der sich bei Frauen wie ein Lauffeuer herumgesprochen hat.

Ein »Frauen-Power-Buch, süffig wie ein Glas Champagner.«
Brigitte

»Spaß vom Allerfeinsten.«
Die Welt

Ann-Christin Kaemmerer

Drei Männer und ein richtiger

Roman. 264 Seiten. SP 2234

Corinna, »Corry« genannt, ist eine erfolgreiche Schriftstellerin Ende Dreißig. Nun möchte ihr Verlag einen autobiographischen Roman. Corrys Leben bietet auch einiges: Sie hat nicht nur einen Hund namens Einstein, sondern auch drei Männer auf einmal. Mit Georg, dem einfühlsamen Psychologen, verbindet sie eine platonische Liebe. Mit dem verheirateten Götz, Kulturredakteur und Abenteurer, bereist sie die Welt. Und Harry, einige Jahre jünger als sie, ist der anschmiegsame Lover, der sie verwöhnt. So weit, so gut, denn die Herren kennen einander und wissen ein unkonventionelles Liebesleben zu schätzen. Kritisch wird es erst, als Corry Sándor Szkárosi über den Weg läuft, ein exzentrischer, hochsensibler Dirigent von Weltformat aus Ungarn…

Gaby Hauptmann

Suche impotenten Mann fürs Leben
Roman. 315 Seiten. SP 2152

Wer seinen Augen nicht traut, hat richtig gelesen: Carmen Legg meint wörtlich, was sie in ihrer Annonce schreibt. Sie sucht den Traummann zum Kuscheln und Lieben – der (nicht nur) im Bett seine Hände da läßt, wo sie hingehören. Die Anzeige entpuppt sich als Knüller, und als sie schließlich in einem ihrer Bewerber tatsächlich den Mann ihres Lebens entdeckt, wünscht sie, das mit der Impotenz wäre wie mit einem Schnupfen, der von alleine vergeht.
Gaby Hauptmann ist das Kunststück gelungen, das Thema »Frau sucht Mann« von einer gänzlich anderen Seite aufzuziehen und daraus eine fetzige und frivole Frauenkomödie zu machen, die kinoreif ist.

»Mit Charme und Sprachwitz wird der Kampf der Geschlechter in eine sinnliche Komödie verwandelt.«
Schweizer Illustrierte

»Haben Sie Lust auf eine fetzige und frivole Frauenkomödie? Auf das Thema ›Frau sucht Mann‹ in einer ganz neuen Variante? Dann haben wir was Passendes. ›Suche impotenten Mann fürs Leben‹ von Gaby Hauptmann.
Attraktive, erfolgreiche 35erin sucht Mann für schöne Stunden, Unternehmungen, Kameradschaft. Bedingung: Intelligenz und Impotenz.
Diese Anzeige stammt von Carmen Legg, schlau, attraktiv, selbständig. Eigentlich hat sie eine Schwäche für Männer, nur von einer Sorte hat sie die Nase voll: von den Typen, denen der Verstand zwischen den Beinen baumelt, die immer wollen – und zwar das eine. Da gibt's nur einen Ausweg: der impotente Mann für's Leben muß her. Zusammen mit ihrer 80jährigen Nachbarin Elvira prüft Carmen eingehend die Antwort-Briefe auf ihre Chiffre-Anzeige. Einer macht auch tatsächlich das Rennen. Wer, wird nicht verraten… höchstes Lesevergnügen.«
Radio Bremen

Gaby Hauptmann

Nur ein toter Mann ist ein guter Mann

Roman. 302 Seiten. SP 2246

Ursula hat soeben ihren despotischen Mann beerdigt. Doch obwohl sich der Sargdeckel über ihm geschlossen hat, läßt er sie nicht los. Während sie sich von der ungeliebten Vergangenheit trennen will, fühlt sie sich weiter von ihm beherrscht. Sie wirft seine Wohnungseinrichtung hinaus, will seinen Flügel und seine heiß geliebte Yacht verkaufen, übernimmt die Leitung der Firma. Er schlägt zurück: Männer, die ihr zu nahe kommen, finden ein jähes Ende – durch ihre Hand, durch Unglücksfälle, durch Selbstmord. Erst als Ursula langsam hinter das Geheimnis ihres Mannes kommt, gewinnt sie die Macht über sich selbst zurück. Und als sie dabei eine Ex-Freundin ihres Mannes kennenlernt, öffnet sich ein völlig neuer Weg für sie – doch dann stellt sich die große Frage: Woran ist ihr Mann eigentlich gestorben?

Gaby Hauptmann hat eine listige, rabenschwarze Kriminalkomödie geschrieben: einen frechen und hinterhältigen Roman über eine Witwe, die eine Ehe lang im Schatten ihres mächtigen Mannes stand. Eine Frau, die auf dem Weg zu sich selbst nicht nur ein paar Verehrer unter die Erde bringt, sondern vor allem mit ihrem verstorbenen Gatten abrechnet. Der neue Erfolgsroman der Autorin des Bestsellers »Suche impotenten Mann fürs Leben«.

Die Lüge im Bett

Roman. 315 Seiten. SP 2539

Für Nina ist Brasilien ein Geschenk des Himmels: Es wird Zeit, Sven loszuwerden. Doch in Rio kommt es nicht nur zu turbulenten Ereignissen während der Dreharbeiten ihres Fernsehsenders, sondern ernsthaft neue Perspektiven in Sachen Liebe tun sich auf: Hals über Kopf verliebt sich Nina in den smarten Nic. Ihr Puls klopft, ihr Herz rast – nur Nic scheint es nicht zu merken… Mit hinreißend leichter Hand und sprühendem Witz schickt Gaby Hauptmann ihre hellwache und erfrischend durchtriebene Heldin Nina in einen scheinbar undurchdringlichen Dschungel der Gefühle.

Danièle Thompson

Die Frau des Liebhabers

Roman. Aus dem Französischen von Irène Kuhn und Ralf Stamm. 255 Seiten. SP 2298

Mitreißend schildert die Autorin ein Chaos an Gefühlen. Die Pariser Fernsehjournalistin Cécile, Anfang Vierzig, ist mit dem Arzt Ferdinand seit über zwanzig Jahren glücklich verheiratet. Sie erfährt, daß sich ihre zwanzigjährige Tochter unsterblich in einen viel älteren, verheirateten Mann verliebt hat. Sie entwickelt raffinierte Strategien für das Liebesglück ihrer Tochter, steht ihr mit Rat und Tat zur Seite – bis sich in ihr der Verdacht erhärtet, daß sie selbst eine Betrogene ist, daß sie als Frau von Ferdinand auch die Frau eines Liebhabers ist. Als am Ende ihr gesunder Menschenverstand doch wieder die Oberhand gewinnt, findet sich die beste Lösung für alle fast von selbst – nur die Herren der Schöpfung haben das Nachsehen.

Françoise Giroud

Die Liebhaberin

Roman. Aus dem Französischen von Irène Kuhn und Ralf Stamm. 176 Seiten. SP 2399

Sie ist eine Frau Anfang Vierzig, modern, elegant und attraktiv. Ihr Beruf ist ihr sehr wichtig; sie ist frei, fühlt sich unverwundbar, denn sie hat schon (fast) alles erlebt. Er ist noch jung, am Anfang seiner Anwaltskarriere. Er ist witzig, charmant und manchmal wunderbar unverschämt. Doch man ahnt, wie verletzbar er ist. Die Begegnung mit Jerzy trifft sie mitten ins Herz. Sie sind glücklich miteinander – so lange, wie die Liebe glücklich sein kann. Doch dann, eines Tages – die Wahrheit trifft sie wie ein Schlag.

»Ein ungewöhnliches und einzigartiges Talent – das einer Frau, die alles vom Leben weiß.«

Le Nouvel Observateur

SERIE PIPER

Carmen Rico-Godoy

Perfekte Frauen haben's schwer

Roman. Aus dem Spanischen von Volker Glab. 196 Seiten. SP 1576

Der Horror einer ganz »normalen« Ehe: Carmen und Antonio. Sie zweimal, er einmal geschieden. Jeder hat aus seiner früheren Ehe Kinder mitgebracht. Sie ist Journalistin, er Geschäftsmann. Sie ist emanzipiert, er ist ein Pascha mit gelegentlichen Anfällen von Softie-Allüren. Wenn er krank ist, muß alles stehen und liegen bleiben. Wenn sie krank ist, wird's schon irgendwie gehen. Wenn er Seelenwehwehchen hat, ist ihr mitfühlendes Ohr gefordert, wenn sie platzt, sind ihre Gefühle ihr eigenes Problem.

»In unverblümt direkter, oft witziger Sprache nennt die Autorin die Dinge beim Namen.«

Rhein-Neckar-Zeitung

So nicht, mein Lieber

Roman. Aus dem Spanischen von Volker Glab. 160 Seiten. SP 2010

Unglücksfrauen leben besser

Roman. Aus dem Spanischen von Volker Glab. 166 Seiten. SP 1906

Nach dem großen Erfolg von »Perfekte Frauen haben's schwer« jetzt ein neuer, haarsträubend-lebensnaher Roman der Autorin: Antonio, Carmens dritter Ehemann, hat ihr ein letztes Mal das Wochenende vermiest, weil er an einem Samstag das Zeitliche segnete. Doch endlich kann die flotte Endvierzigerin tun und lassen, was sie will: nachts ausgiebig frühstücken, hemmungslos fernsehen, ganz eigene Wege gehen. Die führen sie über exzessive Tage und Nächte in Paris nach Buenos Aires, wo sie einem Mann begegnet, der nicht nur ihren Hang zum Chaos teilt, und schließlich zurück nach Spanien. Hier hat Carmens Tochter, die offensichtlich genauso zu Katastrophen neigt wie die Mutter, eine Überraschung parat…

»Eine heitere Satire auf das Leben alleinstehender, beruflich erfolgreicher Frauen.«

Das Neue Blatt

SERIE PIPER

Jane Campion, Kate Pullinger

Das Piano

Der Roman. Aus dem Englischen von Carina von Enzenberg. 240 Seiten. SP 2606

Die junge Schottin Ada McGrath, streng viktorianisch erzogen, ist seit ihrem sechsten Lebensjahr stumm – nur ihr Klavier gibt ihr die Möglichkeit, sich auszudrücken und dem Gefängnis ihrer Sprachlosigkeit zu entkommen. Zusammen mit ihrer kleinen Tochter Flora schifft sie sich nach Neuseeland ein, wo sie Alisdair Stewart erwartet, ihr neuer Ehemann. Er weigert sich, ihr Klavier durch die sumpfige Wildnis des Dschungels nach Hause zu schleppen. Es bleibt am Strand. Ada ist verzweifelt und sieht erst einen Lichtblick, als sie erfährt, daß Stewart das Instrument an George Baines gegen Land veräußert hat. Baines, ebenfalls Einwanderer, der mit den Maori lebt und ihre Sprache spricht, ist fasziniert von der schönen jungen Frau: Eine dramatische Liebesgeschichte beginnt. – Mit ihrem preisgekrönten Film »Das Piano« schuf die neuseeländische Regisseurin Jane Campion eines der ungewöhnlichsten Kinoereignisse und ein weltweit gefeiertes Meisterwerk. Mit dem Roman hat Jane Campion den Stoff vollendet und um die Vorgeschichte ihrer beiden Helden – die Stummheit Adas und die Herkunft von Baines – erweitert.

»Jane Campion bewundert Menschen, die das Risiko suchen, die Grenzerfahrung, die ihr Leben in Gefahr bringt.«
Die Zeit

Madeleine Bourdouxhe

Gilles' Frau

Aus dem Französischen von Monika Schlitzer. Mit einem Nachwort von Faith Evans. 166 Seiten. SP 2605

Madeleine Bourdouxhes Drama einer zerstörerischen Leidenschaft ist eine Wiederentdeckung von höchstem literarischen Rang. Die leidenschaftliche Dreiecksgeschichte zwischen Elisa, ihrer Schwester Victorine und Gilles ist in ihrer Direktheit und Ausweglosigkeit ein Glanzstück der klassischen Moderne: Sinnlich, kühn – und von kammerspielartiger Intensität.

»Schwer zu sagen, was beeindruckender an der Leistung Madeleine Bourdouxhes ist: die kühle Liebe zu ihren Figuren oder die unsentimentale, aber doch fast zärtliche Darstellung ihrer Zerrüttung ... Madeleine Bourdouxhe formt kleine Szenen aus dem Alltag zu einer klassischen Tragödie. Mit einer kühlen, präzisen Sprache entwirft sie Bilder von höchster Anschaulichkeit und Glaubwürdigkeit, Stilleben der Seele, die den Leser durch ihre innere Spannung sofort fesseln. Gerade die scheinbar ruhig distanzierte Darstellung schafft einen Sog der Erzählung, dem man sich nicht entziehen kann. Da ist kein Wort zuviel, und jeder Satz zieht den Leser tiefer hinein in diese verhängnisvolle Affäre.«
Die Woche

»Madeleine Bourdouxhe hat mit ›Gilles' Frau‹ eine der großen Liebenden der Literaturgeschichte geschaffen.«
Süddeutsche Zeitung

Wenn der Morgen dämmert

Erzählungen. Aus dem Französischen von Monika Schlitzer und Sabine Schwenk. 152 Seiten. SP 2067

In sieben Erzählungen beschreibt Madeleine Bourdouxhe die Einsamkeit und das Empfinden, die Wünsche und Sehnsüchte von Frauen. Feinnervig und präzis zugleich eröffnet sie das zeitlose Panorama der weiblichen Psyche.

»Sie wurde in der französischen Literaturszene gefeiert wegen ihrer subtilen und dichten Sprache, wegen ihrer genauen Beobachtungen und vor allem wegen der ungeheuren Intensität, mit der Madeleine Bourdouxhe Ängste, Hoffnungen, Stimmungen und Stille beschreibt.«
Der Spiegel

Carol Shields

Mary Swann

Roman. Aus dem kanadischen Englisch von Margarete Längsfeld. 368 Seiten. SP 2236

Das einzige, was die Bäuerin Mary Swann ihrer Nachwelt hinterließ, nachdem sie von ihrem Mann ermordet worden war, ist eine Tüte voller Gedichte, die die literarische Welt in Erstaunen versetzte. Um dem Rätsel der ungewöhnlichen Dichterin auf die Spur zu kommen, wird ein literarisches Symposium abgehalten. Eine ehrgeizige feministische Literaturwissenschaftlerin, ein hochgestochener Biograph, eine ältliche Bibliothekarin, Marke Kleinstadt, und ein kauziger Zeitungsredakteur reden sich die Köpfe heiß, ohne dem Geheimnis der Mary Swann auch nur einen Zentimeter näherzukommen. Das ganze Unterfangen wird um so schwieriger, als nach und nach die spärlichen Spuren der Lyrikerin verschwinden... Ein vielschichtiger, mit bissigem Humor geschriebener Roman über den Literaturbetrieb und über menschliche Wahrnehmung und Wunschprojektion.

Das Tagebuch der Daisy Goodwill

Roman. Aus dem Englischen von Margarete Längsfeld. 383 Seiten. SP 2490

Carol Shields' hochgerühmter, vielfach preisgekrönter Roman ist eine spannende Familiengeschichte und zugleich das lebendige Porträt einer Frau im 20. Jahrhundert: Fiktive Tagebucheintragungen, Liebesbriefe, Rezepte, Zeitungsausschnitte und die Erzählungen von Freundinnen und Verwandten ergeben raffiniert miteinander verwoben die Lebensgeschichte der Daisy Goodwill.

»Carol Shields erzählt von den alltäglichen Dingen mit großer Intensität. Mühelos gelingt es ihr, von der Geburt bis zum Tod Daisys genug Spannung zu schaffen, so daß der Leser auch die Nebenstränge der Lebensgeschichte und die vielen, zuweilen irritierenden Episoden weiter verfolgt. Gerade dieses Beiwerk einer durchschnittlichen Biographie arbeitet Carol Shields mit merkbarer Lust und Genauigkeit aus.«

Frankfurter Allgemeine Zeitung

Francesca Stanfill

Das Labyrinth von Wakefield Hall

Roman. Aus dem Amerikanischen von Mechthild Sandberg. 446 Seiten. SP 2293

»Man stelle sich einen gemütlichen kalten Abend vor, an dem man im warmen Wohnzimmer sitzt und liest. Draußen heult der Wind, es regnet oder schneit. Man selbst aber fühlt sich geborgen in seinem Sessel. Und dazu einen Roman wie Francesca Stanfills ›Das Labyrinth von Wakefield Hall‹ – und der Abend ist gerettet. Dieses Buch ist nämlich genau die richtige Lektüre für jene Stunden daheim, wenn man mit einer spannenden Geschichte abschalten möchte. Im Mittelpunkt des 446 Seiten umfassenden Romans steht die junge Journalistin Elizabeth Rowan. Sie soll über die einstmals berühmte, unlängst verstorbene Schauspielerin Joanna Eakins, eine der besten Shakespeare-Interpretinnen des 20. Jahrhunderts, eine Biographie schreiben. Als sie das prächtige Anwesen der Verstorbenen besucht, spürt Elizabeth, daß das Leben der Frau, die lange Zeit in England lebte und in Amerika starb, von vielen Geheimnissen umgeben ist. Und einige dieser Geheimnisse involvieren Elizabeth, die erkennt, daß nicht nur die Karriere und das viel zu kurze Leben der Schauspielerin sie seltsam berühren und faszinieren, sondern daß sie die einzige ist, die die vielen Rätsel um Joanna lösen kann. Elizabeth stürzt sich mit solcher Energie auf die Biographie der mysteriösen Schauspielerin, daß ihr eigenes Privatleben darunter leidet und ihr Freund sie vor die Entscheidung stellt, entweder ihre Arbeit abzubrechen oder ihn zu verlieren. ›Das Labyrinth von Wakefield Hall‹ von Francesca Stanfill bietet alles, was ein guter Unterhaltungsroman haben sollte: Eine spannende Handlung, Figuren, deren Schicksal nicht kalt läßt, eine gehörige Portion Liebe und Leidenschaft und ein durch und durch befriedigendes Ende, obgleich nicht alle Rätsel um Joanna Eakins gelöst werden können. Aber gerade das läßt dem Leser die Möglichkeit, die eigene Phantasie ins Spiel zu bringen.«

Norddeutscher Rundfunk